散文无界

故乡风物

韩守林·著

山西出版传媒集团　北岳文艺出版社

图书在版编目(CIP)数据

故乡风物 / 韩守林著. — 太原：北岳文艺出版社,2016.8(2023.6重印)
ISBN 978-7-5378-4864-0

Ⅰ.①故… Ⅱ.①韩… Ⅲ.①随笔—作品集—中国—当代 Ⅳ.①I267.1

中国版本图书馆 CIP 数据核字(2016)第 183167 号

书　　名：	故乡风物
著　　者：	韩守林
责任编辑：	范　戈
书籍设计：	张永文
出版发行：	山西出版传媒集团·北岳文艺出版社
地　　址：	山西省太原市并州南路 57 号
邮　　编：	030012
电　　话：	0351-5628696（发行部）
	0351-5628688（总编办）
	0351-5628697（编辑室）
传　　真：	0351-5628680
网　　址：	http://www.bywy.com
E – mail：	bywycbs@163.com
经 销 商：	新华书店
承 印 者：	山西万佳印业有限公司
开　　本：	787×1092　1/16
字　　数：	272 千字
印　　张：	19.5
版　　次：	2016 年 8 月第 1 版
印　　次：	2023 年 6 月山西第 2 次印刷
书　　号：	ISBN 978-7-5378-4864-0
定　　价：	55.00 元

目 录

第一编 童 事

童年的风花雪月　　　　　　　　　　　／003
老　辕　　　　　　　　　　　　　　　／013
逝去的日子　　　　　　　　　　　　　／017
少年纪事　　　　　　　　　　　　　　／026
宰　牛　　　　　　　　　　　　　　　／047

第二编 乡 情

沉重的文化
　　——汾阳古迹调查笔记　　　　　　／051
爱我汾阳　　　　　　　　　　　　　　／073
白牡丹祖庭　　　　　　　　　　　　　／076
北　顶　　　　　　　　　　　　　　　／080
匾额里的汾阳　　　　　　　　　　　　／085
登子夏山记　　　　　　　　　　　　　／089
汾阳春　　　　　　　　　　　　　　　／092
几个地方文化的小谜团　　　　　　　　／094
汾阳古园　　　　　　　　　　　　　　／098

汾阳古韵	/ 101
汾阳宅门	/ 105
汾阳老宅院	/ 110
贺鲁、贺虏,还是贺娄	/ 117
回眸东龙观	/ 119
空王佛岩	/ 122
梦萦谭家寨	/ 125
南垣寨	
——晋商和堡寨研究的参考书	/ 128
品读家乡	/ 131
平陆村和平陆县	/ 135
神秘的小相村"土台子"	/ 137
世界真小 汾阳真大	/ 139
手执青壶 乡关何处	/ 141
顺治六年 血光冲天	/ 144
说汾道茶	/ 147
四四方方一座城	/ 150
四阳城情话	/ 154
闲话汾阳	/ 157
武成沽酒杏花村	/ 160
杏花村古人类遗址遐想	/ 162
杏花村人	/ 168

雁归来	/ 176
阳泉阳泉	/ 182
一个小村庄	/ 185
饮茶说汾	/ 188

第三编 野 趣

半亩方塘以及其他	/ 193
春天的味道	/ 196
从茼蒿说起	/ 200
晚秋的大山	/ 202
见了一棵老柳树	/ 205
水边看水	/ 208
蘑 菇	/ 211
荠 菜	/ 215
走向田野	/ 218

第四编 闲 笔

| 爱的困惑 | / 223 |

北国之秋	/ 225
不懂书法	/ 227
潮湿的早晨	/ 231
垂钓趣事	/ 233
垂钓情思	/ 241
狗日的塑料	/ 243
故乡是什么	/ 246
过　关	/ 249
行知有汉	/ 253
家乡的秋天	/ 257
看了一场演出	/ 260
历史的碎片	/ 262
慢下来	/ 265
尼古丁的味道	/ 267
去了一趟深圳	/ 272
品着汾酒赏酒器	/ 277
我爱水	/ 281
小　吃	/ 283
一卷在手　满腹芸香	/ 288
一条河	/ 291
一盒烟及其他	/ 295
醉里挑灯看酒	/ 302

第一编 童事

童年的风花雪月

每个人都有一个用来回忆的童年。

我的童年是在史无前例的那个特殊时代度过的。老树、烟囱、瘦马……这是童年留在我脑海中的影像。

想起来,那个时代更像是一个分水岭。往前,是一个古老朝代的接续;往后,是一个崭新时代的发端。

所以总觉得我们的童年才是最珍贵的童年,总想写一写它。

风

小时候的风似乎比现在大很多,虽然谈不上飞沙走石,但也常遇到刮得天昏地暗的时候,让人联想到《封神演义》的描写。

村里有个中年人叫元,或者叫源,我不能确定这个字该怎么写,但读音就是这样的。据说他早些年是村中的武斗队员,很不怕死的那类人,我们对他有记忆的时候,他是个疯子。所以,我们给他起的名字就叫"疯元"。疯元和别的疯子大大不同,是因为他有文化,会讲故事,所以他身边常有一群小孩子围着。

"孩儿们,你们说,天上为什么会刮旋风?"

疯元坐在那个旧砖窑的背风处,口中含着一支草棍问我们问题,一副嘲笑的神气。

"我妈说,旋风就是鬼。"

"旋风就是鬼,呸呸!"

这时候疯元就突然站起来:"什么鬼不鬼,旋风是阴阳空气相接产生的,什么也解不开,你们,哈哈哈——"声音尖利而高亢,让人感觉十分怪异。

"鬼——"我们突然集体站了起来,不知是怕旋风,还是怕疯元,一股风似的都跑了。留下疯元一个人呆呆地在那里站着。

后来听说,疯元其实是武斗队里少见的聪明而有文化的一员,但有次两派的枪战中,他负伤后,被一个平时非常熟识的朋友(对立派)擦着头皮给了一枪,子弹走高没有击中他的颅骨,但他自此就被吓疯了或者是气疯了。

躲在家中窗玻璃的背后,太多见过风在院中的肆虐。但看到的只是杨摆柳摇,见识风的真面目则是后来的事了。

那时候,汾河谷地的好多村,大都依村筑有一道土堰,一丈多高,叫护村堰。现在推想,那是古人为防止汾河或别的什么河的水患而一锹土一锹土垒起来。颇像遮挡外族的长城,应当也是一项浩大的工程。而到我们记忆始起,因为大搞水利工程的原因,河堤决口的事情不再发生,那玩意儿就没见过有什么用处。所以,护村堰除了村口要道处之外,到处都长满了高高的蒿草。这种草猪羊不吃,人家也用不着它,所以到了秋冬,它的尸骨就会留在它生长的地方。而我有一段时期,不知为什么就迷上了玩火,拿盒火柴到处跑到处点。有一天点着护村堰上的蒿草后,突然刮起风来,只见那火苗在风中像一头猛兽,在草尖上忽闪忽闪跳跃,一眨眼便飞过老远,很快便引燃了大片大片护村堰上的枯草。红红的火苗过后,留下一片草梗。很快,那个灰黄的草坡变成了黑色的一片,而红与黑仍在向前推进……我突然感觉很害怕,这么大的火,不知会燃出一个什么后果来。

这是我第一次感受传说中的水火无情。

稍稍长大后,农村的孩子便有了一份责任。说起来,打草拾柴算不上什么大事,但如果规定了一个指标,那种任务感就让人内心很不自由了。

到秋天,护村堰外,庄稼长得蓊蓊郁郁,高粱、玉米、红薯、棉花、谷子……禾香扑鼻,让饥肠辘辘的人们难以忍受这种诱惑的折磨。但这些都是集体的,不得动。所以那时村上普遍的风气是——偷。孔夫子说窃书不为偷,农民不知道这句话,只知道偷粮不算偷。因之,村中普遍都设有治安队,专门负责粮食的安全。在这种防与偷的智力和体力的较量中,其实有很多故事可写,留做以后的课题吧。

我今天想说的是偷柴。

平川树少,烧不上木柴,更烧不起煤,所以只能存些禾柴过冬,供做饭和取暖之用。而似乎集体总是与群众个人作对,那些高粱玉米秸也被人发明出两种用途。一是供集体的牲口吃,二是供沤肥用。所以,眼看着几千亩的柴火,其实人们还是没有可用的生火柴。为此,没二话,人们只能,偷。

刚过中秋节,刈割的高粱躺得到处都是。穗子刚被切回去,虽然禾叶已经变黄,但那柴棍子仍是湿湿的,抡起来呼呼生风。

"你也不小了,一会儿天黑后跟我走吧。"叔说。

"做甚?"

"背柴。"

"走就走。"

走就走。可我至今也想不起那次背柴为什么要选那么远的一个地方。只记得在高粱茬子里铺好了绳子,然后只怕少了,抱了好几抱湿高粱秆,垛好,捆起来,像一堵墙。有点像现在的学生书包一样,把绳子挽出两个套环来,一左一右伸进胳膊背上,在漆黑的夜里开始往回走。

毕竟是偷,不敢走大路,只是在庄稼地里穿插。背上的柴火越来越重,越来越重,直觉得浑身发汗眼冒金星。突然起了风,从耳边吹起,吹向身后的那一大捆柴。更重了,迈一步都非常吃力。好在,护村堰就在眼前。

　　一步一趋地爬上高高的护村堰，村中家户里昏暗的煤油灯光依稀可见了。就在这个时候，村里的风迎面向我吹来，我要前进，它要逼我后退，在这拔河似的对抗中，我一个趔趄，连人带柴一起从护村堰上滚了下来，那些沉甸甸的柴棍子撒了一地……

花

　　开始熟悉的花不是真花，是画的。本地人叫花窗子。那时节，有过年贴花窗子的习俗。花窗子是用彩色画在麻纸上的，贴在窗的上半部。一类是画着瓶插花的内容，一类是画着娃娃的内容。窗子是那种四大空或者六大空的，事实上是玻璃进入民间后的一种窗户形式。只会在炕上乱爬的屁事不懂的我们总喜欢盯了那花窗子看——虽然完全看不懂花开富贵或者吉庆有余是什么意思，但看着五颜六色的花，小孩子们总是会发呆。

　　可以下地门槛里门槛外地乱跑了，看到的花仍然是假花。

　　那时节过年的时候，女孩子是要戴花的。好像还不是绢的，就是那种染过色的纸扎的。也十分鲜艳，和女孩眉间点的一点红一起，把村里扮出一股年味来。

　　我们不太懂那花是个什么意思，只是装了半口袋炮仗，燃一支香满院里放。

　　到再大，也见谁家院里养了些花，洋绣球、海棠、柳叶桃什么的，还有田野里疯长的牵牛花什么的，并没有哪一个男孩子十分留意。

　　打交道最多的花，是棉花。不仅是在我们的眼皮底下长大，更重要的，是队里每年都分派剥棉壳的任务。一到冬天，家家天天从队里领回一笼或两笼那种因为天冷了没能长成的棉桃，剥开，取出其中仍呈瓣状的籽棉，第二天再交回队里。家里的收入，好像是可以记三二分工分和留下那些没有用了的棉壳，供生火。

大家围坐在一起，一边剥，一边东拉西扯，时间倒是过得真快。

只是，对于儿童，内心多少会感到无聊。毕竟，和棉花打交道的日子，并不是我们喜欢的日子。

真正感兴趣的花，是长大些的时候才开始眷恋的。

那花的名字，叫葵花。

有个伟人说了一句话，叫"以粮为纲"，所以虽然生在农村，其实我小时候是没有见过油菜、花生和葵花的生长的。

"碑楼地里长了一棵葵花。"毛毛神神秘秘地对我说。

"走，看看去。"我十分兴奋。

那个时候，虽然没有见过葵花，但画上的葵花是经常见的。因为伟人被比作太阳，而我们便被比作葵花。关于葵花能够随着太阳转的说法，心中总是有些不相信——在经验里，我们还没有见过植物的"动"。

和毛毛轻手轻脚地钻进了玉米地里，叶子把我们的脸和脖颈划得一道一道，生疼。在一片小小的开阔地上，果然长了一株葵花，那个脑袋已经有拳头大小。肥大的叶子，带刺；粗壮的茎，也带刺。我俩像是见着了什么罕物，一左一右，手拄在膝盖上，四只贼溜溜的小眼看个不够。

"花现在是朝太阳的，不知道下午还朝不朝？"

"咱们下午再来看。"

碑楼地离村里有两三里地，但挡不住我们求知的欲望。下午太阳快落山的时候，我们又到了地里。果然，葵花的头又转向了西面，正正地对着太阳。拥有了一个共同秘密的两个小孩子，相对一笑，浑身有种无法言传的快乐袭来。

晚上，那株葵花入了梦，金黄的花瓣发散着奇特的香味儿。

此后，我俩就像护花使者，隔三岔五地溜到葵花旁看一看，眼看着它的脸盘越来越大，腰越来越弯。我们知道，收获的季节就要到来了。值得一说的是，当葵花长到一定程度的时候，也许是重力使然，它的花盘便不再随太阳转动了。

说出来也许不信。那个时候，我和毛毛还都没有吃过葵花籽和花生，平时吃的瓜子不是南瓜的就是西瓜的，所以对葵花籽的香味早已展开了想象的翅膀。而不幸的是，这株葵花生长在生产队的土地里，权属不明，所以，两颗小小的心一直担心花落旁人，与自己的口舌擦肩而过。

终于，等到葵花的金黄花瓣泛白、枯萎，我们知道，这家伙终于成熟了。于是，两个人齐心合力把它的花盘揪了下来，悄悄带回了家。而对这个新鲜物件，两个人似乎彼此能听到对方的心跳。将附在籽实上面的管状花茎拔掉，一排排整齐的瓜子呈现在我们面前。二一添作五，一人一半，我们将花盘掰开来，各自享用。

"怎么全是瘪的？"

"我的也是。怎么回事？"

两个人你看我、我看你，十分莫名其妙。馋虫长了半年，盼来的却是个能看不能吃的样子货。当时，我们谁也不懂，因为未授粉的缘故，单株葵花是不能结籽的。

唉，葵花，我的葵花。

雪

到冬天，当太阳躲进云层后面的时候，天上就纷纷扬扬地落下雪花来。把手伸出来，看雪花落在手上，慢慢化作几个小水珠，内心十分惬意。嫩红的手掌和洁白的雪花，构成一幅动画，很动人。雪把一切的一切都遮起来了，天地间银装素裹，只有压在雪下的树枝，画在天空，显得干硬而有力。

给我们带来的最大不便就是，它把村里的那口水塘上的冰也全遮盖了，严严实实的，和周边的地上没什么两样。

要知道，前一段时间，这里是我们的乐园。

开始，是有谁往冰上扔石子，见那石子在冰上"咕咕、咕咕"滑行，毫不费力就扔好远好远。后来，有胆大的，站到了冰上，亦步亦趋，慢慢试着滑行。再后来,是家家的大人给孩子们做了冰车,任由他们在冰上嬉戏。

所谓冰车,是找一块大小可以坐得下人的木板,底下平行而对称地绑两根铁丝或钢筋,就算是冰车了。与冰车对应的,是两根尖锥,用于持在手中捅扎冰面做冰车的动力。人盘腿坐于冰车之上,两手奋力扎冰,车自然前行。冰车的乐趣在于体会那种速度,在两臂的挥动中,身旁的人与物嗖嗖地往后倒去,那种快感是乘坐其他车辆不能比拟的。它既是游戏,也是一种民间体育。

一场雪下来,把我们的冰面全覆盖,冰车在冰上寸步难行了。

而在脑海中记忆犹新的是另一场雪。

一到冬天,生产队会安排胶皮大车往孝义拉炭。孝义炭黑而且亮,被人们称为软炭。它在灶膛中燃烧的时候,眼见可以化作牺一样的软,半流体状,十分发火。我不知道从我们村到炭窑有多远,但每次拉炭,因为是使用畜力,所以总是要走两天才能回来。回来后,队长就会在街上喊:"分炭喽、分炭喽。"

分炭其实不是分炭。我记得很清楚,那时节一个成人一天大约可以挣得一个工分,即十分,一个工分年底分红是八分钱。而所谓的分炭,是指一家有一百斤炭的指标,但在账上是要扣钱的。一百斤炭一元二角。正因如此,大家才舍不得烧炭,拼命地偷柴、拾柴,以弥补日用的不足。而似乎越是舍不得烧炭,那炭反而就越费。

"明天我和七子到一趟孝义吧。"爹蹲在地上,虽然还不到五十岁,但箍一条羊肚手巾,活像一个老汉。说完,抽两口烟,烟锅在暗处一明一灭。

"不用走了吧?七十里地哩,天气又不好,万一下了雪,滑滑喳喳的。"

"还是走吧,好容易这几天不开河工。等队里有事就走不成了。"爹其实已经下定了决心。

于是母亲开始生起火来，准备第二天要带的干粮。爹站起来，到平房里拾掇他的那两条毛口袋。现在想起来，那时的我们家真有些奢侈，口袋居然是全毛做的。麻栗色，我不知是什么动物的毛织的，但知道是全毛的。其实，应当古代的口袋就是毛织的，麻袋倒应该是机织品进入中国以后的事了。

"队里就发炭，为什么还要去孝义驮炭？"我十分不解这自找麻烦的事儿。

"坑口的炭才五毛钱一百斤。"母亲絮叨说。

第二天睁开眼睛的时候，父亲已没了踪影，家里的那辆老旧的白山牌自行车也不见了。到下午，东北风呼呼地吹了起来，天上果然飘下了雪粒。

母亲一会儿到街门上看一回，一会儿到街门上看一回，明显是心神不宁的样子。但天已经完全黑尽了，也不见父亲的影子。我们都被这种焦急的情绪控制着，围坐在家里，不吭声，只是闷闷地等。煤油灯的火苗在跳跃着，理解不了空气中弥漫着的焦躁。正在我瞌睡得难以自持的时候，风门一声响，接着是跺脚的声音。

"罢罢罢，终于回来了。"母亲叨叨着，忙不迭地出去开门。

父亲裹着一股冷风，进到屋里。"啪"的一声，门被一股冷风狠狠地关上了。父亲棉衣的皱褶里，全是白色的雪粒。刚摘下头上的毛巾，大大小小的雪粒便散落了一地。而脸是黑的、手也是黑的，全是孝义煤的颜色了。

父亲斜倚在灶台上，两手伸在砂鏊上面，烤火。

"天黑，又刮风下雪，俩人都摔了几跤，所以回来晚了。幸亏，口袋没有破。"父亲似乎很庆幸自己。

我看见母亲不再言语，眼睛里分明是有泪花在打转，慢慢转过身子，把背对着我们……

月

我没有出生的时候大伯是一名老八路,我记事的时候大伯是木匠,和我们同住一院。院子很大,有一棵老枣树,有一株很大的葡萄架,还有许多别的什么树。

大伯是我家院里的知识分子。不知他什么时候学过,但他居然知道些天文;也不知他跟谁学的,还会拉二胡,听着广播里的歌曲,他居然能模仿得拉出曲子来。

"北斗七星,像个勺子的,那一串最明的就是。"大伯顺着那棵老枣树的枝丫,给我指北斗的位置。刚好,我才看了影片《闪闪的红星》,所以对他的教导很有兴趣,果然是七颗星像勺子一样的一个组合。

那个夜非常凉爽,暑气在大伯的指点声中渐渐消退。

"中间的就是银河了,其实是由一颗颗小星星组成的,离得太远,所以看起来更像是一道光。"伯父指着天幕中间那道闪亮的星群说。按他的说法,星群的两侧,还有牛郎星和织女星。牛郎星前后各有一颗小星,是牛郎用担子在担着他的两个孩子。河的另一侧,是一颗星,很亮,是独身的织女星。

这个时候,月亮慢慢从东方爬了上来,把它的清辉洒了一院。天气更加凉爽了,而这个时候,天上的星星好像对月亮很惧怕的样子,渐渐隐退了。

那个时候,虽然肚子不能吃饱,但干净而清凉的夜,让人回味无穷、回忆无穷。真的。

眼见,中秋节就要到了。

想起来,很不能理解老家的这种习俗。虽然全年几乎都在半饥半饱中过日子,但对于节日,是要努力地过一下的。特别是中秋节和春节,似乎要过得奢侈一些才可以算得上是过节。比方中秋,要买好葡萄、槟果、大红等水果,买好核桃、枣等干果,然后和自家烧制的月饼一起,摆在桌上,放到院子里供月。是给"月亮爷爷吃"。除此而外,家中要炒几个菜、买一些肉,做一些好饭,家人团聚,喝酒。

眼见,今年的中秋节要到了,母亲打发我进城买核桃等一应物品。说起来应该是一个笑话,虽然我家离城只有十来公里,但我才第三次进城。今天的进城机会,是因为学会了骑自行车。置办齐果品后,我仍然在县副食果品商店徘徊。因为,我看到了柜台上的苹果。苹果这东西,我们只是在苹果罐头的商标上见过。一角二分钱一斤,红得有些馋人。思来想去,终于没敢把手里剩余的钱买上一个,悻悻地回家了事。

母亲看我第一次出门就圆满完成任务,给予了大大的表扬。但是我一心想着苹果,竟没有一丝的高兴。她以为我病了,闹了半天,才知道我是想尝一下苹果的滋味。

"明天再去一趟,称上二斤,咱们大家都尝尝。"

得了令的这一天晚上,我高兴得似乎一夜也没有睡觉。虽然,夜里的月亮比早天的还要好很多。

中秋节的晚上,我家的供月桌上,摆上了别人家没有的苹果。苹果在皎洁的月光下,散发着美妙无比的光泽。那天晚上,我第一次尝到了苹果的滋味,一种比其他水果的甜味更加纯正的甜味。

看着这一切,月亮在云中悄悄地隐了去。

几十年过去了,风还在、花还在、雪还在、月还在,昼夜轮回依然不断,只是不知为什么,那风花雪月,完全成了又一种形态。

老　辕

那年的清明节，依旧是太阳很好，黄风狂摆柳梢。出村口的时候，我碰到了老辕。当时，我扛了一把铁锹，提了个大塑料袋，袋里是些才买的供献品和一应香烛，向坟地走。老辕应该有八十岁了吧，拄了一根发亮的拐棍，慢慢地从村外向村里走着。

"伯，这是要去哪儿？"

他慢慢抬起头来，反复看我几眼，摇摇头，大约是不认识的意思吧，说："居舍，回居舍。"继而又低下头认真地看着柏油硬化了的村街，一步一步地往前走了。

一股黄风吹过来，把原本躺在地上的一红一白两个腌臜的塑料袋和不知来路的废纸一下子吹上了天空。

看着他渐行渐远的背影，我一下子想起了四十年前的老辕。

时光荏苒，我早已忘记老辕的真名实姓，只记得他当年有一个高高的个子、瘦而伟岸的身躯，头上扎一圈羊肚手巾，一副精壮的农村汉子的模样，走起路来好像是一阵风吹过。他家住在村子的西南边，院子很大，但似乎只有几间很小很矮的祖传老屋。

老辕不是村干部，甚至也不是小队干部，也没有参加过什么武斗队之类的出名事情，所以其实他在村里就是一个很一般很一般的人，只是一个人口多拖累大的户主而已。几乎不见他怎么说话，听到他发声的时候往往就是他训斥儿女的时候。而有一年他就一下子出名了，影响还很大。

老辕的出名是因为房子。准确说是因为他盖了房子。

那个时候，盖房子对于一家自然是天大的一件事，甚至对于一个村子，也是一个很大很大的新闻。那时候的家庭普遍只有一两个劳动力给集体出工，其余的不是老人就是孩子，只是家里靠着集体分配的那点口粮敷衍度日。大部分人家只盼着一年能混个肚儿圆，对于家中置办像自行车、手表这样的大件，基本是只敢想一想的事。而老辕家居然盖起了房子，而且是在没有任何外援的情况之下。所以这个新闻的意义就非同一般了。

老辕家的三间旧北房在人拽马拉中訇然倒地，那土秸砸在地上溅起的烟尘呛得拆房的人们睁不开眼睛。老辕一边指挥着"二钻辘子"马车往下卸那些蓝汪汪的青砖，一边喜滋滋地招呼着前来帮忙的人。那个时代，盖房这种事，业主是不需要掏工钱的，一天待两顿饭就行了。因为是互相的，约定俗成，所以大家就都习惯了。

他真的高兴。因为，这五间新瓦房，全是他和三个儿子的汗水换来的。

大概有四五年了吧，父子们起早贪黑，从春到秋，几乎是天天趴在地里，割芦子草。芦子草学名荻草，《诗经》称其为蒹葭，是一种与人类很早就关系非常密切的野草，常常出现在古人的诗文中。水生的，一丛一丛，陆生的，一茎一茎。是食草动物特别是马骡一类大牲畜特别喜欢吃的一类植物，似乎它的营养价值也很高，所以人们都喜欢用它来喂养牲畜。比方当时，汾阳城里的猪马场就三分钱一斤（鲜）收购、孝义的猪马场就四分钱一斤（鲜）收购。

当时的农民家庭收入，主要靠鸡蛋。但在集体出工之余散养几只鸡，至多能起到买点油盐酱醋的作用。而偷偷喂下的一头猪、两只羊，收入是为存起来以备不测的。所以，在那个时代要想增加收入，除了天上掉馅饼，是几乎找不到其他门路的。

老辕当然不懂什么狗屁诗文。老辕的过人之处，是看下了卖芦子草喂牲口的营生。他下了工不急着回家吃饭，割。三个儿子下了学不许吃饭，割。因为水很少，所以水生的芦子草很少。而陆生的草似乎不应当叫割，应当叫"啄"，因为那草是一根一根零星长着的。割的时候，得用镰刀一刀一刀"啄"土，才可把最有分量的部分收获。每天一大早，刚刚不上学的大儿子就用自行车驮了满满一车喷了水的芦子草上路，到孝义去卖。那时农民的脸都是黑的，而他父子四个的脸不仅黑，而且还亮，老远一看就油汪汪的，颇有些非洲感。

几年后，当五间大瓦房矗起在村街的时候，全村人们是真的服了，羡慕嫉妒而没有一个人恨。而因为房子，给他的儿子们说媳妇的就络绎不绝了。

老辕的第二次出名，是次年。

老辕的新房盖起来以后，体会到了鹤立鸡群的乐趣，不禁心花怒放。他的手更勤了，每天必做的功课是，把长有三四十米、宽有十几米的新院子打扫一遍。

本来，此地人就有打扫院落的传统。俗话说是"扫帚响、粪堆长"，似乎打扫是为了田里积肥，但实际上此地人认为院子是一个家庭的脸面，穷可以，不干净是会让人笑话的。但说归说，能像老辕这样天天扫院的，人们真的还没有见过一个。不仅如此，老辕的老婆也配合得很好，不但把家里打扫得干干净净，而且把家具都擦抹得锃亮锃亮。

这事情，人们一开始觉得新鲜，但慢慢也就觉得平常了。

那时节，县里兴往村里派个什么什么工作组，似乎上面有一个什么运动，就往村里派一回。这一次不知是个什么运动，又来了一帮工作组。第一天，村干部陪着他们在村街上遛弯儿，大约是了解村情村貌的意思吧，就遛到了老辕家门口。工作组组长走到这里后，不再听村干部的介绍，一股劲地往院里瞅："谁家的院啊，这么干净！"

一干人进了老辕家的院子，不像是来指导工作的工作组，倒像是一个旅游团，到处看个不够，惊奇得啧啧不已。

后来，这工作组的饭就定在了老辕家。由集体提供一应粮油等物，老辕的老婆只给加工一下，少不了自己能沾点口福，还能赚集体的工分。

后来，因为这一层关系，老辕的二闺女还被工作组保送上了中专，成了国家干部，惹得全村人眼热。这个卫生新闻也就成了具有实际利益的新闻。

眼看着老辕枯瘦而沧桑的背影进了那个早已破败的街门，我问村人："现在怎样过？"

"还能怎样过。儿女都像他，爱做不爱说，靠死力挣钱，没个出息。他一个人，领低保过日子。"

去往公坟的人多了起来，也有几辆很酷的小汽车。他们是村里的移民族。有在外当领导的，也有把生意做大了的。在这种场合下，显得很有些风光。

逝去的日子

水乡

小时候，家乡处处是水。老天给的，山上泻的，和河里送的。翻开老书才知道，这地方原来真的是北乡南国。

乾隆四十二年前，汾河水恣意地在晋中平原上流淌着。有时候在太谷过境，有时候在文水徜徉；有时候在平遥咆哮，有时候在汾阳作诗。时间的粉尘太多了，就遮盖了原本的真实——河流漂走的时间太久了，人们已经没有了记忆，只剩下了大地的回味。只记得，家乡的田地名，大都是与水与河有关的，什么麻河地，什么河槽地，什么八人坑等等，不一而足。这种牢固，其实是先人们对故去的事物的一种怀念。

在汾阳东乡，村庄大多比较破落，房子大多比较破旧，即使是所谓的高房大厦，其墙基部位也大都被碱蚀掉了。但庄外的生态往往出奇得好，作物疯长——当然，有时候，碱地出现的时候，什么也不长的。

村庄大多在护村埝的包围之下，从乡间小路向村庄望过去，映入眼帘的首先是一道长长的横堤，即所谓的护村埝是也。埝平线之上，是村子里的屋顶和树梢，十分像是一幅剪贴画。村往往有几个门，建在大道入村的地方。这些所谓的门，全开在护村埝上。这里的埝当然要低一些，可能古代真的是有一种"门"的建筑存在的。进村的第一步，实际上是下护村埝，下坡。后来我才想明白。村子低的主要原因，原本不是因为选址选低了，而是因为村外受洪水冲击的影响，几乎每年都增高，而村子由于护村埝的存在，基本能够保持原状、保持原来的海拔线。所以，落差就越来越大。下了坡，大多会遇到一个或大或小的水塘，是村中累年积水而形成。它是村童们夏天的游泳池，也是村童们冬天的滑冰场，还是村中公共的养鱼塘。真的，三十年前，东乡村中的男生是没有旱鸭子的。而所谓滑冰，主要因了经济的原因，没有冰鞋，打滑只是布鞋作业，高级起来，也无非是冰车一类，简单得很。

真的，看到江南，便想起童年。

东乡里河渠遍地，水利书上说，这里是大河灌区。无论从乾隆四十二年前，还是后，大体上，这里有三条重要的河四季流过。一是磁窑河，发端于交城，最小也最短；二是文峪河，发端于方山与交城的交界处，横贯交文汾孝介五县；三是汾河，发端于宁武，是所谓山西的母亲河，汇山西中部太原、平阳及运城诸盆地之水而入大河。春天开始，这里的河渠便开始充溢着水了。"二青"在整个夏天都是很繁忙的——我是指青蛙与蜻蜓。蚊子不提，但它们的孑孓是很活跃的。记得当时最有水地代表的植物是三棱子草、水稗子草。后来识字以后很有感情的两个字就有一个是"稗"字。另一个是良莠不齐的"莠"字，都是从小就认识的植物，且熟识不过的。稗是一种长相极类似水稻的野草，在水地里可以用疯长来形容，农民的好锄头大都磨坏在了它的身上。而且，稗草最可恨的特点是斩草必须除根，而锄起的根如果见了水，马上就又活了。莠草，长相极像谷，但籽极小，又常常混长在谷子地里。这两种草也是极好的羊草，是我们打羊草的首选，至今都可想象出它们甜丝丝的香味。到现在，这一切似乎都远离我们了，但我感觉，它们总有一天还会回到我们身边。

不说水族。其实印象中，当时东乡人家，是几乎家家都有渔具的。撒网——那种极似渔民船上撒的渔网，不是每家都有，但在村中找那么几架，一点事都不必费的。而"戳子"——一种用竹条编就的口小底大的捕鱼器物，在农户中是十分普遍的。还有"圈圈""篮子"，则是在浅水中捉小鲫鱼和捞虾米用的工具，是几乎家家都有的。

再说水族。河里渠里塘里，曾经做了半个童年的梦。几乎是看到一片水，就会送给我们一个惊喜。退水过后，河里可以摸到河蚌，好多好多；村中坑塘，可以捞到河虾，一篮一篮。水永远是最鲜活的物质，养育了不知多少鲫鱼、鲤鱼、鲇鱼，让我们的童年注入了千万种不同的色彩。较为稀罕的是黄颡，虽然长不大，但它会咕咕作声，肉质也极鲜美。还有鳖，虽不常见，但它的样子颇能锻炼人的胆量。在食物短缺的时代，这些野生的天然至味，大大满足了我们的舌尖。炖鲫鱼、煎虾米，现在想起来都让人不禁"口水"直下。

久涝的泥底，有一种植物，学名我说不来，只知它的籽实叫地栗儿，清脆甘甜可口。样子不太好看，直径一厘米许，黑皮白瓤，大约与藕的生活情态相类似。也许就是荸荠吧，只是个头要小，颜色比起来要深。这东西好多年不见了，但它绝对是晋中平原湿地的最佳见证者。

在地图上，这个地方，我们仍然可以见到河渠纵横，蓝蓝的，像天空的颜色。只可惜在地上，它们的表现是季节性的。近些年，退耕还林让水土得以很好地保持，我感觉好像东乡的水又多了起来，也许，儿时的记忆能够复原？

反正今天禹门河水和峪道河水都四季不息地流淌着。于是，总是想起江南。

瓜田李下

脑海里的童年是鸡鸣喔喔、炊烟袅袅、蛙鼓声声。青砖瓦房与绿树相依相拥，恋成一片水墨。在这幅画中，世界是大人的，田野是我们的。

虽然家家几乎都是赤贫的，但我们的内心仍然会被各种微小而原始的幸福充胀。割草、拾柴的时间不仅占据了我们的假期，甚至也是我们课余的主要作业——只这作业是家长布置的而已。所以，我们熟悉村里的土地，甚至熟悉路边的每一棵树。

有些东西确实真的逝去了。比方老鹰，小时候常在我们头顶盘旋；比方麦地里的那种叫"各拉儿"的鸟，常常用它的蛋或者幼鸟送我们惊喜。几乎家家院子里都有过禾编的鸟笼，那里曾经凝结着两代人对鸟类的共同情怀。燕子被看作是一种祥鸟，常常在檐下结巢，它们夫妻的恩爱和对幼子的关爱，常常会成为屋主人的话题，也成为人们对生活态度的一种引申。再比方庄稼。现在的庄稼地几乎可以唤作玉米地了。那时候的田野是五颜六色的，没有人能说准确究竟种着多少个种类，有各色粮食，有各种蔬菜，还有被称为经济作物的棉花、药材等等，"远近高低各不同"。特别是秋天，庄稼的色彩让田野也让生活变得异常斑斓起来。

这里，是当年农村孩子的乐园。

夏天的时候，路过高粱地，发现了一株甜瓜、西瓜或者葵花——总之是一种比较少见又可速食的植物吧，便会暗暗记在小小的心里。隔三岔五，总会偷偷地去看看，像是关照小孩一般。眼见着发现物越来越成熟越来越成熟，等挨至秋天去收获的时候，大概的结果是，目标不翼而飞了。原因其实很简单，发现者并不是一个人。

瓜桃李果，是人们对瓜果的一个统称。"六月没钱，白活一年"，是以前的人们对瓜果的一种渴望。小时候没见过苹果，最大的印象是在罐头上印着的那两个苹果。八九岁的一年秋天，怀揣两块钱进城，花了几毛钱买了二斤，亲手摸到了苹果凉凉的感觉，回到家后全家分而食之，从此知道了苹果的滋味。

我家有个前花园。夯土墙圈了，植物和野草把墙遮掩得密不透风。园子里种着诸如洋姜、葱、韭菜之类的时蔬和枣一类的果树，整个夏天，园子里都被绿色包围着，里面的动物除了我，大约最多的是蜜蜂之流，所以它很静也很香。记得一次在园里玩耍，居然从上而下掉下了一颗桃子，差点砸到我，熟透的，至今那味道还在舌尖。不仅是孙悟空，人类大约都受不了瓜果香的诱惑吧。

那时农村的孩子习惯了没钱和不用钱过日子。"谷雨前后，点瓜种豆",甜瓜西瓜刚点种的时候,从地面上什么也看不出来。慢慢地,幼苗长出来了,黄色的小花开了,小小的瓜胚子结下了,再大些的时候,田里早搭起了草庵子,有专人专门照看了。细心的看瓜人按照花开的时间,在瓜旁插了树枝,用以标示成熟的迟早。我们的幸福日子就开始了。无穷的鸟鸣,无尽的绿色,走来走去,其实我们真正觊觎的是瓜田。那时的甜瓜大致分两种,一种号七月黄,金黄色,其实是六月份成熟;一种叫肆瓜,绿色,晚一月可上市。西瓜要远远小于现在的瓜,三五斤一个。和一切小偷一样,我们不仅看瓜田,更看瓜田左右的环境。方法两种。其一是偷。傍晚,是作案的好时光。我们能看到看瓜人,看瓜人看不清四周。从高粱地摸进瓜田,悄悄地,圆圆的凉凉的瓜都是你的了。其二是抢。大白天,我们一丝不挂,远远地踅进瓜田,见瓜就摘,然后堂而皇之地一走了之。见有看瓜人来追,不慌不忙一溜烟跑到河边,"嗵"跳进去,游过去,气得看瓜人哇哇大叫。后来村支书找到学校,要求学校不再开设体育长跑课,呵呵。我们异口同声说:那是外村的孩子干的。

想起来那些瓜基本全部被糟蹋了。不熟,不甜,不能吃。被我们用镰刀剁作花样,扔了。

还有西红柿。那是当年的便饭。顺便路过进去,沿柿架钻过去,摘满一背心出来,吃个不亦乐乎。满嘴红,如不会洗脸的猪。

那时的瓜与李,都好吃。

真的好吃。

游戏

哥哥把那枚写着"康熙通宝"的铜钱在砖上磨了又磨,明显地砖面被磨出好多灰色粉末凹出一个痕迹,说:"好了。"这枚钱被他称作"母儿",边缘已被磨成一个斜面。于是他的伙伴用食指与中指把一枚铜钱掂了,若有其事地上下晃晃,让铜钱来一个自由落体运动,两钱相碰,一声响,那"康熙"一动未动,只见哥哥便把这枚钱纳入囊中。这是小时候常常见到的一幕,是一种唤作"掂钱"的赌博游戏。

那时的那些游戏也许它们流传过一百年或者一千年,但现在真的都看不到了。

一个没有玩具的时代,游戏也许可分为文玩和武玩两种。文玩工心。如藏猫逮鼠、填方跳茅坑。武玩工身。如玩火柴枪、咣蛋儿开仗。

藏猫逮鼠就是人们常说的捉迷藏。不过当年这个游戏的魅力在于生产队和家户里都有很多的干柴干草。特别是谷草,用来冬天喂牲口的那种。我们悄悄地把草掏开,直至掏出一个通道乃至几个通道,人藏进去之后,找到的几率几乎为零。谷草垛暖暖的、喷喷香,有时候藏着藏着就睡着了。而所谓填方跳茅坑什么的,其实是乡村中多少年传下来的石子棋的名称,还有诸如老虎吃鸡什么的,极类似于围棋,是一种益智游戏。以土地为棋盘,以砖石为棋子,随手拈来尽可成弈。虽然不若棋类高雅,但输赢也照旧会让人悻悻然、陶陶然。

开仗又被称作攻仗,大意是两拨儿童队伍之间形成各自的阵营,以砖、石、土块作武器,互相攻击。这种游戏往往由南街北街、东头西头的孩子王约定,然后在一个开阔地的两边排兵布阵,与冷兵器时代的两军对垒颇有几分相像,与现代的阵地战也很仿佛。因为能体现攻与退、埋伏等战术,又有击中和被击中的可能,颇为刺激,所以往往参与者众。回头来看,那些不参与的男孩,不是懦弱便是自私之辈,绝无团队精神。攻战开始后,呐喊声声、砖瓦纷飞,那场面端的蔚为壮观。尔后的结果往往产生些伤员,在"战友"的安慰下,悄悄回家睡觉了事。而这种攻仗,也往往让小朋友之间结成一种牢固的友谊。

"打瓦儿"是一种心身皆动的游戏,不知不觉已在乡间坊里消失得无影无踪。是一种孩童竞技运动。目标是被立起来的一块破瓦,然后前面一定距离下画一条线,是人的位置。活动被规定出十种左右的动作,比赛规定动作下谁先依次击中立瓦。人员可分组,也可单练,人数不受限制,所以这种游戏开展得相当普及。这种活动的收益,不仅锻炼了体魄体能,更让人习就了沉稳的心态。

"咣蛋儿赢背"，应该是一种更古老的游戏。所谓"蛋儿"可以是铁球，也可以是砖块。在初始线上各自踢出去之后，互相瞄准，以踢中对方者为赢。赢的收益是由被踢中者将踢中者背至踢中处。被人背虽然实际上并不舒服，但心理上会获得征服者的快感，所以孩子们总是乐此不疲。

还有"打枣核""拍元宝""滚铁环"种种，虽然让孩子们浑身是土，但那风里雨里的滚爬，让人早早地学会了适应、学会了征服、学会了苦中做乐。

今年夏天，在太原的一条僻街上，又看到了那种手摇的爆米花机。一个老人坐在机旁，孤零零的，在等待前来爆米花的人，炉里的火似乎也已经熄了。于是想起小时候村街上的爆米花机来。那时这东西真的是一种稀罕，不知多少天才能见到一个。每逢此时，家家大人打发了孩子出来，手里端了一个大搪瓷茶缸或者老碗，里面是玉米或者黄豆，有的里面加了糖，有的加了糖精，在街口排队。好像是二分钱一份吧，那个被熏黑了的带布篷的筐子套在米花机的出口上，"嘭"的一声，喷出来的是爆开的米花，更是孩子们一天的欢乐。

和这台孤独的爆米花机一样，那个时代的游戏已经远逝。细思量，竟想不出是游戏远逝了，还是时代远逝了。但隐隐觉得，那个灰头土脸的童年，总比电脑给人的回忆更多和更鲜活些吧！因为我们脚踩大地的时候，还是感觉更真实些、更踏实些。

自行车

记事的时候，家里有一辆自行车，白山牌的，半旧，电镀部位大都星星点点的，生了锈，历经沧桑的样子。人们都说，这辆车出了力了——它是父亲身体还健康的时候用来长途载物的主要工具。那时农村的自行车大多是加重的，在我的记忆中，它驮过煤炭、驮过粮食蔬菜，甚至也成为过数百里长途贩运货物的工具，载重二三百斤是常事。

和大部分同学一样,大哥初中毕业因没有得到大队的推荐上高中,便自然辍学在家,这辆白山牌自然就成为他四处讨生计的坐骑。比方进城卖芦子草,去孝义卖小木作。而我因为年龄尚小的缘故,整日吊儿郎当地在学校里随波逐流,主要的时光则是夏天打猪草,冬天拾干柴。等到我初中毕业了,恰巧实行了多年的推荐制被取消,恢复了中考。而我似乎属于学习成绩好的一类,迷迷糊糊就考上了公社高中。高中离我家五华里,学校不安排住宿,属于走读生。自行车的事自然就摆在了我的面前。

那辆白山牌自行车孑然一身,孤独地立在院里的一角,黑黝黝的,散发着一股铁锈味儿。天依旧阴着,院子里被积雨冲出的几道小水沟,黏滞了柴与草,斑驳的样子。墙角拴着的两只羊也许是饿了,咩咩直叫。一年多了,全家一直被笼罩在父亲早逝的影子里,挥之不去。看着那辆不可能起死回生的自行车,我想了又想、忍了又忍,终于没敢说出想买一辆半旧车的话来。

五华里对于农村孩子来讲,实在也算不上多远,也就是迈腿的功夫就到了。难耐的不是步行,而是自行车。当我走出校门的时候,左右的同学们按着自行车的铃铛,鱼贯而出,只留下一个我形单影只踽踽独行。饭后,上学路上,自行车们仍旧是扬歌而去,只有我一个人在丈量脚下的土地。此情此景,那心中的滋味绝非一般人可以想象得出。不堪的日子虽然难过,但仍然需要天天来过,贫穷的屈辱是那样深地刺激着我敏感的心灵。慢慢地,我变成了同学们自行车衣架上的常户,我几乎熟悉了村中男同学每辆自行车后座的圆与方。而那种天天被人邀请蹭车的卑下感,也足以无数次唤起购买自行车的冲动。

遇到在外上临时班的哥哥休息的日子,是最快乐的日子。那种上学路上的骑行,恣情而惬意,那里面包含了一个少年的全部梦想。

放假了,闲暇无事,天天到田间捋苍耳子籽。到两只手被扎的稀巴烂的时候,积攒了满满两口袋。于是,用自行车将苍耳子籽的口袋绑了,带上一个塑料桶,到镇上去榨油。现在大约没有几个人知道,这玩意儿是可以榨油来吃的。回家的时候，看着满桶的油，那种成就感油然而生。没想到的是，待回了家才发现，塑料桶的上肩被自行车辐条磨出一个洞来，苍耳油漏了一路，剩了多半桶。

在外上学的几年，大家统一乘坐 11 路车，倒也让人把自行车的事淡忘了。

领到工资后最急迫的第一件事，便是买自行车。加重的，环球牌——似乎是最不具知名度的一个牌子，可是，它便宜。小县城的时兴风在不停地刮，包括自行车的品牌和自行车的铃声。在上下班洪水似的车流里，我的自行车变成了轻便飞鸽，又变成了轻便凤凰。与这同时的是，我们远离了从小吃到大的粗粮，开始顿顿吃白面了。

1987 年农历二月十六日，乍暖还寒，从遥远的西伯利亚飘来的寒流在小城的旮旯四处寻求庇护。城街上走来一队锃亮的凤凰自行车车队，最前面开道的骑了一辆半旧车，在转弯处要停下来放几个炮仗，后面的车一律全新，在车把上扎了红绸，并挽出一个绣球来。这是我结婚的场面。按照当时的风俗，我骑了一辆自行车，新娘则被一个唤作娶客的人载着，逶迤而来，逶迤而去。其实，在这个时候，在这个小城，娶亲这事儿的场面，行程已经被那种帆布顶篷的北京吉普所接纳。在经济与关系并行的 80 年代，这个场面是本县用自行车组织婚礼行程的终结。

少年纪事

果然有些老了。不仅自己老了,周围的朋友们好像也都同时老了。小聚的时候小呷的时候,自觉不自觉都要说到过去说到童年。比较现在的孩子,感觉两样童年如两个世界,不可比。想来想去,我们的童年应该叫作是自己找乐的童年吧。有许多不如现在的地方,也有许多现在不如的地方。似乎可以这样说:我们小时候即使做最大胆的梦也不会想到能过上现在这样的日子,而现在的孩子们对于我们的童年也是做梦也想象不出来的。

曾经想过,其实上世纪五十、六十、七十年代过来的人实在是最幸福的人,这种幸福有着两个坚实的基础。其原因一是避开了枪林弹雨的战乱,不须在惶惶之中过日子;其原因二是极其贫苦的童年,让人懂得了感恩。识得人生苦难,再历花样年华,自会对人生有更为深切的体味和更为平和的心态。

模糊的轮廓

远远望去,小村掩映在绿树之间。那时的村庄不像现在红砖辉映的浮躁的颜色,而是青黄相间,青的是砖瓦,黄的是土坯色——那个时代建筑材料的主色调。而那些绿树并不怎么名贵,主流是杨树和柳树,间了些枣树和桃、梨什么的果树,很张扬,将砖木结构的小村包围了起来。

超过树梢的,只有袅袅的炊烟。柳树和现在的不同,我说不来是不是叫漳河柳,但它一定是一种传统品种——如古画上的那种,给人以一种苍远的感觉。杨树已非作家茅盾礼赞的白杨,那时品种多了去了,如什么新疆杨、钻天杨、北京杨、毛白杨等等。细细看,这些品种还是有明显的区别。那时的小村就是被蜿蜒的土路的尽头遮掩着。汾阳城东的村庄大致类同,一是有高高的将村子围得结实的护村堰。因系汾河和文峪河泛滥区,所以想来古代的雨季大多是在泽国中度过。护村埝是古人传下来的防洪设施,也是不知多少先辈人汗水的结晶,全部依靠人工用黄土堆积,它的用途大约是在1958年文峪河水库建成后才逐渐失去了功能;二是有一个或两个水塘,是雨季时村中雨水的汇聚处。

　　回忆这些的时候,耳中突然响起了鸟或者是虫的鸣噪。踽踽独行在杨柳构筑的土路上,听着耳边蝉鸟的歌唱,走向那个冒炊烟的地方——这基本是中国农民数百年的生活模式吧。值得一提的是,当年的炊烟和现在的炊烟颜色完全不同,白色的,是柴火做燃料的结果——烧煤是相当奢侈的,以后再细说。而这白色的炊烟也不会像现在煤烟那样地呛人,隐隐有一种禾草味儿。白烟、青屋、绿树,构成了一幅古典中国画的意境。

　　那时的冬雪似乎比现在的白些大些,也是纷纷扬扬遮盖全世界。但下雪后路上的行人就绝少了——那是一个几乎没有机动车的时代。车辆少,但牲畜不少。生产队里有骡有马有牛有驴,家户里有羊有猪有鸡,想起来,这些动物发出的声音是那么和谐,独唱或合唱,从天宇中突然响起,又悄悄消寂在房前屋后。

　　春天,地里看不到现在那些飞舞的红红绿绿的塑料袋。天上有一字或人字排开的大雁,耳边是子规鸟不厌其烦的歌唱。村里的水塘解冻了,麻雀换了羽,燕子筑新巢。

　　夏天是一个可以歇响的时节。到中午的时候,满街都会静悄悄的,干热风在街面上吹,人们在家里睡觉或者是在葡萄架下乘凉。而天上有盘旋的鹰隼,一不小心会俯冲下来把谁家的鸡叼走;水里有唤作"捞鱼鸪"（也许就是鸬鹚吧，小时候有"捞鱼鸪，脖子长，×××娶了个懒婆娘"的俗语）和野鸭、水鸡的水鸟，安心地在游弋和捕食鱼虾。每到雨季，村人就开始紧张了，一众人挥镰进地抢收麦子，号称"龙口夺食"。

大雁排着一字或人字的队形再飞回来的时候，已经是秋天了。大雁原来是从南到北，现在是从北到南飞的，田野里到处是成熟的味道。现在想起嫩豌豆、烤玉米的味道依然是两颊生津，叫作是终生回味吧。

村庄是千年的村庄，大家的日子就是这么一天天过下来。比起现在，分明那时的天要蓝得多，房子要低得多，耳朵要清静得多，同时道路也要泥泞得多。

衣物

恍惚记得那时衣着和现在人还是有很大的不同。知道有一个古词叫绫罗绸缎，但真的没见人穿过，那时人们无论穷富衣着全部都是棉布衣服。

其实那是人们衣着上的一个重要变革的时代。经过民国的西风渐进和长时间的战争，人们的生态和业态都发生了很大的变化。虽然长袍马褂已经一去不复返了，但与现在不同，传统民族服装特别是平民服装还留有很重的传统痕迹。记忆中能数得着的有好几种。羊肚子手巾。应当说，所谓羊肚子毛巾是棉织机器的产品，不应叫传统服饰，但显然是古代男子头巾的遗风。裹毛巾的地区很大，好像山西全境、陕北、宁夏男人都是这副打扮。裹这毛巾是否与古代的幞头有传承关系，没有研究不敢妄语。总之那时男人们大都有一条大抵是白底蓝条的毛巾裹在头上，年轻人巾头朝前裹，老年人巾头朝后裹。结队而行的时候，远远看去，确像一道风景。陈永贵同志的不少照片都在提示着那个时代北方农民的头饰装扮。上衣分为单衣、夹袄、棉袄几种类型吧，是用扣圪搭、扣门相系的，现在作为一种文化元素留下来仍然被搬在舞台上使用。印象中这些衣服一律纯棉、一律纯手工。冬天出门，人们在外面要套穿羊皮袄，腰系一条布腰带。裤子,传统的是大裆裤,染做黑的、蓝的,腰部锁了一条白边,穿的时候对折一下再系裤带。袜子不少人家并不穿,穿的也是用白棉布手工缝制的。而鞋子比较有意思。见过最贵重的传统冬鞋叫毡窝子,用毡擀成的——那应当是当年晋商远涉北地的时候穿用的。那时鞋子是最费工的,是许多妇女煤油灯下的主业(部分人家已经可以买得起商品鞋了),记得有实纳帮鞋、山鼻子鞋、松紧口鞋、气眼鞋、暖鞋好多种,一开始全部是千层底的,麻绳纳,做好了再用楦头楦。到后来塑料便宜了,才改做塑料底的。所以,塑料可以说是改变人们生活的最重要的一种材料。说到塑料,想起来那时人们并不叫塑料,是称塑料叫作"化学"的,着实有些莫名其妙。

到70年代,衣服渐渐还是起了些变化,最革命性的,应该是"的确良"的出现,后来还有涤纶、涤卡什么的。材料的变化引发了服装式样的变化,虽然在颜色上被人称作全国上下一片灰,式样也呆板单一,但衣服变得越来越合身,而传统的大裆裤之类渐渐没了踪影。棉布渐渐远离平民,也可以称作是告别传统的一个时代吧。值得一提的是当年的花衣,衣料上的花纹也都"文革"味十足。有一种图案是镰刀斧头和枪杆子拼合的碎花,远看是花,近看很"革命"。90年代初被一位先生发现一农妇身着此衣后,重金购下,裁成块裱糊成条幅,被称为独一无二的"'文革'文物"。

关于衣服还必须说的是,当年的普通人家的衣服是和"年"挂在一起的。孩子多,总是小的拾大的来穿,总是打了补丁来穿。要穿新衣,就得等到过年。细算起来,当年妇女就衣着方面花费的脑力、体力就不知比现在人多到哪儿了。也许因此,古人才有了《游子吟》这样的好诗。

到现在,服装可以说是完全地全球一体化了,民族服装几乎演变成了礼服——节庆服装,世界大同,保留一些文化确实很难。而我们汉民族原先宽袍大袖的服装,能在电视剧里复原使用,就很不错了。

食物

那个时候,人类似乎是纯种草食性的。

有一个朋友说童年。有一次亲属来家,母亲居然买了肉待客,他碗里居然有两块肉。馋涎欲滴,第一块一不小心就被他吃下去了,第二块搁在嘴里咬着的时候,想了半天没有舍得咽下去,又放到碗边看着。直到到了上学路上,那块肉依然一会被吐出来看看,一会吸回到嘴里去。这故事我们听了信了,当时也笑了,笑得心里酸痛。那个时代人类几乎忘记了肉的味道。

现在是一个逼小孩吃饭的时代,所以,现在的小孩对吃不上饭是怎么也想不通的。面对一个物质极其丰富的时代,换了谁,其实也想不通,怎么会没有饭吃呢?不会用钱买吗?不会在家里做吗?

野菜

汾阳的四月份还是早春,杨柳刚刚泛绿,可一大早,城周围就多出了些似农非农的人。人手一把小锄头,或篮或袋的,满地里在寻找什么。寻找什么?一开始是寻找茵陈,一种有药性的食材——据说是做蒸食吃,改善食谱,调节胃口。后来便是找苦菜了,这时的苦菜汾阳话形容得最好,叫作"甜苣芽",只是丁丁点点的草芽儿,哪能经得起每天遍地的人来挖?所以城周边苦菜居然能被挖尽。

我是相信苦菜救过人命的。看过说唱本的《光绪三年》,知道光绪元年、二年、三年山西大旱,颗粒无收,人们从吃野菜到吃树皮到吃土到吃人,惨不可言。书中虽没有写到苦菜,但我相信当时一开始吃的野菜一定是苦菜。好像是1972年罢,汾阳也是连续大旱,和现在的汾阳城外一样,整个汾阳东乡满地都是找苦菜的人,只是当时挖苦菜的人和现在挖苦菜的人衣着面貌大不相同。当时的人们刨回苦菜不仅当菜吃,更重要的是把苦菜当饭吃——菜里和面或者面里和菜,以填充深不见底的胃。

当年人们把苦菜当饭，没有见过什么书上有记载，却也没听说过饿死人的惨事。可见饥荒岁月挖苦菜充饥，应该是一种和文明史一样悠久的传统，是历朝历代通过老百姓口口相传传下来的，只不过正史上没写罢了。

苦菜同属还有一个十分相近的品种，叫苦苣芽。与甜苣十分相像，但味凄而苦，无香味，所以我们没有吃过。但是当年见邻村的人是挖食的，可见也能食用。还有灰灰菜，当年传说吃了肿脖子，可是前年我在终南山农家乐吃过，至今脖子也没有肿过。还有灯笼花，是当年吃红面时的黏合物，没有单独做过菜品、食品，现在也没人食用了，地里好像也不见了——突然想起听人说过——好些能食用的野菜是饥荒年间长得满地都是，好年景就难找了，说得哲学而宿命，我不太相信。苍耳子，幼苗可做猪羊草，农村孩子是很熟悉的。但我说的是它的果实，苍耳子籽，挺刺人手的那种东西，1981年，我用手捋了不知道多少斤，只知道后来榨了三十多斤苍耳子籽油，供炒菜用。

肉食

前面说过关于肉食的小故事，是真的。当年的牲畜喂养，和现在专业化不同，是家家零星散养。记得那时几乎每家都有些鸡、有些羊、有些猪甚至有些兔。有文化意味的是，当年庄户人家养牲畜，基本上都给它们起了个昵称，类似于今天人们说的网名什么的。也许是因为有了名字，喂养者是不吃它们的肉的，并不是易子可食，实在是吃不起呢。想起来吃肉有几种情况。一是过年。"二大妈二大妈，我家的花头（羊）今天早上杀啦，我妈说咱们分的吃了吧，这是二斤。"孩子放下肉就走了。这是当年典型的汾阳农家做法，自家宰了羊，分送给各家，也不敢说要钱，只说分着吃。而收到肉的人家不一定没有羊，只是把羊卖出去了或者计划卖出去。而这二斤羊肉钱是得给的——一种温情脉脉的生意。而二斤羊肉，也大约就是当年农家过节食用的标准了。胡萝卜大点，吃三五顿饺子没问题，还可匀出几个虾酱羊肉盅盅。二是婚寿宴席。当年农村汾阳的宴席我记得人们戏称"耍水席"，谑指没肉的席，忘了具体三斤还是二斤肉了，反正是用很少的猪肉便可置办，琳琅满目一大桌，只见油花漂，不见肉块在。但即使这样的席，也不知多少时间才能遇上一回。有一个小朋友当年在城里亲戚家吃了一顿席，回来告我说：他家很有钱，席上的牛肉都是真的，很过了大快朵颐的瘾。我至今都记得他当时吧嗒嘴的样子。总之，那时即使条件好些的人家，一年吃肉的日子也不会超过十次，而即使吃，也只是意思意思而已，没有谁家敢于管饱让人吃的。

席绝对是汾阳高档饭中的精品，即便当年没有足瘾，想起来，那席的味道依旧很馋人。而最好吃的肉——当然，鸡肉牛肉兔肉什么的基本上吃不到，不算特点——想来想去应该是煨羊肉。汾阳的传统煨羊肉不动锅，是用夹砂陶罐——新石器时代人类就熟练使用的饮器来慢火炖的。

说到慢火煨羊肉，在那个连饭都吃不饱的年代，对于孩子来说，简直就是折磨。出出进进，闻着满屋的香气，听着肚子咕咕的鸣叫，不许吃，不算折磨也应算是一种刑罚。肉炖好后，一般是连罐带肉一起放于冷处贮藏，待有客人了或者什么特别的时候才能食用，羊油会在表面结成个白色硬壳。想起小朋友某发现奶奶家里炖了一罐肉，于是得空儿便打开白色硬壳偷食——直接用手掏食，直至把下面的羊肉全部吃完，直至他奶奶待客时才发现成了一个空壳子，于是一顿好打。

吃饭以外的荤腥，还是有一点的。

如鱼。那时候人们好像不懂吃鱼。大人不让捉鱼（那时水里鱼真多啊，几乎是有水就有鱼），只好捉鱼回来后，到别的小伙伴家里偷做偷吃，是别的一种味道。

如田鸡。汾阳话叫水淹子，用短竹竿、线绳和昆虫钓回去，像做鱼一样将后腿炖了吃，十分味美。

如蛇。那时候的菜花蛇好像比现在多得很，捉了，架起火来烧，看那油花滋滋地外冒，也不放盐，就那样剥了来吃，也香。

如麻雀。一般是冬天的晚上，从窝里掏了或仓房里用手电蒙红布（红外光）捉拿了，用泥糊了烤熟了吃。

如蚂蚱。直接火烤了吃，焦蛋白的香味很强烈。

现在想起来，这些偷食的荤腥真还算得上高档菜了。

瓜果蔬菜

汾阳东乡属于平原，除了特殊年景的大旱，瓜菜是比较丰富的。而"果"显然就差远了，要从西面边山贩来或者亲戚送来才见得上吃得着，所以实际上吃得就很少。吃得最少的水果应该是苹果，因为汾阳几乎不产，产的苹果是伏苹果，生长期短，现在已经淘汰掉了。记忆中小时候好像只吃过小半个，大约是国光苹果。而其他梨啦桃啦枣啦什么的，便没感觉有太大的稀罕。而汾阳瓜果中有特点的应该是槟果，中秋节的时候家家要买不少，使家里家外都洋溢着阵阵香气。还有大红，也不多见了，不过口感要差。传统甜瓜印象最深的是七月黄，现在好像完全绝种了，香气扑鼻，沙而绵，金黄金黄，最适合没牙的老人食用。而杮（音）瓜，也比现在脆得多甜得多好吃得多，也许是品种的原因吧。

小时候吃蔬菜没有缺过，甚至应该是叫过度食用了。

小队里有一块地，因为种菜，所以被称之为园子地。想起来那里就像个百宝园，是什么菜都种过的。一畦一畦，高高低低，也好看也实用的。隔不了几天，队里就广播去园子地里领菜，家家一担一担地往家里挑：长茄子圆茄子、西葫芦老窝瓜、辣椒芫荽配大蒜、韭菜茴子白、西红柿白萝卜、胡芹长豆角……真的是应有尽有。除了近几年时兴起来的些蔬菜比如生菜、空心菜、西芹什么的，真的品种十分齐全——只隐约觉得那时好像不种大葱，大葱是在家户里面种，现在也想不出是因为什么。

当年粮食是生产队往户里发，叫作"够不够，三百六"，换到现在，人均三百六十斤粮食应该是够了。可当年锅里没有油腥，三百六是家家都不够的。所以，就用蔬菜来代替了。所以那时人人碗里都是菜多面少，倒符合了现在的营养理论。

那园子地也是孩子们的乐园。最诱人要算是大人们精心扎起来的西红柿架，当西红柿秧长到一人高的时候，西红柿从下到上第七排花开的时候，便是头排花的西红柿成熟的时候。上午放学后，那时下午上课很迟，我们放学后得去地里割一回猪草羊草才可回家吃饭。当空空的肚子遇到红红的西红柿，自然是不好放过的。所以当年偷西红柿似乎是很家常的，猫了腰，大家鱼贯而入，摘了西红柿就用衣服裹了，溜到高粱地边大吃一通，算是午加餐。

面

比较起来，我在山西走的地方不少，而且也比较深入，所以才敢说汾阳面食应该是甲山西的。小时候的面食主要有红黄白三种。红是高粱面，是那时人们的主打食品。传统高粱"大散动""一把抓"到晋杂五号在我们的童年里都过度了一把。传统高粱个子高产量小，秸秆可打仰尘（天花板）用，穰穰可做笤帚，且质量上乘——现在好像一株也见不到了。晋杂五号大概是70年代培育的，个矮但产量很高，亩产超过千斤的，现在种的高粱好像也是晋杂五号。隐约记得当时大人们总在说晋杂五号的坏话，说不是人吃的东西。红面因为没有黏性不能单独食用，须拌了榆皮面方能和得起团、入得了锅。后来榆树皮也被人剥尽了，人们又发现了一种唤作灯笼花的野草可以替代榆皮，成了红面的另一种伴生物。家境好点的，红面只吃头、二遍（当年都是小钢磨磨面）面，想起来确实也不难吃的。后来才听说高粱在欧美国家是饲料。黄是玉米面。主要充作早晨的主食，制品是著名的窝窝头，全国有名。白是小麦面。记得那时每人每年好像是发五斤小麦。

但当年小杂粮品种可是不少。红薯、山药蛋这些代粮品不说，其他如绿豆、红莓豆、黄豆、豌豆、黑豆、谷子、糜子或倒茬或在地塄上都要种一些，秋收的时候琳琅满目的，挺上眼。村里甚至还种过薏米、枸杞、冬花等类药材，算是经济作物吧。

当年基本上各地的经济情况都差不多，而为什么汾阳饮食会独树一帜呢？我想大致原因有三：一是汾阳山地、丘陵、平原各占三分之一的地势，使汾阳农业物产十分齐备，原料丰富。二是汾阳人因为明代两王府和后来汾州府的原因，人们见识过大餐，舌尖能辨识出味道的高下。

三是汾阳女人不下地，基本都是全职太太，从小比花红、到大比厨艺。

所以才在当年以红黄为主色调的日子里，制作出了诸如擦尖、抿尖、剔尖、包皮面、猫耳朵、掐疙瘩、斜旗旗……数不清的面食品种。

此不赘述。

居舍

汾阳人把家里的房子叫居舍，和把天花叫作仰尘一样，都是远古口语的痕迹。

当年听长治人说汾平介孝人"吃的是料、住的是庙"很不理解，料大约是说高粱——因为晋东南人不吃高粱只吃谷子。庙就有些想不通，后来路经沁源农村，才发现那里的民居都是悬山顶，果然有三分庙的样子，可见是他们把地方搞混了。

我家居舍很普通，是20世纪60年代初兴建的。稍大点听大人们说是"盖不起立木房，只好墙上凳梁梁"，实际上是那种半砖、半土秸的没有柱的瓦房，而且很矮——据说当时起房盖榭的人家极少，那是一个饿死过人的年代。

汾阳传统居舍大致可分为三类，一曰瓦房、二曰窑洞、三曰平房。

但要说房子必须先说院子。在理论上，汾阳民居被统称为晋陕窄院。虽也是三合院、四合院的格局，但比北京四合院还是有很大的不同，即一般上房（正房、北房居多）左右梢间窗户面对的是厢房的山墙，看不到院子，被人唤作"窄院"大概就是这个原因了。虽然院窄，但大户人家往往是二进三进，中间以仪门相隔。从院子的布局上，封建传统等级观念便一目了然，充分显示出山西传统文化的顽固和人们思想观念的保守。三合院和四合院最主要的区别在于第一进院，如果有倒座的，便是四合院。倒座一般是南房，功能上做客厅使用，室内悬挂字画、摆放茶具及待客桌椅。

而这些建筑，本人并没有见识过它的建造过程，从小到现在，印象中它们都是老房子。

瓦房

瓦房可分两类，一类两出水，一类单庇顶。两出水房子一般为硬山顶，极个别为悬山顶（遗存时代要早），面阔三或五间，进深二或三间，不设斗拱（设斗拱者也为纯装饰品）。有前檐柱、后檐柱及山柱，柱顶大小额枋（俗称普栏、嵌板），额枋承托梁（汾阳话称柁，也是一个很古老的名词），梁上承檩（汾阳话为檩），有前后檐檩和脊檩，柱、梁、檩构成了房子的间架，直接效果是"墙倒屋不塌"，具有很好的抗震性能。檩上承接椽和望板（汾阳话称苫板，大多以芦苇秆乃至高粱秆代替，上抹泥灰挂瓦）。墙体依财力不同而不同，有钱人家全砖结构，贫苦人家用土秸代替砖，用白灰罩面。还有一种做法是犹抱琵琶，唤作"里生外熟"，即外面用砖砌，里面用土秸垒，主要因素都在于财力上的不同。门窗等装修，随时代不同而不同，见过格扇门窗，也见过所谓"四大空"玻璃时代的窗户，也见过渡性的门——民国时期的帘架门——专做了一个帘架，用于挂门帘或竹帘。较有特点的是窗户，外设外窗——大约是防尘的，内设室门——大约是防盗的，三保险。

单庇顶也叫一出水，常见于厢房。木构件上与硬山极类似，只是它的后檐柱要高很多，脊檩置于最后。所以在外观上形成了一个单坡，后墙要比前墙高很多。这种结构往往室内空间要小，显得很逼仄。产生原因我想有二：一是符合水为财的理念，雨水不会流到院外；二是高高的后墙使人难以攀爬，起到了防匪防盗的作用。

上述瓦房是一个基本形式，但现实中各家是各家的样，因位置和实力不同显得相异其趣，但总是在上述框架下变化而来的。

窑洞

窑洞应该是黄河文化的产物，常见于华北、西北地区，建筑学家说它是人类穴居的遗痕。窑洞形态最早的是土窑洞——和黄土高原有直接关系，是利用黄土特性形成的产物，是真正意义上的穴居。砖砌窑洞也称拱券，显然是对土窑洞的模仿——据说元代以后才在地表建筑中使用。土窑洞的名声到现在也很响亮，比如冬暖夏凉、利于贮藏等等，但近年来因为各种原因逐渐被淘汰了。

我的家乡因为是平川，所以小时候只见过砖窑洞。砖窑洞比起瓦房来要雄伟高大得多，往往窑洞顶上还要建阁楼，形成一个楼院，所以在整个乡村建筑群中就显得很惹眼。这种建筑大部分是纵向发券，大多为三孔，墙壁和窑顶都很厚重，所以也便有了土窑洞冬暖夏凉的同一优点。一些极个别的窑洞则纵向、横向都发券，形成汾阳人所谓"枕头窑"结构，使得室内可利用面积大大扩大。窑洞虽然体量比瓦房要大好多，但因为结构所限，四壁直立，不能遮雨避阳，所以，不少人家在窑洞前加了插廊，既丰富了视觉，也强化了居舍的功能。

可是那个时代实在是太贫困了，盖瓦房的见得很少，兴建窑洞的就更是几乎没见过了。

平房

平房应该属于瓦房和窑洞的变种，一般不为居舍所用。常用于厨、厕、库房之类，结构上大致相当于窑洞不起券，顶部用木过梁承托椽子，然后以青砖覆面。只不过平房顶子并不是平的，一定是有一定斜度，以利出水。

以上瓦房、窑洞、平房只是传统居舍的基本样式，在20世纪六七十年代，出现了人字架结构的工用建筑等等形式，八九十年代大批量地出现了预制板平房民用建筑，进入21世纪，楼房几乎将要一统天下了。

而我们的童年，早已经写进瓦房、窑洞的青砖和白灰缝中。那檐下有我们的燕子窝，一排排黄口雏燕的叫声似乎还响在耳边；那椽孔有我们的麻雀之家，麻雀蛋的香味仍然留在口颊；那山墙上的蜂窝不知安好否，记得它们曾经蜇疼了包括我在内的太多太多的人。

关于童年的居舍，也是汾阳民居最独特的地方，我看不是外形和结构，应该是土炕与灶台。有个嘲笑算卦先生的俗语是："（经掐算，你家）九层火火（即灶台）十层炕，烟囱安在房顶上。"这叫一算即准，因为确实不论是瓦房还是窑洞，可谓家家如此。灶台砌砖九层，六十多厘米高，基本适合各种身高的人操作。土炕砌砖十层，外加一层木头炕楞，比灶台高十来厘米，是一个适合人坐卧的高度，对于小孩，又比较安全。和外地的不同主要在于灶台上：一般家庭都用尺三、尺四的大锅，锅前为火口（搁柴放炭）所用。火口下是炉膛，是火源地，炉膛下为燎支。燎支之下，是一个与炉膛分隔的空间，谓之燎窝，是炉灰的下脚处。而汾阳特别的一个物什是燎窝中的一件夹砂陶器，谓之燎窝盔，作接炉灰之专用，正符合现代公共卫生垃圾不落地之理念。灶台上还有三个地方得特别说明一下。一是炭仓，顾名思义是放置柴炭之用，与燎窝平行，置于灶台平面之下。二是唤作"火堂堂"的所在，在炉膛隔壁，是用于偷闲火烘干食品之用。就在这个"火堂堂"里，我想，是写下了太多人关于童年的吃的回忆，就在这里不知发生过究竟多少个生动的故事。三是炉口，当然做饭的时候是坐锅之用，但在冬天，生火又不做饭的时候，这里要搁一件现在似乎已经失传的家什，汾阳话唤作"砂鏊"，夹砂陶器，也能让人联想到新石器时代的先民。砂鏊的作用主要是封闭炉膛、散发热量，当然，也可以炒黄豆、花生——香味会溢满整个家里。灶台最里端的部位还有一个莫名其妙的功用，即神位之所在。此神谓之灶王爷，好像平时不怎么工作，只在腊月二十三的时候，上天说说主人不舍得吃之类的闲话。所以灶王爷神龛前亘古不变的对联是：上天言好事，回宫降吉祥。土炕也叫热炕，实际上是烟道的所在，所以冬天才会热乎。汾阳土炕部位不同名称也不同，典型的如"火火头""炕头起"，睡下的感觉是大大不同的。直到现在，那些睡惯土炕的人，还是不习惯暖气居舍。

出行

现在想起来那个时代的出行真的很有意思。从交通工具上说，飞机、火车、汽车、轮船什么的都有了，而且也成了人们远行的主要工具，但在汾阳乡下并不算太偏僻的农村，我小时候还是见过那种木辐条铁皮箍轮子的牛车、独轮推车以及后来的胶皮（橡胶轮胎）车、小平车，特别是由十二根木条框成的"擦地"。

记忆深刻的是牛车的车辙，后来学成语"南辕北辙"时，一下子就理解了词的本义，就是因为那牛车是有车辙的，而且很深，车走过时被磨得黑亮黑亮。牛车在古代是出行工具，但在我小的时候好像没有这个功用，也是生产工具。而独轮车、胶皮车、小平车，则都是生产工具，唯胶皮车可兼作出行之用。"擦地"这玩意儿现在应该是失传了，是牲口下地时用于搁置犁、耧一类的农具，由牲口拉到田间的一件重要工具。

具体到出行，上面说的飞机、火车、汽车什么的是很有新闻性的事或者说是书里戏里的事，说起来几乎有些匪夷所思，而那时的人们基本也是不出行的。记得我在十一岁前，一共进过三次汾阳城，现在想来仍然觉得不可思议。人们最基本的出行工具有两种：一是自行车，二是两条腿。

腿作工具出行，其历史大概与人类历史同龄，但我小时候真的至少有三分之一的人是徒步出行的，也至少有另外三分之一出行的人是借用别人家的自行车的。现在倡导低碳生活，想来当年那应该算是极低碳生活了。

讲两个关于出行的小故事。

步行

有一次一个人从十五里外的姐姐家步行回家，因在路上贪玩，到邻村时天已经完全黑了。虽然只有三华里远，但对于一个八周岁的孩子，感觉还是很漫长的。那个年代的文化生活中有很大一个成分是鬼故事，到这个时候，一个个鬼故事就都浮想在脑海里。可这是没奈何的事，只好自己给自己壮胆，一会儿哼两句歌，一会儿装咳嗽，但越是这样越是觉得路更长了。就在这个时候，隐约总觉得后面有一个人跟着，停下脚看，却一个人也没有。再走，就又听到有"沙拉——沙拉"的声音伴我而来，顿时感觉头皮发炸，起了一身鸡皮疙瘩。不敢走慢，又不敢走快，那种感觉真的是十分吓人。快回村的时候，听到了晚收工的大人们说话的声音，才敢回头细看——原来是裤腿上挂了一根沙蓬。

骑行

邻里有一个残疾人家庭，大队照顾他家，让他家养了一头小毛驴，做点驮炭倒卖的小本生意。我从小老在他家玩，所以关系很好。而他家的那头小毛驴，确实是小毛驴，小到我们小孩子一跃就能骑到它的背上，所以我们有时候就骑着它在院里兜两圈。有一次我和他家的小主人记不得因为什么要到五里外去，而且牵了毛驴。一出村，我们便交替骑行，高兴得忘乎所以。但那毛驴终于有点不堪重负了，慢慢它开始小跑起来，颠、颠、颠。也真是时代产物，那时我长得很瘦，毛驴也长得很瘦，骨头对骨头，颠来颠去，到下驴时屁股被颠得出了血，疼了好些天——但也没舍得告人。

后来有年夏天打草回家，正好碰上生产队的马车，便和小伙伴们一样，把草放到车上捎脚。看到散赶着的马群，因为有骑驴的经验，便一跃上了马背。没想到这马和驴是大大不同，见背上有了人，它突然开始小跑并不断地尥蹶子。第一次上了这么高大的动物身上，又没有缰绳可抓，手挽马鬃可能更让它不安，于是被这家伙一下子从马脖子处掀了下来，亏是摔到了路旁的草丛里，有惊无险。

车行

毫不丢人地说，我第一次乘坐汽车是十八岁的时候，所以说车行，当然地是指自行车。学会骑自行车是十一二岁的时候吧，但骑车就很少了。因为家里只有一辆车，还得紧大人们骑。记忆最深的是有一次去镇上，回来的时候赶上下暴雨，那叫是天、地、人、车合一了。路是土路，走一步远，车轮里的泥便塞满了刮泥板，推也推不动了。人小，扛车是扛不动的，路泥，推也是推不动的。只得一个人站在树底下，听凭雨水不停地劈头盖脸而下。直到雨停了,听好心的路人说从草上推能走得动,才一步三寸地挪回了家。

还有一种出行算是出行游戏,是现在孩子不会理解的。突然在路上看见一辆前行的拖拉机,孩子们一股脑儿扔了手里的家什,飞奔过去攀缘。爬上去了,便兴高采烈,唤作"坐美气"。"哒哒哒"拖拉机一溜烟走了好远,我们再灰塌塌地下来,步行回到原地。

那时的我们是多么地渴望车行啊。

趣事

高也罢低也罢贫也罢富也罢,寻找乐趣,是人的天性也是人的终极追求。富作乐,骄奢淫逸,是针对人的;穷作乐,苦中找趣,是针对物的。逝去的那个年代,是一个物资极度匮乏的时代,但有的是纯洁的绿禾、黄土、蓝天、白云,比之现在,是多么鲜亮的一种风物!

音体美

如果武断推测的话,那个时代似乎应该是没有音、体、美的。但实际上,我记得我们小时候,音体美课程很重要,比文化课似乎还重要。学校音乐课上教唱歌、识谱之外,还教乐器,比如我就学过笛子和二胡,只是因天生没乐感,所以都是入门即退了。当时的小学大多办有红宣队——毛泽东思想红色宣传队,都能拿出一定数量的节目,现在有时仍然觉得匪夷所思。体育,某种意义上说要比现在的条件要好。那时的校园虽然没有橡胶操场,但贵在都有操场,又因为学生的兴趣大,体育课经常会挤占文化课时间,跳高、跳远、长跑、短跑、铁饼、铅球、手榴弹、篮球、乒乓球……真的项目多得很,又都设置了年级达标界限,所以很是活跃。美术很重视,我也天性喜欢,但是好像上的课不多,现在想起来,一定是师资缺乏的问题了。但也用蜡笔涂过画,拓着"页"写过"仿",就算是有过个入门过程吧。当年城里的孩子条件就好得多,因为有王捷三、靳冠山老师的缘故，还是有不少人学画并终成硕业。

那时的文化生活据说是比解放前有了很大改善。除学校组织一些小型的活动外，其余的主要内容是看电影，重复着的那几部电影总是让人百看不厌。我们会成群结队到五华里之外看外村演电影，也去看场子里青年男女趁机的嬉闹。而那些样板戏之类的戏曲因为看不懂，就有了一边站着看戏一边睡觉的经验。不过真正的戏曲似乎只看过一次，好像是省晋剧团的《龙江颂》，是些习惯了听晋剧的中老年人在看，一点也不好看，只记得布景十分逼真，让我感到很吃惊。

游戏

现在的孩子一说游戏，一下子便会想到电脑。确实，游戏的完全脑力化已有很长时间了。比起来，我们小时候的游戏甚或可以称为是一种体育。人和人的较劲比之与机器的较劲，不知要有意思多少？而且来自天性的那种大呼小叫、你哭我笑的过程，将会是一生的财富。现在试将那些早已失传的游戏整理如下：

金。涉及金属的游戏首先我想到的是"掂钱"——一种博彩游戏。一铜钱先覆砖上，另一钱由手指处自由落下。将底钱砸翻过来为赢，否则无输赢。"滚环"——各种金属环状物如筒箍、自行车钢圈等，自制扶环器，比赛平稳走的距离远近。"咣（音）蛋儿"——其实是前者将一铁球以脚踢出，次者以前者铁球为目标，踢出铁球相击，再次者类推。击中前面铁球者为赢，补偿办法是被击中者要背击中者到铁球所在地。算是一种足球运动吧。

木。木制玩具最特别的是"冰车"——实际上是一块木板或拼合板，板下敷两根铁丝。运动时，人坐其上，以手中铁钎搏冰，使车行如飞。棍棒作兵，似乎是天然行为，到现在仍然如此，所以此不叙述。"弹弓"——以粗细适度之树杈砍削而成一个"Y"字，顶端缚橡皮筋而成，其历史应相当悠久了。小时候专为打鸟之用。"秋千"——以前好像只在过年时搭架，很普及。现在仍有，但不普及。

柳笛是春柳的衍生物。折一截柳枝，将绿皮扭下来，用刀切齐，一端刮出内皮，便可吹出各种声音。枝粗音粗、枝细音高。

还有一种玩具似乎也可归类于木。即秸秆。那种传统高粱的秸秆节长，其皮与瓤结合可编制成各种玩具。记得如"转蛾""风阁碑"等。

水。汾阳东乡村村都有水坑，是雨季雨水的汇集地。因大都是文峪河流域，在春季和雨季，都有丰沛的库水在河道流淌。这些水坑和河道不但野生了各种鱼类，还成了夏天我们戏水的乐园。

男孩子大部分都会游泳，就是沾了这些水源的光。所谓游泳，其实是在戏水的过程中学会的。当六七岁的小孩战战兢兢地下水后，总有比他大一两岁的孩子猛地推他入水，或者是从水下钻过来拉他入水。在这样冷不防地呛了几次水后，大部分人就都找到了浮在水中的感觉，就试着模仿大人的样子，慢慢地习了水性。但必须说清的是，这样学会的游泳确实登不得大雅之堂，常被人讥为"狗刨"，比起真正游泳的规范动作来，既费力又不好看。狗刨也有学问，汾阳话把这动作总结为"扑腾""死人漂""钻鲶葫芦"等等，倒是很形象。

游泳的时候，有时就能感觉到小鱼在叮啄人体，这就说明水里有鱼了。记得有一年干旱，村北水坑水量大大下降，先是小孩子们试着捉鱼，也不知怎么回事，居然引来了全村的大人，水坑霎时变成了人海。大人们用网、用"戳子"，小孩子用"圈圈"，满眼都是人、满眼都是鱼，满耳朵都是关于鱼的大呼小叫，一场真正的浑水摸鱼大战。那一天后，我知道了捕鱼其实也是汾阳的传统作业，否则，怎么会有那么多的捕鱼工具呢？

说到捉鱼，最有趣的是河道里捉鱼。往往是不大的水面，里面藏龙卧虎，隐藏了好多大鱼。有不少鱼种就是在这种情况下认识的，如鲤鱼、鲶鱼、马口、白条、黄颡和大板鲫。

雨季文峪河放水的时候，是孩子们欢喜雀跃的时节。最刺激的是"跳水"，大家站在桥边，看着桥下滚滚激流：一、二、三，一齐跳入水中，顺水游走。有一次，我就这样跳下去、爬上来，跳下去、爬上来，再跳下去的时候，突然感到筋疲力尽浑身没有了一分力气，但意识十分清楚，慢慢一直往下沉去，口里也呛了好几口水。就在这个时候，脚掌忽然踩到了当年才栽的柳树梢头，使尽浑身力气借了与树梢的一个弹力，才把我送出水面。坐在岸上，人几乎被吓蒙了，从此知道了什么叫作"水火无情"。

火。水是可玩的，火是不可以玩的。怀疑小孩戏水的时候，大人最简单的检验方法是在腿上用指甲划线，划出白线者，一律按涉水人员处理，非打即骂。而玩火是没有检验方法的，但小孩也知道火的可怕，所以，不敢轻易而戏。只有在田里吃烧毛豆、烧玉荽的时候，才能享受火的美妙。

土。有时候想，也许"女娲抟土造人"的传说是小孩子编出来的，因为玩泥巴是小孩的天性。

印象中土分三种：沙土、黏土、胶泥土。老家村北一带我一直认为是汾河故道（乾隆四十二年以前之河道，有些地名附做佐证），地表全是沙质土，雨水过后很快就可以行走。而村南则土质黏性大，雨后三五天内寸步难行。而胶泥，则是黏土下的又一种土。泛红的颜色，很致密，好像比重也要大，是我们小时候抟土捏人最好的原材料。鸡啦猪啦，学习对各种动物、各种静物的塑造正是当时的一种课题，当然，没有发现谁成了材，成了雕塑家，比起现在孩子学陶艺档次上也是无法比较的。但小时候"拍泥钵儿"的乐趣，现在孩子们是无法体会的。

偷瓜以及掏麻雀

小时候正是亘古未有的农业社时代，也是一个"窃粮不算偷"的时代。想来人人吃不饱，而满眼是粮食，缸里又没米的日子确实是一种难熬的岁月。所以那时偷粮食没有人认为是丢人的事。

我们小，不敢，怕治安员。

邻村有一片瓜地，与我们村隔河相望。西瓜长成的时候，也正是我们天天打猪草羊草的时候。稼禾间甚至树荫下，闷热得仍然让人受不了。不知是谁提议，偷瓜去。于是，大家把衣服脱了，搁在河岸，一个猛子扎到河对岸，浑身抹了泥巴，像电影里的战士一样，匍匐前进至邻村西瓜地里，捡大就抓，一人滚了三五个瓜回来，怕被村门口治安员捉着，只好当下胡吃一气——这时候大约有一半是熟瓜就不错了。有时就被看瓜人发现了，大叫大喊地追起来，我们毫不畏惧，发声喊，一齐跳进河里，气得对方嗷嗷大叫，却奈何不得。偷瓜时间长了，就积累了一些经验，知道最好的时机是在傍晚。这个时候，看瓜人在瓜棚中的活动大家会看得明明白白，而因为瓜田面积大了，看瓜人没有目标是看不清偷瓜人的。而晚上能够听得见，白天能够看得见，均不宜作案。

粮食不敢偷，倒是可以"打埋伏"。打埋伏这词一定是从电影里借来的，很形象。秋天庄稼成熟的时候，为了防止人们把粮食捎带回家，村里会在村门口派上治安员，回村的社员是要被挨个儿搜身的。因此，我们会在田埂、河堤边挖一个口小肚大的地洞，将粮食埋进去，表面再遮一些柴草，以蒙混治安员的眼睛。等到秋深或初冬的时候，趁打柴的机会把粮食背回去。一个地洞放几十斤粮食是不成问题的。后来这个办法不知怎么给村干部知道了，便有治安员沿可疑地段拿一把铁钎寻找，伪装做得不好的便被搜了去。还有一种情况是到取的时候，发现颗粒无存，原来是田鼠帮忙运送到它的老家了。

田鼠是地里跑的，还有天上飞的。

麻雀被归为害虫一类是有些冤的。它不仅吃粮食，也吃各种有害的昆虫，功过相抵，就不能把人家算作害虫了。实际上，麻雀比起老鼠来，和人类要亲和得多。小时候无数次地捉过麻雀，却一次也没有捉过老鼠就说明了这个问题。麻雀喜欢在檐下、墙缝做窝，通过麻雀粪、窝草和它的行踪，我们是不难找到它的窝的。六、七月间，是掏麻雀窝的好时光。麻雀窝总是筑在高处，我们一般的办法是"加马"（人梯），两人或三人"加马"起来，用手去掏。掏麻雀窝有一种神秘感，因为你不会知道掏的结果是什么。有时候是雀蛋三五颗，有时候是雏鸟三五只，有时候是一条蛇，有时候是什么也没有。雀蛋往往被我们磕破后一饮而尽——有时就把鸟胚胎也一起喝进去了；雏鸟是孩子们的最爱，一人一只带回家用高粱秆编下的鸟笼去养——往往接近羽翼丰满的时候，会被它的父母亲解救出笼，腾空而去；蛇是孩子们的最怕——俗云掏雀儿（巧儿）掏出蛇来了，即谓此。其实蛇和人一样，也是冲着麻雀的蛋或子女去的。蛇虽无毒，却总是让人发怵。

说到蛇，好像当年比现在数量要多得多，田间地头，几乎是天天都可以碰到的。一开始，我们看见它在游移，总是吓得一哄而散。后来慢慢长大了也胆大了，便用砖石去砸，直至其抽搐至死。再后来，是用镰刀或者别的什么棍子一类掐了其"七寸"，看其挣扎直到断气。再后来，全无所惧，顺手拈其尾，一阵抖动后，蛇便会晕头转向。再后来，我们把它用火烤了来吃。虽然天天和蛇练着，可还是有两次被蛇吓破了胆。一次是不小心一脚踩破了一颗蛇蛋，一下子爬出一堆小蛇四处乱窜，吓得拔腿就跑；一次是搂抱打下的野草时感觉草下有一条蛇，绵绵的正被抱在手里，也是马上头皮发麻两腿发软。

说到害怕，那时最害怕的事是听故事。记得有什么《吃油油糕》《麻胡（狼）》《拍麻麻药儿的》《夜游神》之类的有名称没名称的故事，都挺可怕。越怕越听，越听越怕。于是对黑夜和坟地就有了一种莫名的恐惧。走在夜里，走在野外，总要想起故事里那些可怕的神、鬼、妖。于是想到，其实古代那些没有光明的漫长夜晚，也许正是许多人在编、讲这许多的鬼故事、神故事驱走了人类的寂寞，也演义出了诸如《西游记》一类的伟大的民间文学作品。

几乎只是一晃间，我们的生活形态变化得连我们自己都难以置信了。从衣食住行到生活情态，我们来了个翻天覆地的变化，似乎无一因袭那一个时代的历史，整个时代被不露痕迹地丢到了世纪的那一面。平房变成了楼房，大口锅变成了平底锅，伴着油灯听故事变成了 LED 灯下上电脑。碗筷用于吃饭虽然形式上没变，但现在的碗与现在的筷，要比当年精致得多。碗变了，碗里的内容变得更大，几乎现在一日的荤腥就可抵上当时一年的荤腥。丝毫没变的，大约只有爱吃辣椒继续爱吃辣椒，是男人仍然是男人了。

宰　牛

队里人们纷纷传言，要宰牛了。

生产队里有不少牲口，以骡子为主，马次之，牛最少。我知道，队里只有一头牛，黄牛。而这头牛将要被宰了，不是犯了什么错误，是它老了。

就听二叔在院里和人谝："牛有灵性，明天杀牛还不知道有什么事呢！"

二叔当时用了一个画了蓝圈的土瓷大碗，碗里是用盐醋酱调出来的红面擦尖。他的脸涨红着，对着院里的婆娘孩子们，似乎是愤愤然的样子，用筷子在半空中划着。

吹熄煤油灯的黑夜里，我想着那头黄牛的样子。饲养处就在我家对门，这头牛我很熟悉。只是突然想不起这头牛是什么样子了。想到的只有杀猪、杀羊的血腥场面，想着想着就昏昏睡去。

第二天一早，我和三子就到了饲养处。

我们这里不叫牛棚，叫牲口圈。一字排开的木构单庇顶简易瓦房，有顶有山墙有后墙，前面用石槽做了前墙。古人槽头认马就是指这里吧。我和三子蹑手蹑脚地到了牲口圈，看到那些驴、骡、马们都是老样子。睡觉的睡觉，响鼻的响鼻，满圈里飘荡着牲口的臊味儿。只有那头老牛，不吃不动，石头一般站在那里，槽里的干草（谷草）满满的，似乎一夜没有动过。

一会儿，队里的二杆来了。腰里紧一条粗布腰带，手里攥了一支鞭子，竹把、皮辫、筋梢，脖颈部位还系了一个麻丝染就的红缨，很威武。二杆先甩了一声响亮的鞭哨，然后，前去牛圈将拴牛的绳子解下来，牵着它向外走。那黄牛好像知道点什么，任凭二杆费尽力气，就是不肯前进。这时候饲养员赵大叔过来抚摸着牛头，口中念念有词，片刻，那牛才似乎有所松动。小队长马四叔牛屁股上踹了两脚，它才不甘心地往外挪去。

到了宰牛的空场子里，人们七手八脚地把牛的四蹄捆在一起，又用一根粗壮的绳子把它系了起来。这时候，就见黄牛缓缓地抬起了头，仰天一声长鸣"哞——"，眼瞪得大到不能再大，眼角竟淌出泪来。它身上的牛虻嗡嗡地飞来飞去，更让场子里有了一种怪异的气氛。我们几个小伙伴你看我我看你，浑身被一种什么力量攥住了一般，内心突然感到一阵骇怕。饲养员赵大叔趋步上前，用那双粗糙的手，不断地抚摸着它的前额。那牛像知道什么似的，居然"扑通"一下双膝跪地，两眼泪如泉涌。场子边围观的妇女儿童见此状，也都跟着唏嘘不已。

赵大叔见状，先是别过脸去，后竟径直去了，没再回头。

这时，二杆与其他几个后生一齐发声喊："嗨！"二杆的榔头敲在牛的脑门，众人的粗绳像拔河一样一齐发力，那牛"砰"的一声倒在了地上。

二杆其实是村里有名的屠户，宰杀猪羊无数。面对这头大牲畜，只见他不慌不忙，用刀在牛脖只一捅，那艳红的牛血就汩汩地流淌出来，洇入黄土，变做黑乎乎一片，空气中立时充满了刺激的血腥味儿。两只牛眼干瞪着，凄苦而哀怨，不闭。二杆熟练地拿了那把刀，飞快地剥皮——牛皮的价钱不错，队长早就急着要了。

这一夜，队里的人们家家升起柴火，关好了门窗，但是那牛肉、牛骨汤的香味还是从门窗缝里氤氲了整个村子。

3月11日

第二编 乡情

沉重的文化
——汾阳古迹调查笔记

时间的折页已经翻到了2005年,汾阳的地域经济正以史所未有的速度发展着,人们的行为和心理都在发生着深刻而巨大的变化。新居舍、新街道、新公路——在奋力图新的今天,汾阳地面上经过多次浩劫而残存的文物古迹现状如何呢?毕竟,这些祖辈传承的文化载体大都有五六十年的失修史了。带着这个巨大的问号,我们步入了调查之旅。

堡城寺龙王庙是新近被人所重视而进行过全面科学调查的一处古代建筑,且在去年被省人民政府公布为省级重点文物保护单位。谈到此,就得说到王江同志,如果不是他从事文物工作以后勤学苦钻,在古建断代方面下了相当大的功夫,有了相当的认知能力,它就会被按一般性古建筑去看待。带着一种神秘感,我走近了它。庙院仍然存在,但显然已经被进行了大的改造,一个空旷的院子,前院是一座大约建于20世纪80年代的戏台,气势夺人,但空落落的。正殿是龙王殿。门窗装修已被人动了手脚,板门、直棂窗(按时代风格推测,访问村中老者亦言)均已无存,前墙被移置于檐柱之间。进得大殿,见殿顶被人打了仰尘,是石膏一类的新式装修材料,所有梁架全被遮在了仰尘之上。一问,却原来是村里当年要建文化室而改制的结果。真有点意思,为了文化而对古老的文化进行了侵略和破坏,这也算是一种特色吧。东山墙象眼处,正好有一破洞,洞在仰尘之上。无奈,只得冒险从洞内钻入,对斗拱、梁架拍了照片。如梁上题记"功德维那"等时代语言所证，此庙柱头卷杀、真昂、大义手、间斗拱等作法显然是元代以前之作品，在全国也算珍贵的实物遗存。前檐阑额也是通头一根，与峪口圣母庙相类，让人感觉着早年汾阳的富裕和极其鲜明的时代特色。采问耆老，原殿中有壁画，因改建需要已被人一律铲除。有龙王、蚜蚄等三位主神及其他一应侍神泥塑，在更早就被迁出毁坏了。较为新奇的是，一般庙宇都是在前廊两山廊下绘门神，而此庙原物是泥塑的，可惜原物已不得见。正殿之右一字排开，是为关帝殿，带插廊的三孔窑洞，大约为清代所构，无甚特点。令人难堪的是龙王殿后檐，去年的一场秋雨，已造成一个直径一米左右的漏洞，且有十数平方米的椽与望板均已下沉。殿顶野草丛生，显然，这与多年不揭顶、不勾抿有直接关系。怎么办？

值得一提的是庙中清嘉庆及民国间的两块《水例碑》，都在记述着以前本村与其他村水利纠纷经县里解决的史实，一是可见汾阳缺水的历史，二是可见村人对大事勒石的重视程度。

刘村是峪道河口的第一村，是赫赫有名的狄青墓所在地。首先去关帝庙，因为存有狄青墓表的两尊石兽、石虎、石羊，却进不去门，只得在街上远远地望。此庙大约早些年搞村街规划时，被拦腰斩断。街南侧是一座乐楼，街北侧是殿宇的主要部分。据说近年村里筹资进行了一定程度的修缮，并新绘壁画。外观上看，格局紧凑而富于韵律。正殿为三孔窑洞，窑顶为第二层——一座硬山式三间小殿。正殿前之左右两翼分别为钟楼、鼓楼（当是汾阳现存遗构中绝无仅有），再前是东、西配殿。印象中此庙为清乾隆中作品，也许因时代较晚，所以至今仍未列入市级文物保护单位。找执钥人不见，无奈，只得从门缝中窥视石羊、石虎。不甚高大，但很精致，果然是北宋一品大员的规制，不同凡响。早几年，配合太汾高速考古，市专业人员对狄青墓进行了粗略的地下探查，未找到墓穴所在，也未找到其他翁仲、石兽。据云：墓区卵石过多，难以勘探。在盗古墓成风的今天，也许，找不到才是对这处省保单位的最好保护。但作为一个行伍出身的一介武夫，尔后又官至枢密使，且身处以文官为重的宋代，确是一个奇迹。无论从弘扬地方文化看，还是从发展旅游业看，这里的开发和保护都将是我们的重中之重。

峪口村与刘村隔"河"相望，是50年代才入编的一个行政村，原来叫娘娘庙，可能是附近许多村庄共同的一处资产。以后住户陆续增多，才成为一个自然村。峪口圣母庙也是去年才公布的一处省保单位，规模较大，有山门、献殿、贺鲁殿、圣母殿、龙王殿、东西配殿等建筑，除乐楼被拆除外，格局基本完整。其价值的核心部分是一字排开的三大殿，为元代遗构。且贺鲁殿、圣母殿均有壁画（早年被人敷了泥、灰，全部覆盖），是一处潜在的国家级重点文物保护单位。可惜因年久失修，三大殿之殿顶大部坍落，阳光直射无遗。今年拟敦请省有关部门拨款抢修，来此调查权当是打个前站了。让人产生疑问的是，此庙庙名圣母，却以贺鲁殿为正殿，让人无可推考，一奇。此贺鲁显然是神头源泉之贺鲁，前人为祈拜方便专门从源头请下来的，应是汾阳的地方神。

峪道河新石器遗址是一处覆盖面积很大的古遗址，涉及许多村庄。在崖头村以上，我们终于找到了偶见陶片的二级台地层面，感受了一下远古人类的生存环境。田野捡拾陶片不甚成形，那种夹砂红陶最让人生发思古之幽情。

水泉村村名简洁又直白，只是已看不到一口水泉。在路边河边也许更准确点，曾经有所谓九十九盘水打磨，今独遗一盘。是标准的一处民国年间的作坊旧址。房屋全在，虽已改作他用，但据说此处全套水打磨工具还能配齐。可惜处有二：一是此处尚不是市级文物保护单位，二是磨在水不流。不知何时磨盘才能转动起来。

以往去汾州八景之一的马跑神泉，总是驱车直达源头，看那泉看那景，甚是无味。今从金庄小水电站后院下沟入步，果然别有所感。那泉水确是滋润了一沟风光。湿湿的地、奇奇的石、嫩嫩的草、黝绿的树让人心一下子跌入了大自然。步行在石上林间，听溪水放歌鸟虫鸣唱，触目是溪瀑如练，真是一种极舒畅的享受。有人想开发此处成一消闲避暑景点，有眼力。行二三里许是虹鳟鱼场，再上是源头，一身臭汗、两声小喘,终于有了游者之快。

后沟村是峪道河镇的一个小村,不在河之流域,独处在一个小山凹里。不进村即先看到一座砖塔,危立在片石垒成的很高的一个崖上。庙称华严庵,极残破,好几个依山挖凿后砌砖的窑洞式殿宇已被成群的羊们所占据。一通很高的石碑兀立着,十分抢眼,康熙四十年立的,是华严庵重修碑,记述着当年住持的丰绩和施主们的功德。塔称玲珑,始建于明万历而成形于明崇祯,七层。类于汾阳其他四塔,也是砖雕见奇,斗拱、檐等仿木结构惟妙惟肖。更逼真的是它还雕出了平座——一种宋代常见的建筑手法。

赵庄村,是 20 世纪 30 年代冯玉祥将军倒蒋失败后寓居了三年的一个村庄,建筑大师梁思成、林徽因也在此村石勤寺小住,留下了许多真实的记载和美丽的篇章。村西,是冯将军从山东迁来的其父母的合葬墓,俗称百树坟,市级文物保护单位定名是冯玉祥双亲墓。松树虽已不足百株,但长势极好,高可参天,蓊蓊郁郁,十分壮观。设有业余保护员,主要职责即是管理这些金不换的树木。此处若建立冯氏纪念馆,将会是峪道河的一处重要旅游点。

太平村,清代以曹氏望族曾著称乡里,曹树谷《汾酒曲》八首至今常为人所吟诵。在龙天庙,我们又一睹明代琉璃的华美。汾阳目前所遗琉璃大件,无出其右者。其大吻高约二米,状若真龙再现,且其色之斑斓纯正、形之准确奔放,实在不可多得。正殿龙天殿供龙天神,当也是汾阳之地方神,其来源无考。庙依结构断为明代,三间,因地势增高庙基随之下降,外观如半截庙埋进了土里。其塑像等附属艺术品不知何时早已无存。但乐楼等建筑依在。因系市级重点文物,村里曾几度申请经费,以抢救将倾之琉璃件。实话说,不说其不可再生的文物价值,仅新订制一个如此体量之大吻,花费也将不低于两万元。庙侧躺一石碑,是清道光间重修碑,为曹树谷撰文,惜非其手书。

董寺村得名必与寺庙有关,目前仅存一庙,为关帝庙。出乎所料,此庙居然保存十分完整。东西配殿、献殿、正殿、朵殿均存。大式木作,虽是村中小庙，仍能透出一种大家风范。其斗拱、梁架均中规中矩，用材十分讲究。从结构断代，应是明代作品无疑。因年久失修，前檐已朽坏漏雨，殿内也有一股腐朽气味。壁画、雕塑已被人破坏，但木构及其装修大致都还完好。特别是完好的木隔扇，在汾阳已属凤毛麟角，而此处仍基本完整，实属不易。从后檐看，正殿也已后倾，有明显裂缝。用望远镜看正脊脊刹琉璃门楼题记，时代为明崇祯六年。可惜此处也未列为市级文保单位。

北垣底新石器遗址是我省第一批省保单位，曾经过科学发掘。地面采集陶片时，我们有两个奇怪的发现。一是捡拾到一枚河蚌贝壳，让人联想到四千年前汾阳乃至整个晋中盆地水乡泽国的浩渺景象。二是一种不宜启齿的发现，整个遗址上不断发现有极其规整的洛阳铲探孔，一看即知是内行所为。于此生发两点感慨：汾阳的盗墓已经更加专业化，同时也正在向标志性文物点伸出黑手。

田村圣母庙因为壁画价值的缘故，十年前省拨经费进行了大修，目前保护状况虽不尽如人意，但仍是最让人感到满意的。其壁画艺术价值不仅是汾阳第一，也是山西古建壁画中的代表性作品。如果能在原貌复原方面有所动作，将是一大幸事。目前正在申报国家级重点文物保护单位。

车至栗家庄，本拟调查一下那座清早期戏台，特别是周恩来同志曾在其上作过重要讲话，所以其文物价值更加独特而重要。无巧不成书的是，那戏台正实施拆除，据云是计划复原修建。但依村级水平，是否真的能够做到"复原"，很该打上一个大大的问号。如此想来，公布第四批市级重点文物保护单位，已是迫在眉睫的事了。

巩村古城址是汾阳文史界多年来一个悬而未决的大问号，从清代至今曾引发了无数的争论和无数的关注。那就是它在历史上究竟是一座什么城？十年前，省考古研究所曾专门进行过地表文物采集，大致认为是一处春秋至汉的城址，以春秋时期使用时间较长。前些日，我们就此又专请山西大学文物系教授进行了地面调查，看法与考古所略有不同，认为是一个包含了春秋文化的汉代城址。而这两种看法，对于历史性争论——是瓜衍城还是兹氏城是最关键的一个环节。亦即涉及了汾阳乃至孝义的建城史或者说是建置史，这一点，当然对汾阳是有着十分重要的意义的。我们今年已以霍山以北晋中盆地的一处重要古城址为理由，要求省文物主管部门予以重视并拨专款进行考古发掘，目前尚无定论。而明年，又将是瓜衍建城2600周年，此事宜今年完成为要。巩村古城址是一处保护较为完整的古代城址，其城墙边缘依然轮廓清晰，大致为600×400平方米。所遗夯土城墙最完整处有2米左右的高度，且夯层清楚。南墙之外的护城河和城中生活用水的河道依稀可辨，区域内建筑用陶和生活用陶比比皆是。这些丰富的文化堆积显然是人类长时间居住的遗迹。

与城址相依，东有明代龙天庙一座。十年前庙貌尚为完整，大木构架基本完好，东西内墙极富生活气息的壁画独具特色。后宫生活的蒸包子、弄笙箫的情景历历在目。而今，只余残墙三堵，青砖裸露，面目全非了。正所谓"人面不知何处去，桃花依旧笑春风"了。

聂生村应也是一个十分古老的村落。在村中，遥遥即可望到鹤立于民居中的魁星楼。楼建于村中镇宁堡堡门的门洞之上（三泉一带所遗门洞、堡墙十分普遍，有些建筑甚至是明代原物，实在是一大地方特色，也是极应特殊保护的一种文化遗产）二层，一层为基座附楼梯，今已因朽坏过甚不可攀缘。二层为魁星阁，依风格看当为清中晚期作品，做工精细但不设斗拱等构件。刹部制作十分精美，应为铜铸小构件叠置而成，应是汾阳目前唯一的金属脊刹了。整个顶部已倾斜约30度，可谓危在旦夕。目前，汾阳魁星楼这种特有形制和独特内涵的建筑只余两处，是明清时期汾阳人重视科举考试的实物例证。此楼若再不采取措施，坍塌和毁灭只是一瞬间的事。

关帝庙是聂生村的第二处重要古代建筑。庙前的拱券式门洞大致完好，门洞顶的观音阁虽已残破，但仍有一定的抗风雨能力。关帝庙显然近年颓败很严重。山门已不知踪影，过殿是一处无梁殿，绘有多尊门神并有已显模糊的故事性壁画内容。再进是倒座戏台，颇显高大，檐柱为方木柱，在汾阳并不多见。刻一副楹联。再进是一个空旷的院子，原有建筑已无存。再进是汾阳称为献食棚的卷棚顶的长进深献殿，可以看出是最近才拆毁的——估计是某人看中了它的木料的使用价值。正殿原先完整的隔扇门窗也是近年才被人撬走，前廊洞开，惨不忍睹。殿内壁画已被一层白垩粉覆盖。印象中，此庙是该村宋氏家庙，建于清乾隆中。但碑石今已大都无存，依结构看，大抵如忆。

东龙观村般若寺是我市现存古建中唯一在古版《县志》中有记载的庙宇，始建于唐代，元大德中曾大修，目前遗构为清初改建的遗存。正殿面宽五间，体量十分高大，隔扇门窗、琉璃拱眼壁、石雕狻猊（早期物）等艺术品均保存完好。是我市早期挂牌保护的古代建筑之一。可惜殿内三尊三身佛之佛头及阿难、伽叶的罗汉头前几年被盗贼割卖，五尊无头泥塑让人看了真不知是什么滋味。殿已后倾，塑像之龛座均有不同程度的残坏，村人正发动佛居士筹资维修。借调查之机，对维修的注意事项进行了要求。

村东净土寺又名十方庙，前些年已被佛教徒改名为天竺寺，大约是怕游方僧人到此后驻足不前吧。是一处建于清早期的以拱券结构为主的佛教建筑群。其大雄宝殿面宽五间，纵深方向上又发两道横券（俗称枕头窑），建筑面积大致在200平方米，是汾阳最大的一座古代建筑单体，在佛教建筑上也称为无梁（量）殿。目前为佛教活动场所，似乎在社会上有一定的影响力。原本就基本完好的建筑经过了些小的修补，但在装修上显然有了明显的改变。殿中塑像已补全，满殿香烟缭绕，一地跪垫，看来真的香火旺盛。民间佛教正渐渐进入了一个新的时代。

东阳城三结义庙是一处很有代表意义的古代建筑。碑记称重建于明崇祯间，但在结构上显然较多地保留了早期作法。其装修部分最为明显。殿内以刘、关、张为主题的壁画应是明代原物，至今仍清晰在目，极有感染力。记得有人称一代油画宗师卫天霖在此启蒙，因他是本村土生土长，想来也不无道理。不忍卒睹的是殿顶，数平方米的一个大洞正把毒毒的阳光输送进来。殿前之献殿（献食棚）给人的感觉是太苍老、太颓败了，弱不禁风的样子，但其清代中晚期风格的门楼仍然让人耳目一新，其华丽精巧令人叹为观止。献殿前不知何故，被人挖了一个大坑，不可能是要养鱼吧？极具讽刺的是，市保单位标志碑被倒置着，斜倚着一堵残墙——据说当时市里曾拨过树碑专款的。

村中魁星楼是东阳城最高的建筑，时代大约与聂生村相仿，但以木构为主。其出昂的数量及象鼻头状的雕刻手法让人过目不忘。但维修所隔的时间太长了，让人感到摇摇欲坠。

见喜村龙天庙是一处旧版《县志》有记载的大型建筑，始建于元至正年间。但主要建筑早在新中国成立初期已被拆毁，目前仅余乐楼一座。乐楼歇山顶，在同类建筑中极为少见。此前我们曾专门来此做过一定深度的调查，大致感觉斗拱及檐以上部分在清代已进行了重建，但梁架部分仍怀疑是元代原物，且手法上有鲜明的地方特点。因全国只有八座元代以前乐楼，所以去年曾专请有关人员进行察看，尚未做结论，计划以后再请人做进一步的判断，试图论证其为元代建筑，以提高其保护级别。这次去调查，真让人大吃一惊，不仅庙院已经不在，而且只余一座的乐楼已是四面楚歌，四周被新式民居围了个严严实实。有一户人家的院子已将乐楼全面包围，门上是一把大锁，我们只得在小巷里望"楼"兴叹了。

虞城村五岳庙是去年公布的一处省保建筑，其年代好像是定为金泰和年间，是汾阳按时序上第二座最古老的建筑，至少已有八百岁。可惜早年已将塑像、壁画等附属艺术品全部破坏。要近前细察，发现已有些困难。原来庙院被一个好像是生产什么铸造焦块的工厂占用了，一地黑煤、粉尘飞扬。但外观上没有什么大的破坏，只是更显龙钟而已。就近隔着门缝看了一下相毗邻的永福寺唐代经幢，依然在那堵墙里砌着，觉着有些心安。以后市博物馆改建好了，一定要将它先移回去，以避风雨。

普会村据说因隋末李渊起义在彼招兵而得名，实证已无可觅。但此村按其历史位置上来说，这种得名的可能性是很大的。村里供奉唐高祖的庙宇是在50年代才被拆毁的，据说规模很大，而且高祖庙在全国也仅此一座，真假就不得而知了。村中现仅余一座禅定寺，时代定为元、明、清，是与已无墙相隔的关帝庙合并申报并公布为省保单位的。此庙格局基本完整，主要建筑仍然完好。其关帝殿悬塑是我省寺观悬塑中的精品。细细观摩，确有一种震撼人心的力量，特别是完好的关帝出巡仪仗，更是不可多见的古代礼仪实物。村中靳书记是一个农村老干部，对村中古迹如数家珍，且在前些年对禅定寺的保护起到了很大作用，所以这个单位的保护情况得以用"良好"二字来概括。只是发现禅定寺正殿的后檐也塌了一个洞，一定又是漏雨的直接结果了。

石塔村因唐代石塔寺（又名开元精舍）而得名，旧版《县志》对得道高僧无业禅师（号澄源）赞赏有加，唐宪宗曾谥其为大达国师，石塔也是汾阳历史上非常重要的文物古迹。可惜在那个非常时代，石塔被毁，只留一个空空的村名了。前些年，夏汾高速途经石塔村石塔遗址，因了经费因素，省有关文物单位放弃了对石塔基础的勘探和发掘工作，在汾阳文化考证上实在是一大遗憾。我能想到，也许在那塔的地宫内，能发现诸如陕西法门寺塔一类的珍贵历史文物，可惜现在都已埋在了向前飞驰的车轮底下。不知以后的何年才能为人所发现和推证。但石塔村的关王庙在我心中还是有十分重要的位置。凭印象，此庙琉璃在全汾阳是古代琉璃的精品。走近的时候，村支书非常配合，于是一座古代建筑彻底地显现在我们面前。此庙引人注目的首先是戏台，硬山顶前接卷棚顶，创意特殊，但也显示出其历史较短，尤其是山花部分的砖雕，更带有强烈的西方文化色彩，让人感觉它的历史价值的丢失。进得深深庭院，野树蒿草丛生，在一片荒芜中，我们终于看清了真实的庙貌。戏台梁架已全然坍塌，只余一个高高的砖台（含门洞），台上的山墙及后墙却保存甚好，如外观给人的错误信息。大殿木构，实为一个过殿，其营造手法是一种混合体。明显地是一个后人改建早期建筑后的复合载体。从柱、内檐斗拱等可以看出宋金遗风很明显，但主要结构特色已是后期的作法。经询问，原来是民国间因庙基相对下降，老爷（关帝）看不到舞台戏曲，村人集资使大殿得以大幅度抬升，因而使早期建筑诸多信息大量损失，大殿结构才变得不伦不类。殿顶琉璃更因前些年文物市场的混乱，已被不法之徒趁夜色窃去——现在形势下，破坏文物的人正是一些有文物知识的人。后院建筑如同戏台、重建的大殿一般，也是民国间的作品，给人一种身大衣小的感觉。

与村支书交代说，此庙有一定价值，当以村自力保护为主，特别是正殿的勾抿更为主要，勿使先人之物毁于现在。

曾经在石塔村之西南砖场取土处见过大量十分有价值的汉代遗物，因时间问题，未能顾及，以后当专程取样并付诸一种理论认知。

石家庄也是一个历史很长的村落。凭借十年前的一点印象，知此村有一座庙，庙后的柏树很有特色。进得村中，再访，原叫九凤朝阳，是因庙后有九株蓬勃的柏树而得名——是当年香客赴石盘山庙会烧香的第一站。九柏已全部枯干，是人们剪取柏叶的直接结果，但与堡墙连在一起在外观上还是给人一种十分神秘古朴的感觉。庙之过殿显然是晚清民国间的产物，亦为枕头窑式，其装修的手法昭示了它的年轻。再进，却得到一种绝未想到的收获。据碑示，庙为龙天庙，已显得很是破败。进正殿仰头，我们几乎异口同声：元代建筑。这种发现几乎让人手舞足蹈。正殿、东西朵殿，无一例外地毫无保留地展示着元代建筑特有的风貌。又是记录，又是拍照，那种激动无法用语言表达。缘兹，我们大体商定，凭自身力量，对此处进行详细测绘，做一份省级重点文物保护单位申报文本，一为练兵，二为在专业上得到社会特别是业内更大范围的承认。值得附带的是，东朵殿题记有"汾州西河县阳泉村丹青待诏张"等字样，印证了我们的直感，元代建筑的定性当是一个不好否定的主题。此处也当是下批省级重点文物的必然单位。

此为村中所谓东庙。听说有西庙，我们不顾饥饿与疲劳，直奔丘陵凹凸的村西。翻上土台，却发现是一处砖券结构建筑，三合院式，按结构及手法推测，当是明末清初作品，意义非殊。

过石家庄即到那个有非常好听的名字的村子——花枝村。花枝村也有一处古代建筑，是为关帝庙。草草进去，草草出来，是一处题记为清康熙间的小木结构建筑，框架基本完好，但已成为喂羊的所在，实在应该以迁建的方式予以保护，否则其存世有年矣。

花枝村张更化墓是一处早就列为县级文物保护单位的墓葬，是明万历间汾阳一个成功进士的墓。其石牌坊、神道碑一如十年前，再现着明代的封建制度。但发现神道碑前有两处凹陷，不知是古墓被盗还是自然塌陷。引发人思索的是：对此类有标志的墓地，在盗墓猖獗的今天，以何种手段保护是最好的方法？

义丰南关帝庙是一处比较熟悉的建筑。大约清初实物，前庭十分短促——是因地盘所限。正殿三楹，为窑洞，但其殿顶琉璃十分精美，大有明代琉璃的华丽之感。特殊的是殿前之木牌坊，几是汾阳所存古建中之孤例，虽为咸丰作品，也当倍加珍惜之。题联十分有趣，道是"认清一汉字便成了天地正气；识得两兄弟成就了世间完人"。

义丰北村与义丰南村一路之隔，按俗语原名似应为宜武村（与尚文村相对应）。村中齐圣广佑王庙去年被公布为省保单位，为元代建筑。保护状况相对较好。村人对庙十分热心，关心随看者甚众。我们对看护人堆放柴草、进庙吸烟等不良习惯进行了必要要求。此庙俗称相公庙，是为汾阳较为重要的地方神，对其神出处，旧《县志》有专文探讨。有人以为刘渊，今又有人以为是郭子仪，但均无凭据。可惜对应之戏台已明显呈现颓败状，必须及早揭瓦勾抿。

平陆村原来曾是一处旅俄商贾十分集中的老村落，印象中村中老宅多而且极富特色。现如今因为村街的拓展，老宅们已遗迹罕见了。村中观音阁是汾阳现存最为气派的一处"阁"式建筑，好像是建于清康、乾间，现在被一户村民做杂货店使用，因故未能进内详察。外观上以孔雀蓝为主色调的琉璃瓦仍然色彩斑斓，十字重檐歇山顶的式样依然具有很强的感染力。村中法云寺正殿为早年确认的元代建筑，惜体量较小，已为省保单位，保护情况尚可。

段家庄、团城、张多等村几乎是汾阳的边缘村落，没有一条直行的大道可通，车只能在丘陵的起伏中起伏。段家庄我是第一次去，以前只是知道村中有新石器时代遗址。进村便一如三泉镇其他村子的感觉，那种传统而又典雅的古风扑面而来。不间断的是券的很高很宽的大门，是古人家里拴了车马的缘故；还有的便是一些雕琢很华贵的院门，三合院或四合院式，是家里以商业为主又兼顾农业为主的人家的宅院。村南，突然地就凸起一个土台，细看，是原生的一个土崖。崖紧靠村门，门上也是一个倒座的庙宇。此庙为关帝庙，显然是清中后期所营造。相毗邻的，是为宁静庵，二层结构，其上为玉皇楼，显然是明清儒、释、道合流的产物。崖有十数米高，里面人迹绝少，在经济发展日新月异的今天如此古香古色，殊为不易……是一处不可多得的影视外景地。庵之一层为无梁殿式，里面的附属艺术品已无星存，只有些能够让人怀念早年集体时代的农具、生活用品等物。楼上亦徒然四壁。

遗址不为村人所知，所以保护情况倒也良好。

团城村在旧版《县志》中特别一书，大意为五代时汾城之拱卫城。但已全然看不出城的面貌。村南有一处市级文物保护单位，是为青龙沟迎仙庵遗址。遗址给人十分悲壮的感觉，酷如圆明园遗址。这处清代名声仅次于石盘山玄天上帝庙的大寺庙留了一个十分明显的轮廓，建筑材料随处可见，窑洞的残垣断壁在炽烈的阳光下顽强地坚持着，似在努力显示当年有过的辉煌。面对一地瓦砾，除了徒然长叹，我们又能说些什么？

张多村给人一种张姓多的疑问，但采访的结果是多出来的一个村子，让人有点莫名其妙。进村先是看到堡门及踞于其上的倒座式殿宇（应称为阁吧），大号上帝行宫，俗谓真武庙。门建于清康熙间。但要折行进殿，很费了些周折，原来民国间将前院已改为小学校——是为张多村初级小学，题字赫然在目，还有一副依然完好的砖雕楹联。学校原是占用了真武的殿堂为教室，除了时代不长（约也是清中晚期）的建筑物尚在外，其余重要的东西已不得见。倒座之殿为小式木构，其完好的门窗装修是一个很好的康熙时期汾阳建筑的范本。

村东南之关帝庙孤行特立，外貌还十分完整。一个惠姓老人好像生活在这里，给我们开了门。建筑时代亦为康熙时期的，规模甚大，院子十分宏敞，保护状况也差强人意。但其建筑时代又让我们这些看过些早期建筑的人有些无奈。

郭家庄也是初次到。已是汾阳与孝义的边缘村落。还未进村，便有一处十分惹眼的土堡墙撞人眼帘，隐约露着的是一个人字形的大屋顶——一处庙宇。竟十分有趣，此处古堡远离村落，却原来专为护庙而建，堡里是一座完整的古代庙宇。有题额，曰：迎宾，是明永和王所书。庙为圣母庙，主要建筑框架依在，但颓势已十分明显，所有雕塑一概早已被人毁掉。

再靠村为妙觉寺，早已塌毁。虽是毁了，却很入镜。原来那正殿只留了左右后三壁，大殿内却长了一株生机勃勃的槐树，树前是一对完好的石狮，甚为怪异。妙觉寺东又有关帝庙，庙之斋院中还留了一尊被封住的弥勒佛像，清初作品，造像水平一般且已干裂。妙觉寺后又有龙天庙，庙貌尤好，山门石额名龙天行宫，二进小门匾名新宫一鉴。整个庙院酷似民宅，有神庙民俗化的显著特征。

仁道村贺房龙王摩西神庙是一处市级保护单位，规模宏大，惜被人因为养殖的缘故裁为两截。庙之正殿一字排开三座，均为明代附琉璃的大木结构建筑（脊刹题字为明正德间重建），但在风格上仍然留有早期做法。配殿为廊窑式，面五间。只可惜献殿已被拆除，但拆除的人特别有心，将斗拱等小构件全放在了正殿里。值得研究的是它的名称，摩西为基督教神，是否即是供他，须进行深入研究。如此规格的建筑，下次也应申报省级保护了。

三泉镇张家堡孟家大院是一处比较典型的民国民居，但其出名并非因为它的建筑，而是因为邓小平同志当年路经三泉，在此院住了半个月的缘故。现为孟家后人所住，据称小平同志曾赠其先人书籍两本。院子三进，大门为券门洞，仪门为砖雕繁复的晋式小门——显然主人是以农业为主的一个富裕户。大院保护情况很好，几乎是当年原貌。

西贾壁村以前曾经涉足，古建筑上好像没有价值很高的遗存。今去看到村变化很大，当与近年三泉焦化工业园区的建设和发展有直接关系。玄天上帝行宫依然完好地保留着，只是将外墙涂了一层水泥，显得不伦不类。门洞的一副石联为庆成王宗川所书。

早些天徐德书记下乡遇此后，曾就此联的保护专门进行了要求。上帝行宫的建筑全建于二层之上，大概是创建者在想象中应与天宫更近一点的缘故吧。但稍嫌小且其时代似为清初。正殿真武殿中亦绘有壁画，虽技法一般，但构图有些特点，显得很是热闹。庙前被辟为一个小广场，新建了一处楼阁，风格显然是南方做法，一问，果然是安徽民工在建。

南石村观音庙戏台位于韩石线路侧，车辆行人远远便能看到。硬山顶，时代大约不会太早。但在其右券洞的碑上发现此村不少人姓降，颇感意外。

牧白寺是村中一座较为古老的建筑，推测其得名当与河南白马寺的传说有关。正殿三楹，小式木构建筑，布局开间均中规中矩。虽然院内野草丛生，大殿整体倾颓，但其木格扇门窗居然还完整地保存着。东厦窑已拆毁，西厦窑孤立着。均是清代康熙十四年的产物。两廊门神壁画保存得较为完好，但技法甚为粗陋。值得一提的是庙中一方石碣，记载了清咸丰九年、十年大饥，县令吴某接府官命令拔富济贫事，很有些史料价值。让人不可思议的是，此庙村中在早年竟已卖给了村民，计划拆除后新建居舍。这种情况我们在调查中还是首次遇到。

向北过桥即是北石村，村中正集资修建观音阁，阁南北分别题写了迎薰、拱极二额，小巧玲珑，据说将来还要新塑尊神。

道场庙是北石的一座大庙，临崖而建，楼阁已毁，仍然很有一种气势。现存建筑全是无梁殿式，但均十分高大。正殿五间枕头窑式，其上之楼应为木构，现只余后墙残垣，呈山势起伏状，十分怪异……是雨水自然冲刷的结果吧。东西庑三孔作配殿的窑洞座基较低，更烘托了正殿的崇高地位。山门临崖，已无存。如能将南石村牧白寺端坐于此庙之上，开展一些民俗活动，当是件一举数得的好事。

东石村也是一个古意盎然的老村子，村中的老槐树当有数百年的历史了。东门楼的建筑很有特点，是真武阁与龙天庙的复合体。布局及层次的设计颇具匠心。让人不可思议的是，它的风格宛然徽派建筑，垂脊的戗角为在汾阳所仅见，其砖雕技法也不为当地所常见，极有可能是从南方传来。想当年的交通状况，偏僻如东石这样的丘陵地带，可能是晋商文化吸收所致。龙天庙前还嵌有一块植树碑，咸丰七年所刻，是汾阳重要的专业碑了。

南门楼给人的感觉也不同凡响。高大的门洞上坐了一个单间小楼，极有气势。门洞镶石联，额题：庆有余，联曰：霞蔚云蒸快观祥符考瑞；龙飞凤舞欣看盛际奎光。额、联均用青石，雕回纹、竹节镶边。是为清道光间所建。

西赵村古迹早年已全毁失。进村见一宅院甚奇，其正屋及厢房后墙砌筑得很高，且如城墙砌作垛口状，为汾阳民居中之仅见。

东赵村最有价值之古迹为明万历之砖塔，称奇峰塔。高约三十米，为汾阳现存五塔之一，只是做工稍嫌粗糙了些。现独立于村小学院中，是市级重点文物。

员庄村关帝庙建于门洞之上，为三泉一带所习见。但它不是一座孤独的单体建筑，而是一个组群。只是近年可能是考虑安全的原因，四周被围护而无法登临。依其外貌看，也应是清早中期的建筑了。

圣母庙一直是村中办公场所，村公所、大队、学校等等，现为一村民占用。无甚奇特之处。唯庙中石碣内容又是记载咸丰年间村中富户按县衙令捐银济贫事，与南石碑不谋而合，可谓对当年饥馑记载的又一例证，意义特殊。

员庄最有价值的古迹应是员庄寨。寨子独立建于村北之高崖上，高高的夯土墙围护得严严实实，突兀于田野之上。设寨门，里很紧凑地建着二排窑洞，每排七间。窑洞之后有水井、磨坊、厕所等生活设施。寨之左前方建有敌楼一座，当是瞭望之用吧。每孔窑洞均在中间加一隔墙，一分为二。按照其用砖尺寸推测，当是明代遗存。显然，寨子古为村人防寇、防匪之用，在当年应能容留全村人在内，且生活数月不会太难。

应是古代民间军事防御的实物，保存如此之好实不多见了。

南马庄村是汾阳抗战时期因惨案而闻名的村庄，在惨案发生地，我们驻足凭吊，此处只是缺一块碑石，没有把当年侵华日军的兽行记录铭刻在此，让更多的后人勿忘历史。村之西南有一座庙的遗迹，如村人所言日军屠杀四十二人一样，大家言之凿凿，说此庙正是日本鬼子焚烧后留下来的残迹。半截土墙、一段残垣，正如北京圆明园留下的遗痕，让人想起遥远的历史和暗潮涌动的现在。庙右侧街之对过有一石碣，如习见之"泰山石敢当"之状，但内容为"玉清摄气雷杀太山"，不知其为何意，姑留存之。

张家堡原是乡镇所在地，变回行政村是近几年的事。进村的时候见变化不大，只是有名的石盆泉好像不再有水。

提起张家堡，必然要想起汇清园——那是汾阳历史上最好的一处园林。汾阳最早的园林好像应是建于明中期的冯家庄的西岩别墅，而汇清园因了主人的不凡以及造园艺术的成熟，按照《汇清园记》的描述，其依泉置山造景之清雅，当是现代人也难以企及的一个顶峰之作。可惜现在已面目全非、芳踪难觅了。原主人朱之俊官位虽不算显赫，却因他的特殊地位，在汾阳成就了石盘山玄天上帝庙、文峰塔、攀龙桥、府文庙等很多的文化建筑，也留下了不少的佛道著述和唱和诗文。后主人是晚清某科状元王仁侃，据云其为从其祖或专为考试才从福建迁来的，但好像汇清园正是在他手中败落的。

在汇清园遗址上走过，抬头是踞于半坡的张家堡小学，此行目的地福昌寺正位于校内。此寺在20世纪90年代初曾出过一件唐代石佛，工极精，后被辗转卖至省文物总店。寺之大殿被人一分为二，一半做教室使用，另一半供了上述石佛的复制品。本来怀着此处也许是早期建筑的疑问，通过破烂的纸仰尘，较细地看了梁架和内檐却有些失望。至少，此殿在明代进行了重建，明以前的建筑信息已丢失得几近于无，唐代的遗物也许在地下还会有一星半点残存。但此庙虽是山村小庙，构件却十分大气，显见是受了汾州府文化的影响，所以才有了如此高的材级。

郝家庄姑姑庙至少从元代即供了汾阳、文水有名的麻衣仙姑，原因大致是因了唐代某女逃婚进山入洞成仙的传说。但文水人说她是文水桑村人，且缘此还产生了至今仍十分著名的岳村刮子，而《汾阳县志》又说是汾阳任氏女，看来，这历史的官司是永远也不会有结论的。我想，无论是谁也罢，她是地方神是无疑的。石室山之仙姑庙已不复存在，只留下不见滴水的仙姑洞。而村中之姑姑庙却也早就毁掉，只留了残存的庙中的一间建筑，被近人补塑了新像，神像前的香烟又开始缭绕了起来。

田屯村早十余年曾专程去调查过琉璃庙，印象中是一座单间小庙，已被人改作磨坊使用。现在不仅已重新又变做神的殿堂，且靠村民集资正在进行复原性维修。琉璃庙实名观音堂，位于老街区中心，是一座单体悬山式建筑，坐南面北、面阔仅一间，依风格当为明代早中期建筑。在维修过程中能看出还是尽量维持了不改变原状原则。这一座小小单开间建筑，在某种意义上说，是一个奇迹。一是时代较早；二是一观音二童子以及十八罗汉全部都保存，且基本完好；三是原来壁上所敷悬塑虽已脱落，但仍被村民妥善安置。四是前檐拱眼壁采用了琉璃制品，别具特色。庙中观音像不敢妄断年代，但依其带男性特点的造像风格，很可能比殿宇的时代还早。十八罗汉彩塑只余十尊有头，依我这个外行人看，水平殊高。不仅表情生动、个性鲜明，且都有十分准确的比例，完全可以用栩栩如生来形容了，在中国古代雕塑艺术品中应属上乘之作，正可谓是"庙小神灵大"了。汾阳现存古庙还算不少，但如它这样五脏俱全的，真正是太罕见了。对这批塑像进行断代，是十分重要且迫切的事了，因为它代表并昭示着此庙的保护价值所在。村人集资维修古代建筑而能基本遵循原则，必须大力彰扬，随着时光的流逝，此行为的价值一定会凸显于世。

田屯琉璃庙再往南，原有一座华严寺，是一座规模很大的佛教建筑，大约早在20世纪六七十年代，寺庙已被夷为平地，在其基址上建了村小学。这次偶去，也算有缘，学校因新建教学楼要挖水窖，居然挖出了当年掩埋的佛像。这些佛像是石雕，在寺观文物中也算是罕见的实物了。

在村干部指点下去了现场,发现这些石佛都是有身无头,共六尊。据工人说,要挖,下面还有,所以猜想佛头大约也许在地下埋着。从风格看,这批雕像的年代大约不会太早,但不会晚于明代,且极有可能也是十八罗汉。匆忙中拍了几幅照片,待以后再做定论。

东大王村是汾阳东南乡最大的一个行政村,也是汾阳衔接孝义、介休、平遥三县的重要区位。今年,随着冀(村)孝(义)线的完竣,东大王村的位置更加凸显,成为汾阳东南的一个重镇。村中禹王庙是汾阳唯一的纪念大禹的所在,早年,庙宇即被村小学校所占用。前些年,禹王庙因了学校的改扩建工程,便仅余了孤零零一座正殿。今年,又因公路和改建,使大殿有半拉子裸在了路边。其实殿里殿外庙的感觉已经很淡,碑已无存,殿里的泥塑等早就不知去向。粗粗看上去,大殿还比较完好,前檐虽经过了改建,但仍不失初建时的风貌,应该说是比较标准的清早期建筑。殿顶的装修比较普通,只是灰瓦灰脊,但面阔五间的格局还是很少见的。所以,早几年公布首批市保单位的时候,它还是有幸入选,成为一处相对重要的保护单位。梁架因为得到较为完妥的养护,没有大的破坏,仍然在显现着古色古香的沧桑感。

再往南偏西,是村中关帝庙所在。正殿三间,体量较小,但单开间的朵殿依然配置完整,保留了魏晋时期建筑格局的特点。虽然在偏僻乡村,却依然这样顽强地保留着悠远的古风,想来,这也正是汾阳文化底蕴的高厚所在。难能可贵的,是东朵殿依然残留着壁画的痕迹,似是有关某神惩治恶人的故事,让人耳目一新。但也可看得出来,是清代中晚期的作品,技法上稍嫌逊色。

与庙相接的地方,是一条老街,保留了清代商铺的样式,显示出当年汾阳农村商业那种原汁原味的美。而经了解,作家马烽以及汾阳著名画家王捷三先生,正是在这个区域度过了他们美好的童年。而且这一带,依然留存着为数不少的清代深宅大院,精美的门楼和穿廊木雕,仍在不屈地体现着当年的辉煌。

韩家桥关帝庙是汾阳东部村庄中破坏较小,保存较好的一座建筑,系一处市级文物保护单位。相对于其他村几被拆毁殆尽的现实，属难能可贵。同时也能看出，汾阳东部村庄（所谓二五区）受极"左"思想的影响要比西部大得多，留下庙宇的村庄实在是太少了。关帝庙位于村东北隅，自成一体，庙中两株老柳树先声夺人，更显得庙宇古朴而庄重。却原来那柳年龄还不足四十，胸径竟已达一米，甚是奇特。庙门早年已改建，上题：韩家桥小学校。让人想起世事沧桑。东西配殿框架依然，但细看，不但门面已改建，而且原建用材十分普通，几不如普通民居。可以推想当年初建时经费上一定是捉襟见肘的。正殿五楹，小式构，倒也中规中矩。据称为清乾隆十二年重建（碑已佚），看其建筑风格当知此言不谬。五楹大殿又被分为三个部分，东西为朵殿。正中三间，是为关帝殿。最中一间靠后为关帝之神龛……是为乾隆间小木作，颇显精致。关帝紫脸长须，双手托膝，一身威武之气跃然其中。龛顶旧题为：护国明王佛，正是佛道儒三教合一而后的提法。印象中这提法也是产生于乾隆年间，大概是当时人们把关羽已佛化了。西一间为牛王马王殿，尊神已毁。东一间为龙王殿，尊神也已毁。但东西殿之壁上仍隐约可以看到当年比较潦草的壁画。而中间的关帝像，据云也是亏了学校占据庙堂，泥塑被人为封存，所以得以保留至今。

近年来，村人对关帝的信奉与日俱增，大惜的是关帝之脸部也被重新妆色，焕然一新，缺失了厚重的历史文化感。但是，毕竟，这样的小修小补使得大殿以及雕塑得以较完好地保存下来，至少，应是一种善举。比起其他地方无人关心日益凋败乃至已夷为平地而言，委实让人感动。

演武是汾阳东部最大的一集镇，民多人富。在旧演武棉站的基址上，我们终于找到了另一处市级文物保护单位……寿圣寺。现在的寿圣寺坐落在一再生胶厂内，过殿三间、配殿五间、正殿五间都在做车间和库房使用。显然，殿内原附属艺术品早就空无一物了。五间大殿可以算得上是气势雄伟，体量十分巨大，甚至可以算得上是汾阳首屈一指的木构建筑。除了门窗等装修部分已变更、殿顶有残破外，木构部分可以算是十分完好。令人讶异的是，出乎对汾阳东部村庄无早期建筑的观念性看法，这一建筑算得上十分古老了。正殿梁架节点部位全部采用了内檐斗拱，外檐斗拱采用了真昂。义手虽小，但仍起着承重作用。柱头卷杀仍作覆盆式。如之，可以简略推断，寿圣寺之时代当为元末或明初。不过，这一信息尚需邀请专家在测绘的基础上作定论性分析。但是，必须清醒地看到，对其加以更多的关注和保护是十分迫切的任务。

据说，再生胶厂主已购得此处文物保护单位的所有权，是否属实，还需进一步了解。

冀村、杏花村一带，因时间问题，只能留待以后专程再去。

篇名定为《沉重的文化》，是我们在调查过程中切肤地感到了文化的沉重。在经济社会为主流的今天，虽然我们在唱着弘扬传统文化的歌子，可是面对正在或者说即将在我们身边訇然倒塌的传统文化载体，涌上千言万语，只是无从说起。

汾阳作为一个老州府所在地，地上地下文物自会是超常。远点说，明末清初，顾炎武、朱彝尊即来汾寻古。民国，一代建筑大师梁思成又亲履汾阳，与林徽因不仅考察了多处古代建筑，还留下了至今仍闪烁着光彩的调查笔记。"文革"前，王朝闻、张驭寰等学者也多次前来拜谒。最为奇怪的是，在旧版《汾阳县志》中述及的古代建筑和梁思成笔下的古代建筑，到今天，居然绝大部分已不得见。而为王朝闻先生击节一叹的望春村后土庙，现在只留一根北宋时期的檐柱。这断断不会是巧合，前人真正是史无前例地把汾阳最有规模最有价值的古迹"左"掉了。荡然无存，能算得上是孑留的，我看仅是小相村那座多宝塔了。而散存于乡间僻壤的零星古建，缺失了规模，便更易被人所遗忘，也便引不起经济眼光的重视。

说实话，看古书，听传说，汾阳人很容易便会引发自己的自豪感。佛教建筑如护国灵岩寺、崇善寺、天宁寺，道教宫观如鹤鸣古洞、石盘山玄天上帝庙，儒教殿堂如全国第二大规模的府文庙、考院、卜山书院……甚至基督教、天主教的教堂，各门类的宗教建筑不仅比比皆是，且其建筑规模和气度都是外乡所无可比拟的。从吉光片羽中，我们还能发现这些宗教的许多大的流派都是在汾阳落地生根的，成为许多小支脉鼻祖。

太多地太多地听过了惋叹。说汾阳城墙是如何地高大，说汾阳文庙是如何地宏伟，说……，我不知道，我不知道我们是否在重演历史。但我能听出，不少人说平遥时，只是眼红人家由保护古物到发展旅游带来的大把大把银子，而不是在文化层面上去反思。而我们，山西著名的古老州府、文化大县，在眼前仍残存的传统文化载体陆续消失之后，我们又当何以言?! 去年的国保文物申报我们只因经费匮乏未及多报，但举四有三，也说明了我们现存文物的价值和地位，而每进一个文物点，看到一地蒿草满目疮痍，看到数百年前的建筑千疮百孔，看到古迹正在被所谓企业甚至住宅所蚕食，我们真的是很沉重。虽然，今年以来，小额的资助性费用已能用于维修，但绝对只是杯水车薪。看到巍巍然即将倒下的殿宇，我们更多的只是束手无策。也有光明，近年来，不少村都在以各种形式集资进行小规模的维修，使得不少建筑得以苟延残喘，这是好事。但也有光明中的问题。问题就在于，不懂《文物保护法》，以为维修就是在保护文物，不按法规进行申报，出现了花钱办坏事的例子，维修后的文物信息几被毁失殆尽。所以这沉重更加沉重。什么时候人们才会明白一个道理，钱，是造不下"古代建筑"的。改造一处古代建筑，无异于破坏了一处古代建筑。

历史上，没有哪一个朝代有过文物保护的相关法规。文物的保护，基本依赖于人们的自觉行为和宗教行为。到现在，人们的宗教行为因了"文革"之革，已被革掉了大半，重新构建，也不是一朝一夕的事了。而自觉行为的唤醒，现在的确有了好的苗头，这是一股良性势头，必将会对保护我们的文化起到直接的积极作用。但从深层次看，还远远不够，保护行为如果不能规范，必然会结出远胜于自然破坏的恶果。而要进行行为的规范，又必然引发经费难以承受的困难。毕竟，经费的投入，在相当长的历史时期内，还总是杯水车薪。面对这困惑，我们只有呼唤，呼唤人们文保意识的觉醒。如果，所在村能够把除草勾抿这类小事办好，把保护文物看得比眼前的蝇头小利更重要，我们的古建就会屹立下去，我们的传统文化便会传承下去，我们的后人便会在这熏陶中汲取其中的营养，丰富自己的审美和人生。

2005年秋

爱我汾阳

生活在汾阳,要想说出如何看汾阳、如何地爱汾阳,还真难。

一个秋意正浓的夜晚,有老同学自远方来,酒酣之际,我说:"我们的图书馆正举办古典诗词朗诵会,你是否有兴趣了解一下我们这里的文化氛围?"

他也来自一个县城,对此十分惊讶。说:"——?看看就看看。"

图书馆四楼的灯光有些朦胧,主席台上彩光四溅。文化系统的职工们在古典音乐的节奏中依序上台,正展示他们对古代诗词的最内心的理解。也许,他们的朗诵不太专业,也许他们的表演还有太多的可挑剔之处,但能够感觉得到他们的激情和身心的投入。台下,男女老少都有,一看就知道并不是组织来的观众。相对于台上,这些观众是那样地静,一双双眼睛中的关注是如此地专业,那样地入神,显然已完全地置身于那种古色古香的氛围中。朋友与我其实只作壁上观,绝未想到他对此大发其慨,说:"在我们那里,是绝对不可能有的事。不说朗诵的好坏;只台下能坐这么多人,又能这样地安静,就是永远做不到的。这正是汾阳的特点汾阳的魅力啊。"

他的评价我没有想到。

于是我想,什么才是汾阳的特点、汾阳人的特点呢?

漫步在汾阳的九街十八巷,听着极富个性的汾阳土著语言,嗅着从远古到明清时期带来的古典气息,看着一座座堂而皇之的老宅,反复在想这个看似简单的问题。

作为汾阳人,真的很自豪。自豪在汾阳之韵。

这韵是一个说不清外延的概念。心下也知道,大都市的生活流光溢彩,外面的生活也许更能激人奋起。但,我往往更愿意懒散于对这种光与彩的追求。早晨,喝一碗老豆腐,吃一支麻叶;抑或来一碗稀饭,就着咱家的老咸菜吃半斤烙饼,然后不紧不慢地开始一天的日子,真的是那么舒心。烙饼也罢、卤肉也罢,这些个传统小吃总是有新老字号的交替,不断地推陈出新。真要吃出那种悠然的味道,何能轻易离得开!毕竟生命是一个拼搏与享乐合二而一的立体过程。

然而这并不是汾阳。汾阳之韵更在于精益求精之家常便饭。二十年前,我当时十分地不谙世事,与外地同学在一块侃的时候就突然感到了这一点。现在想来,说面食出山西,更准确地应说是出汾阳。那个时代,他们当然不相信汾阳民间来客备小盅茶,吃饭备酒菜的这一传统习俗。我也无法接受外地用粗瓷大碗白开水待客的风俗。这习俗把汾阳人的肠子吃细了,吃刁了,也许汾阳人不爱在外打拼正是这风俗的负效应。

然而这也不是汾阳。汾阳之韵更在于人与人之间的那种说不出道不明的脉脉温情。不少太原的朋友在半酣之际嚷:来生一定要娶一汾阳女子为妻。初不解。说来说去,他们原来是极爱汾阳女士的善解人意和会操持家务、会待人接物乃至软软的语音。实际上,是她们身上浓郁的乡味吸引了外地的他们。真的,不需要太多地学习,我们就能很容易地融入其他的都市文明甚至异域文明之中去。

做汾阳人,真的有一种自珍式的满足。

在这座有两千六百年历史的小城里,我们有我们虽然不够大雅但又自成气候的一个文化层面。我们的文艺氛围、我们的书法情结、我们的绘画传统、我们在其他艺术领域虽不能一枝独秀但能传承有序的自律式发展,不仅仅让老汾阳人陶醉,也让许多有所造诣的外乡人流连忘返,成为他们深入生活之基地。在汾阳,看山有山,看川有川,或许也可称为"淡妆浓抹总相宜"吧,这个小而全的大环境成为地理知识的活课件。

是的，在这片小天地里，我们可以放开我们的心灵，去触摸那个广袤无垠的大世界，而不至于因囿于此而懵懵懂懂地在人生的茫茫大海中失航。所以，于我，真的有一种井蛙之足，真的常常用心去体味古老之于汾阳的优雅和美妙，去感受这醇厚的质朴的民风。也许汾阳不算富裕，但金钱又在何时买到过幸福？

作为在家的汾阳人，很好。因为我们能够直面从平遥升起的太阳。作为在外的汾阳人，也很好。因为我们有一个可资终生怀想的金灿灿的童年。

作为汾阳人，真的很好。

2001 年 9 月

白牡丹祖庭

唐代的汾阳众香寺，因段成式《酉阳杂俎》卷十九载"开元末，裴士淹为郎官，奉使幽冀回，至汾州众香寺，得白牡丹一棵，植于长安私第。天宝中，为都下奇赏。"记录了将一株白牡丹移往京城的故事而引起了人们的关注。因为唐人喜欢牡丹是尽人皆知的事，特别是则天一朝，更是留下了许多美妙的传说。所以，开元间的故事，更让人认为这株牡丹是白牡丹的原态物种，所以在今天的汾阳文化研究中成为一大议题。甚至有人得出了自古牡丹出汾阳的结论，虽然有些夸张，但爱乡之意溢于言表，有点类似于今天呼吁"原产地保护"的意思。但这只是纯文化意义上的了——毕竟，那段历史已经太久远。

联想我们今天打造绿色汾阳的设想，对这件事的刨根究底，其实在园林园艺学上还是有相当的意义的。物种的遗传与变异使得大千世界更加五彩缤纷，而遗传与变异更重要的便是要了解相关的环境。

唐代的汾阳是山西四个佛教传播中心区之一。寺院众多，今天所能够知道的，仅大相村崇胜寺、小相村灵岩寺、东龙观般若寺、城内大中寺（天宁寺）、石塔开元寺、董寺天宫寺、南关资福寺、垣头莲花寺等多处早于唐代或唐代留下来的寺院的记载就让人不胜唏嘘。20世纪30年代，梁思成就是因了古籍上汾阳众多唐代建筑的记载，才进入山西，寻找他的唐代之梦。而众香寺芳踪何处，史无明载，志无索引，地无物标，很是让人一头雾水。古人一纸片文，可以被认为是已改名，可以被认为是已毁失，甚至可以被人理解为讹传。于是，众香寺的位置和规模就越发成了一个谜。

开卷有益，偶检日本和尚圆仁的《入唐求法巡礼行记》，无意中赫然发现了唐代汾州众香寺的踪迹，不禁有种大喜过望的感觉。

唐文宗开成三年（公元838年）至唐宣宗大中元年（公元847年），圆仁和尚辞别故土不远万里来大唐求法。为了求得佛之真谛，他不辞辛劳，不畏磨难，乃至顶着会昌灭佛的非常不利的政治环境压力，由江苏—山东—河北—山西—陕西—河南—安徽，完成了他的中华之旅。最为可贵的是，他用日记体写下了著名游记《入唐求法巡礼行记》。

有幸的是，圆仁此次西行，曾经到过汾阳并留下了今天看来是一字千金的记录一千一百多年前汾阳的真实信息。他到汾阳时，是唐开成五年即公元840年，他的记录从七月二十九日开始："廿九日西南行廿五里，到文水县李家断中。是义圆头陀亲门徒。饭食如法。斋后，行卅里，到郭栅村，入村寺宿。院主僧见客不喜。"

这日的日记有两条和汾阳有关的信息：一是郭栅村（今永安村）当年是并汾官道上的一个大镇，这和有关历史资料相吻合。二是郭栅村曾有佛寺，一座小庙。但小庙的和尚毕竟没见过大世面，竟"见客不喜"。

住一宿后即起程赴汾。八月初一日，"西南行廿五里，到汾州东，众香寺断中。寺中有汾河泊水：汾河流到此涨泊，故唤为泊，周围千町许，而渐向南流，到河中府，入于黄河。从众香寺西行五里，到汾州城门西边，入法律寺涅槃院宿。此院是台山供主义圆头陀院也。于太原告请云：'到汾州，必到院歇息。'因此到院宿。州押衙姓何，来寺中相看安存，是义圆头陀门徒，见此远客，作主人殷勤。从州向西，去寺五十里，山中有广城院。有仙悟座主讲'天台止观'，门人五十余人。今见在州。南去州八十里有宝福山，高峻。人云：'空王佛行道之处，迄今圣迹甚多。'"

在他的日记中，这一天的记述颇详。一是他在汾阳休息了一日，二是受到了很好的接待，可能心情也好罢！这里面有几条信息值得注意：

一是关于汾河泊，应即是被郦道元称为西河泊的文湖，周围千町——可见唐代晚期文湖的规模仍有相当规模。而由于后来汾河故道的永久东迁，文湖之水只有文峪河水源补给，改名为文湖，可谓恰如其分。二是汾州城南门，给我们的信息是，当时的汾阳已有城垣，辟有城门。想与后来的南门也会相距不远。三是法律寺，这是一座和众香寺一样早已消失的寺庙，但它在城内，是五台山义圆头陀的寺庙的下院，可见当年汾阳佛教与五台山佛教的渊源关系。四是那个姓何的州押衙，"见此远客，作主人殷勤"，颇有些现代人们评说汾阳人风格的共性。五是广城院，应即现在石庄乡南广城村的寺庙，是一座20世纪50年代中期才拆毁的大寺院。六是所谓宝福山，应即是今天的介休绵山，当年已是一座名山。据此也想到有人曾言绵山本不在介，而在沁源之绵上，似乎从地名上也是一种印证。从文化意义上，也可感觉今天所谓名人之争、名地之争给后人带来的贻害。更为重要的是，他写到了众香寺。这对白牡丹起源地是很大的破释。这一点，我会在下节谈到。

八月二日"雨下，早朝，到何押衙宅茶语。押衙设断中。斋后发，向南行卅里，到孝义县。县北一里有魏文侯墓。"

这一日虽在汾时间很短，但仍给汾阳留下了一条十分重要的信息：即"茶"。可见当年汾人已有饮茶习俗，至少接待贵宾已用茶来招待。早茶，似乎与今天广东人的习俗同，即茶、食一体。想来与东龙观发现的金墓"茶酒位"壁画有着一脉相承的关系。

呼应主题，回头谈众香寺。

圆仁曾在众香寺小憩，并对汾河泊发了一通感慨。说明了两点，一是众香寺是一处大所在；二是众香寺在官道旁并紧依文湖。从郭栅入汾阳城，古代官道是沿着大相—董寺—太平—米家庄—北廓村—籽城坊一线而行的。西行五里（注意：汾阳城斜置，抑或唐代汾州城在今东关址），即到汾城南门之法律寺。就此相推，众香寺大约应在今北廓村之东，寺介乎官道与文湖之间。

突然联想到20世纪90年代，北廓村之东南隅砖场取土时，在地表三四米下，发现了一处较为完整的唐代寺院遗址，我们曾在此处获唐乾符四年《般若经》经幢一尊，发现大量唐代柱础和砖、瓦等建筑材料，并大致了解了寺院的规模。据说，推土机曾掘出大量十分精美的窖藏白瓷，已被人哄抢。而这座早已湮灭的寺院，从当时的现状来看，极似毁于一场很大的洪水。

于是推测，此处很有可能便是唐代白牡丹的诞生地——众香寺。当然，准确的依据还得靠文史记载和实物为证，这里只是想抛砖引玉而已。

2010年夏

北 顶

五月,正是北方草长莺飞的季节,恩林先生打来了一个电话,聊起了若干年前的一个老话题,说是去他们村的"北顶"去看看,曾经很有名气,是一个很有历史的地方。开垣庄没有去过,"北顶"更是闻所未闻,是否就是旧《县志》中所说的龙桥洞呢?踏青访古,实在是一个令人惬意、让人向往的事情。所以在一个周末的一大早,一行六七人,随着一路的绿柳和满眼的春意,沿着逶迤盘曲的乡村公路,走进了位于山地与丘陵相会处的开垣庄古村。

沿峪道河上行,到水泉村折北,便进入河谷的北梁。沟壑在黄土高原上纵横,形成了高原地区丘陵的独特地貌。开垣庄是被一层又一层果树包围着的,远远的几乎看不到村庄的存在。地边、塄上,到处是低矮的树木,有灰皮绿叶的核桃树,有刚刚谢了花的杏树,漫山遍野的都是,绿出了错落有致的层次。虽已到暮春时节,这里的土地似乎才刚刚苏醒过来,空气里到处都是植物和土壤的芳香。走过平坦的村街,北面是一条极深的断崖,形如刀削,裸露出大面积的黄土,而沟底挤满了大片大片的杨树,蓊蓊郁郁,正安静地生长着。

村中的一位向导带着我们侧身斜行,从土崖上行而下。一株枯干的老核桃树在沟底突入眼帘,与一片新绿形成极大的反差,让深沟一下子变得古老起来。翻过深沟,沿羊肠小道且行且找,从荆与棘间辨认着古道,在灌木缝里一路向东,一步一趋中终于到了"北顶"。原来这是一座长条形的土垣，从西面的凤凰山（原称花豹石）一路向东延伸而来。南侧有沟与村庄相隔，谓之寨沟；东北侧有沟与之相分，谓之东寨沟。南北两沟沟壁直立，深可十余丈，所以山形自成大势，危若仙境。顶上，是早年形成的一个平台，西高东低，五六亩地大小。地上是一片片丛生的蒿草，一些卵石和半砖、碎瓦间杂其中。显然，这是一处建筑遗址。

在这么一处行走极其不便的山头崖顶，古人曾经建筑过一座红墙碧瓦的古庙。细细体味，真让人有种匪夷所思的感觉。

沿着遗迹四周走了一圈，饱览了地势的险绝，完全能够想象得到当年山与庙是如何地风光无限。在遗址的草丛碎瓦间，我们找到了两通横卧在那里的古碑。时间都是清代，不早。一通漫灭严重，字迹几不可辨。一通保存尚好，全文抄录下来。为《新建玉皇大帝阁碑记》：

尝观天下之大，一人在上而四海从风，一人之君不言而□礼从令。此何道而然哉？无他，其有所统也！推而上之，于神亦若是焉，已矣。

如我北顶青龙山，自道人王一粒侨居于此，闻辟祗场，规模粗定。嗣后，其徒张阳复造殿宇，踵事增华。历年旦月上巳及四月十八日，善男信女朝山拜顶者累累不绝，盖与西顶石盘山一并称胜境焉。暨孙徒赵复兆克振宗风，益弘先绪。念此山虽前有北极真尊，中有圣母神祠，而玉皇大帝乃诸神之主、至尊无上，后有砖窑三眼，何不上竖楼阁三间以奠金容?!并建左右配房六间，以为焚修之静地乎？于是一唱众和，齿积募化。积数百金，选材鸠工，经始于雍正拾二年三月。遥而望之，庙貌巍峨；近而即之，圣像辉焕。登斯楼也，心旷神怡，宠辱皆忘。恍若游焰摩，天上玉墟宫阙，在其目中也。如是而神不得所主哉?!

然或有曰"玉帝之神在天下，犹水之在地中，无在不有。岂必妥圣之□而始有，否则遂无也哉？"予曰"然"。第以此山之势言之，则统之有宗。殆亦如天下之大，一人之身有所统也。岂敢谓宇宙之内不有帝之形者，遂不有帝之灵也哉？

功竣请序于吾乡子卿王先生。先生乃壬子科举人，乙酉拣选知县，文行兼备，乐施好善，□道人论，遂挥毫立就，留余箧中。然未及竟其事，□逝于丙辰岁十月。道人谒予而言曰"先生往矣，其序不可刊诸石也，请更为之"。予曰"诺"。故不愧袜线短才，谨为其详其巅末，勒诸贞珉，并四方善姓载之碑阴，俾后之□者识其肇造者。伊何代，造谋者伊何人，檀施董相者伊何姓，庶念前人肇其之艰难，而缵承之勿替也则幸甚。

邑庠生员弟子郭天申熏沐谨撰
郡庠生员弟子郝世昌熏沐谨书
邑庠生员弟子崔□熏沐谨篆

时
大清乾隆二年岁次丁巳仲春癸卯月下浣谷旦
文水县河西村石匠郝贤惠刊

这处现在人们已经述说不清的遗址，通过一块老碑，许多的疑惑一下子释然了。按地势，青龙山之名可谓形象、准确、生动。

说是庙早就被人遗弃、自然塌毁了。20世纪70年代末期，村人又肩扛担挑的，把这里尚显完整的砖石材料都弄回了家户。近年极少人来，有些想靠古董发财的人曾经乱刨一气，被村人吆喝走了。

通过碑文，我们知道了这里原来是一处不算太大的道教庙宇。中轴线上依次有玄天上帝殿、圣母殿和玉皇阁，分别供奉着玄武、后土圣母和玉皇大帝诸神。从乾隆二年孙徒赵复兆创建玉皇阁来推算，道士王一粒创建时间大致在清康熙初年。而康熙年间，汾阳城西石盘山（时称西顶）正盛极一时，朝拜者众，道教成为汾阳民间普遍信奉的大教。应当是因为青龙山"善男信女朝山拜顶者累累不绝"，又都是道教的道场，所以，与西顶相对，这里便被人们称作"北顶"了。这个名字，也从另一个侧面印证了它当年的辉煌。

从青龙山下来，带着青草的气息，车子在杏树林中穿行。开垣庄红杏是世代相传的土品牌，开花早、熟果迟，个大肉厚、仁果皆甜，近年围绕"开垣红"，村中每年都要举办红杏节。想起早些年旅京汾阳老乡提到的"京西大红杏"源于汾阳的说法，觉得有必要进行进一步求证。如果这里是一个知名品牌的祖庭，显然其意义就更大了。车子迤西到凤凰山脚下停泊，光秃秃的石头山根，三三两两的人们正忙活着。原来是在这里承包了荒山的城里的红杏公司，正在组织员工搞绿化工程。青白相间的山石间，已初泛绿意。

往西，是一座接一座连绵不绝的大山。向东望去，村庄变得十分遥远，北顶更是有些渺茫。

写到这里，短文本该结束了。模糊中觉得青龙山一名似曾眼熟，回家翻开《县志》，不禁大吃一惊，原来史书上对北顶有多处专门条目进行了记载。只是因为旧志体例对于方位表述不清，以至于我们往往会有些懵懂和忽略。

康熙版《汾阳县志·山川》："青龙山 北顶在城北三十里，孤峰独立，众山四周环绕。左右泉涧流出，其顶亦有甘泉。康熙初年，道士王一粒建观其上，其徒张阳俊（应以碑文所记张阳复为准）继之。北十里为龙桥山。"

乾隆版《汾阳县志·山川》："青龙山 在县西北四十里。孤峰特立，群山环之，左右溪涧流出。山顶有泉曰甘泉。"

而康熙《汾阳县志》编纂者邢秉诚的《游青龙山北顶记》，更是将北顶在康熙末年的情形描写得十分完备。摘数句以补上文之不足。"顷之，见一峰峙万山间，巍然多殿宇。舍骑拾级而登，得一洞，穿以入。曲折始上，恍然别有世界……中为玄武祠，上即帝座，老子像塑后殿。跻绝顶四眺，知轮奂嵯峨围群山中，两旁出涧水……余叹曰'此顶也，虽宽绰弘壮不及西顶，而群山回抱，两泉夹出，气脉团结，则西顶果谢不遑矣。'……"文中还有诸如道观创始于康熙六年，山上并有泉水等内容的记载。

依碑文与县志的记载，我们大体可以想到，白彪岭、龙桥山和凤凰山，在那时都是古木遮天，寨沟与东寨沟曾经也是水流潺潺，形成了双龙抱珠的绝好风水。看到西顶石盘山人流如织的兴盛景象，王一粒在此选址，四方募捐，兴建了一处供奉玄武帝的道观。在他及弟子们的苦心经营下，人气渐旺，遂被人呼为"北顶"。其后规模渐大，终成古汾一景。康熙五十八年，邢秉诚去青龙山的缘起，是有人对他说过"北顶绝胜"。

于是想起，今天的寨沟里，仍奇特地存留着一泓清水，当是泉脉未断吧。

而旧书中多处描述过的宽广十丈的龙桥山龙桥洞，至今无缘一访，可做存留心底的悬念吧。但隐约感到，早年常常为人讴歌的原生地貌的不再，应与彪岭樵歌之"樵"字，一定有着十分直接的关联。据说，20世纪70年代，龙桥洞一带还有人大伐其木，直至形成今天的兀岭秃山。

2014 年 7 月

匾额里的汾阳

早些年,在经济有所发展之后,城乡的平房宅院曾经有过一个建设的高潮,似乎也是温饱问题解决的标志之一。因为传统的习惯,这些住宅在院门上后来也镶嵌了题额,紫气东来等等,不一而足。形式大致分为两类:一类为购置的商品瓷板;一类为请人书写后,再请石匠镌刻在青石板上。这些文字和书法并存的形式,让人产生了一种很好的人文感觉。受这些题额的提示,我想起了那些老宅中的匾额。

因为记性不好,所以近年养成了随手笔记的习惯。看到一些好的文字或特别的情形,便随机记录下来。积累时间久了,竟也有了些收获。比方,老宅中的题额文字竟也收录了一两百条。可惜的是,原本镌刻在每家每户上更大数量的匾额,因为当年极端政治的原因,不是被人为肢解,就是被无端剔除,到今天已经杳无影讯、无迹可觅了,想起来,实在是莫大的遗憾。

其实报纸上有不少这一类的新闻。某偶在某地发现一处匾额,不得解,便大为惊奇。又是拍照,又是摄录,又是拜谒文化学者,弄得天翻地覆、鸡犬不宁。然后,把一个匾额的发现说得神乎其神,似乎一方某匾的发现,就可证明此地数千年前之文明渊源,和古奥之文化底蕴。更有些好事者,把匾额中的文字解释一番,于是得出了这家主人如何如何志趣高逸的结论。读这些花边新闻,心下觉得实在是一个生活中的玩笑。今人之浅白,何至于此!原因也许是我们离开古典文化太久了。经典,早些年被人"破"、近些年被人"束",远离了书桌,成了不太常见的一种摆设。

但咀嚼这些匾额里的文字和书艺,会让人产生许多丰富的联想、美好的回味和对古文化的痴迷,那些古典文化的韵味会一次又一次洗涤我们的心灵、陶冶我们的情操。这些文字大体都是源自于《四书》《五经》一类的上古典籍,文字往往不太好懂。但有一个共同点,即大都是祝福劝善一类的词语,按现在的话说,张扬的是正能量。它们与国家四维礼义廉耻的价值观一样,是古代个人价值观的宣传,也是家风文化的广告。它们从它们的落成之日起,曾经启蒙过许多儿童的心灵,也滋润了很多成人的品质。这是传统建筑的魅力,也是中华文化的内涵,它还蕴含了教化的道德力量。

说汾阳人绵软敦善、崇文厚德,也许与文字匾额的大量存世和代代相传不无关系。题额,汾阳俗称额脑。不仅在书写春联时大量使用,而在一些好的建筑物上特别是宅门部位,也被悬挂和镌刻。坊间,豪宅鳞次栉比,题额各出匠心;乡里,一村中总有几家高房大屋,它们不仅在炫耀财富,也在通过匾额和对联展示自家的文化品格。

有趣的事,在数百处建筑中,我发现它们的题额内容竟几乎无一相同。这么大一个汾阳,古人不可能走遍全县以后再定书写内容。唯一可能的解释是:这些内容都是主人或所请的先生凭自己的积学,联系具体家庭的实际,推词择句书写的。另一个侧面,也反映了汾阳作为一个人杰地灵的文化之乡,即使在读书很不容易的古代,文化普及的广度也十分大,文化追求的厚度也十分深。

解读这些名词,有释疑的快感,也会产生对典籍的敬畏与膜拜之情。但把这上百的名词全解释出来,实在是一件难办的事,似乎也显得过于迂拙。于是,我想,还是选择一些曾经困顿时日的内容,分别择刊出来,求得同证。

云汉天章。云汉一词出于《诗经》,指是天上的银河;天章是指彩云组合成的花纹。是形容文章高雅、华丽。这样的匾额,显然是悬挂在读书人家或者说是官宦人家的。

世德长旬。应是指祖上的德泽长时间地降福给后人。旬，是一个时间概念。

咸中有庆。源出《尚书》。咸，都；中，正确、规矩。都能够合乎规范，是值得祝贺的好事。有执政教化色彩，应当是官僚家庭所悬挂。

稼穑维艰。春种秋收（借指农事）是勤劳艰辛的劳动。显然是地主家庭所推崇的内容。

聿修厥德。见《诗经·大雅》："无念尔祖，聿修厥德。"修持自己的德行，来继续和纪念祖先的德行。就是要发扬光大祖先的品德，是传承家风的经典用语。

甲第入云。这一条直白些。甲第，宅第；入云，高大。指建筑高大显赫。

三多九如。多福多寿多子和如山、如月等九如的统称，祝福用词，有明显的民俗文化特点。

英华丕焕。英华，原指美好的花木，后指优异的人或物。丕焕，大放光辉。指主人才华横溢、辉映四邻。丕，大也。

祖稷宗尼。稷，谷物。尼，孔子。与耕读传家是一个意思，是农业社会人们的普遍追求，所以经常铭刻于殷实庄户的门额。

缘督为径。谓守中合道，顺其自然。语出《庄子·养生主》，督，督脉，本意是指顺着督脉的路线养生。大约是主人有与世无争、超然物外的哲学意味吧。

先民是程。程，标准、典范法度。语出《诗经》，全句是指祖先是可以效法的楷模。

唐风可传。唐风是《诗经·国风》中的内容。唐即唐国。意思是指家风有古典的风范，应流传下去。

顺时集祜。祝福语，随时集纳福气。

天锡纯嘏。祝福语，苍天赐福的人家。

克衍箕裘。可以继承祖先的事业。箕裘，典出《礼记·学记》"良冶之子,必学为裘;良弓之子,必学为箕"。后泛指祖传的事业。

其余如耕读传家、德为福基、瑞绕彤云一类的祈福内容,意思较为浅白,就不必在此进行无聊的解读了。

今天,生活结构和建筑结构都发生了很大的变化。匾额,作为一种文化存在,曾经起到过无可估量的作用。它的外在形式,今天已然不能够复原使用,但人们对传统文化、家风道德、中华审美的认同和追求,或将越来越迫切、越来越执着。

2014年夏

登子夏山记

出汾阳城向北远眺,青山如黛如画,颇有意蕴。其山险峻、嶙峋,名曰"子夏"。

清代《汾阳县志》载:春秋时卜子夏设教西河,遗子夏石室(卜子夏,战国初人,孔子七十二弟子之一,专长文学,曾为魏文侯师。乡人将之与段干木、田子方并尊为三贤)。子夏山由此得名。可谓山不在高,有仙则名。元代,汾人樊氏因而在大相村外建"卜山书院"培育人才。

明代,风水学盛行,有人观此山形脉象似雁阵飞掠,遂有"石雁照汾州,清官不到头"之民谚传世。明正德年间,在北门城垣之上铸铁雁二只,与子夏山遥遥相望,谓"铁雁镇石雁,辈辈出清官"云云。

关于子夏山,今民间丧葬文化习俗则有"头枕子夏山、脚蹬抱腹岩(绵山)"的说法,象征意义另当别论。

生亦子夏,死亦子夏,信乎?子夏山无语,兀立天地之间,俯看世态炎凉。

登子夏,寻古风,直面大自然,此动议与友人相约已有时日,然公私事繁冗,兼怠惰,终不成行。今年六月一日,恰逢双休,相邀而行,半小时许,车已泊子夏山脚下。

果然一派巍峨气象。村人称太险、太峻,仅有猎人偶行……云云。初攀百米无路,人在荆棘间蛇行,甚陡,石皆松活,时有飞石直下千尺。迨及缓,觅得羊径一条,一侧临沟,一侧依崖,灌木间逶迤直上。左右奇花异木，香气袭人。行于草木间，转瞬即不可见，甚有趣。目左右两侧山石，却原来岩页均为纵向分层，无怪乎山势险峻。

不多时，众皆气喘吁吁，汗如雨下，于是找一空旷处席地而坐。轻风徐来，顿感身轻气爽，飘然欲仙。有鸟在耳边鸣啾，野雉在山谷、灌木间穿行出没。于是想，樵夫自有樵夫的福祚。

苍天有情，云影相随。树丛间唯见或红或白人影穿行。山桃、黄栌、柏树……写意出青翠的绿意；马兰织出柔软的地毯，唯人迹杳杳。或小憩，或攀行，约行千五百米，抵南天门下。

南天门之名，让人想到天上宫阙，想到玉皇大帝、西王母……神、人于此分野。

南天门实为一石峰，岩壁如削，寸草不生。峰顶东侧，遥见有片石人工垒砌之墙，环峰寻觅，终不见登临之径，甚诧。遂止步。蓦然回首，虽未曾凌绝顶，已览众山小。莽山苍苍，在脚底逶迤延绵。极目天地相衔处，依稀可见杏花村、汾阳城、文峰塔……

山桃树下，聚饮聚餐聚谈。看左峰如堵横空而出，松柏虬曲勾连，与坡堑浑然一脉，似画家笔皴大写意。看右峰如削，青石犬牙相错，状若鳄鱼骑巨鲸，通体青黛，是造物主匠心独运而雕琢，观之大拙大雅。

谈笑间，日影西斜，猛忆起子夏洞（村人谓隐唐洞）未谋面，急起身拾掇物什，相抵挽扶，踉跄而下。折至半途，识得登临石室必由之路，右折而复上。此真是当年子夏老先生每日亲履之途？仰首向上，似乎看到老人攀山的身影，又似乎听到琅琅读书声。

路极难走。几乎是垂直向上，人若壁虎攀缘，多是只容一身半脚而过，不数步，双腿战栗。然有古人旧凿之石窝，可供手抠脚蹬，导引向前向上攀越。偶视脚下，冷气倒吸，生死一念之间。沿途数处，有摩崖题刻，皆为明清之物。壁虎般攀行，蓦见砖阶十数级，极陡、极窄，两边仍无防护，是为凿石后补砌。登其上，喘息而叹息，思社会文明之进步，是否意味人类精神的倒退？此砖何来？何人敢砌？

右折则豁然开朗，半山腰豁然现出约半亩大小一处平地，残砖、断石历历在目。凭直感，知此原为一寺庙。接目处，为一方石砌就之石墙，登石墙之上，方知并非石墙，而是人工借山势砌筑之基座。基座之上，迎面有石洞一（子夏石室?）、石窟二。

想子夏石室一说显系传言，而旧撰《县志》之人不肯辛劳，以至以讹传讹。石洞被人利用之意义，正在乎宗教苦行修性之意义。

于此静坐，远离凡尘，心念佛理或道义，身静心静，觉悟人生，正是洞天福地。

石洞外缘被人以白灰饰过，彩画佛光，应是明代以前真迹。洞内面积约300平方米，室温骤降，令人明目清心。地面曾以青砖铺墁，已残。最后部以方石起拱券一道，不知当年之所用。拱券左右侧，均垒设斜面甬道。沿甬道上，见又一平台，之后凿一石窟，窟内已空无一物。如是种种，不见文字，不存雕像，更不见卜子夏，唯留一片空旷让人遐思。

石窟二，并肩而立，外貌伯仲。窟内已空无一物。窟面完好，门框、门楣等仿木雕饰宛然新琢，古风袭人。窟内有记，隋开皇五年制，文字结体秀美，笔意古拙，苍远古意扑面而来。它处多凿刻唐、宋、明、清后人题刻，刀痕斑驳错杂，让人追想后世香火的兴旺。

遥想当年，云移日出，光若流火。空气间氤氲着干裂的热气，沟壑中的虫鸟，也在焦渴地鸣唱。隋唐以降，此地善男信女熙熙，得道高僧长住，水从何来？食自何来？颇令人费解。

树影摇曳，席座影下，凝目远眺，心净如水。感受着远离尘嚣的安静，体味着古人一心向善的禅境，别有一番滋味在心头。

至是，再游无兴，共议同返。同游者：柳静安、王希良、温志铁等，是为记。

2002年6月2日

汾阳春

晋中一带有俗语云：太谷的灯，汾阳的春。顾名思义，太谷的灯应该是指太谷县元宵节灯会。直至现在，太谷元宵灯会仍颇具规模，特色独具。而汾阳的春，则让人不知所云，甚难理解。

原来，这句话和汾阳一个古老的民俗活动有关。

出汾阳城东行五华里，有村名望春村。不知从哪朝哪代开始，每年"立春节"前一天，城里的官府都要到这里来迎春。这一天，村里早搭起了彩楼，衙吏扮作十二行人执事开道，府州县衙的官吏们鱼贯登台。台下是装扮成渔、樵、耕、读的百姓，摔跤赛拳的把式，穿游其间的推车、旱船、秧歌……各逞其能，与国外的"狂欢节"十分类似。这一天，几乎汾阳城所有的人都要到这里闹春，祷念身体通泰，祈望一年丰收。女人们戴着花，名曰"簪春花"；男人们开怀畅饮，谓之"饮春酒"。一天下来，有时候就分不清谁是闹春的，谁是看热闹的了。

第二天，即立春日，则是官吏们表演的日子。这一天，官吏们从城里送出一个纸扎纸糊的像真牛那样大的"春牛"，春牛身上也缀满了彩带，一番庄重严肃的奠礼过后，由官吏们执一根五彩长杖，每人鞭击春牛三下，以示春天已到，农人们应该着手筹备农事了。尔后，官吏们将携带着的小"春牛"分别送到那些有名望的乡绅（地主）家里，名曰"送春"，宴乐去了。

因为这个活动成了规矩，气势又特别大，所以在晋中一带便闹出了名气。也因此，汾阳俗话里，便把"立春"说成了打春。

这一活动大约消失在帝制结束的民国年间，与农耕社会过渡为工业社会也是紧密相关的。而起源于何时，则难以考究。不过，望春村在宋代初年（大中祥符）即在官府支持下，从晋南汾阴迎请回后土神，建起了规模宏敞的后土圣母庙，年年祭祀。所以，笔者推测，这一习俗的形成，应与后土庙有直接关系（当年祭天地、祈社稷，是官吏们的一项"功课"）。

2005年春日

几个地方文化的小谜团

在汾阳从事文化工作多年，留意不留意间，发现了很多破解不开的文化谜语。虽十分注意寻找答案，但解开之谜远没有难解之谜多。解了，就有一种欣慰感。而不解的，总是梦牵魂绕，让人割舍不下。今择数例，以为引玉之砖。

和文物工作最密切相关的谜，当是龙天一词。在汾阳，从西山到东川，现存的龙天庙可以说比龙王庙要多很多。初知龙天庙，想当然地以为就是龙王庙，发现两者毫不相干时，便纳闷了，龙天是谁？飞龙在天？城西石家庄龙天庙大约是现存龙天庙中时代最早的，可以确切地说是元代始建，至今风格仍为元代的古构。石塔龙天庙是民国重建——碑文称因地处卑下而重新举高——但仍不失元以前建筑风格的一处建筑。牧庄龙天庙是一处比较典型的明代建筑，壁画中龙天出巡、回归场面仍气势非凡、历历在目。太平村明代龙天庙以精美绝伦的琉璃艺术让人过目难忘。东遥庄龙天庙虽毁败，但证明了龙天祭拜曾经波及至此。后来翻阅著名学者梁思成、林徽因的《晋汾考古预查纪略》，发现他们有写峪道河（赵庄）龙天庙的专篇，其间对龙天一神曾有考研。而对龙天一神究竟是谁这一疑问，也查看了山西有关古建筑资料，最重大的发现是：龙天庙几乎全集中在汾平介孝一带。这样，可以肯定地说，龙天神必是地方神。可悲的是，汾阳所有现存龙天庙中，或则碑记全佚，或则不记其源，让人对龙天神的来历难究其详。按梁、林二氏之记载，峪道河龙天庙祭祀的是西晋时介休令贾浑，可一个地方小官让这么多人这么长久地祭祀，实在难以让人理解。太原晋源也有一座龙天庙，当地人认为其神为汉武帝刘彻，时代更为久远，地位也更加显赫。但究竟确否，不得而知。

第二是老爷山问题。汾阳之山很多，但最有名的，应当算是老爷山了。大约一是因它毗邻县城，二是当年香火极盛。对老爷山的背景稍有了解的人，便会知道朱之俊，知道石盘山玄天上帝庙。从碑碣到史料的了解，此山一律被称之为石盘山。但为什么明崇祯以降三四百年，人们不称其为石盘山而呼其为老爷山呢？这是又一个谜。民国时王堉昌曾对其进行考究，说"庙有小钟为弘治元年贾氏所铸……顶中有关帝庙，岂初为关帝庙欤？"这一点，人们最容易认同，因为在很大范围内，人们普遍将关羽称作老爷，把关帝（关王、关侯、关羽——关羽为神的地位是逐渐提升的，到明末才升格为帝）庙称作老爷庙。奇妙的是，今年我们因事上山到了所谓"喂喂峰"时，发现了一处古代建筑遗址，其遗砖居然几乎全是唐砖。至少可以说明，老爷山在唐代已有建筑存在，究竟是什么建筑，实在已难知其详了。也许就是关羽庙？唐代建筑关羽庙的，全国虽不乏其例，但毕竟算是凤毛麟角了。如真是，也算是汾阳的一种荣耀吧！说到这里，再检朱之俊创建玄天上帝庙碑文，字里行间，对老爷山原有建筑和宗教背景居然只字未提，看来这个谜还得再延续下去。

第三个谜是关于宋之问的籍贯。开始了解汾阳历史名人的时候，曾对宋之问是汾阳人感到很自豪。但涉猎资料时，才发现宋老先生有两个故乡，一说是汾阳，一说是河南虢州。几乎所有的史料都在这么抄，实在让读者莫名其妙，一个人是不会有两个故乡的。偶翻黄纸，发现了先生一篇文章，才算是解了这个谜——他是汾阳人无误。他写给初唐四杰之一的杨炯的祭文中，直白地自称为"西河宋某"。因系美文，抄录如下，以飨同好。其名曰《祭杨盈川文》：

> 维大周某年月日，西河宋某，谨以清酌脯馐之奠，敬祭於杨子之灵曰：自古皆死，不朽者文！北河流液，西岳吐云，叶神通契，

降精於君。伏道孔门，游刃诸子，精微博识，黄中通理。属词比事，宗经匠史，玉璞金浑，风摇口起。闻人之善，若在诸己；受人之恩，许之以死。惟子坚刚，气陵秋霜，行不苟合，言不苟忘。大君有命，徵子文房，余亦叨忝，随君颉颃。同趋北禁，并拜东堂，志事俱得，形骸两忘。载罹寒暑，贫病洛阳，羸马同弊，老幼均粮。自君出宰，南浮江海，余尝苦饥，今日犹在。之子妙年，香名早传，从来金马，凤昔崇贤。门庭若市，翰墨如泉，千载之后，闻而凛然。死而不亡，问余何伤？伤予命薄，益友零落。生平之言，幽显相托，痛君不嗣，匪我孤诺。君有兄弟，同心异体，陟冈增哀，归葬以礼。旅榇飘零，於洛之汀，我之怀矣，感叹人冥。见子之弟，类子之形，悼往心绝，慰存涕盈。古人有言，一死一生，昔子往矣，追送倾城，今子来也，乃知交情。惟郭是戚，有崔不易，来哭来祭，哀文在席。帷席可依，冰雪四满，家人哀哀，宾径微断。今我伤悲，情勤昔时，子文子翰，我缄我持，子宅子兆，我营我思。子有神鉴，我言不欺；我有絮酒，子其歆之。我亦引满，傥昭神期，魂兮归来，闻余此词。

其四是瓜衍、兹氏之谜。2006年，我市举办置县2600周年庆典，其依据为公元前594年晋景公赏士伯以瓜衍之地。晋景公赏士伯是历史上的一件大事，甚至因此而产生了"瓜衍之赏"这个成语。显然，似乎公元前594年即是瓜衍县的得名时间。查文献，瓜衍地在孝义北，或言孝义北十五里，推想约在今田屯、虢城一带。这里就产生了几个问题。一是赏士伯瓜衍的时间，未必即是瓜衍得名的时间。果然，今年和山西省考古所王俊先生闲聊，他说瓜衍一词，在甲骨文、金文中都有，说明瓜衍作为地名，要早得多。且当时尚没有县的建制，——郡县制是封建社会发展的产物，而不是奴隶社会存在的制度。第二个问题是，瓜衍城在哪里？如在田屯一带，当有遗迹可寻，至少应有那个时代的如墓葬一类实物存在。但至目前尚未发现，也许深藏于地下？它毁于或废弃于什么时候？为什么被人们所放弃？全是谜团。按时序上说，就该说到兹氏县了。

假设瓜衍城放弃后,即建立兹氏县,那么瓜衍城的时间下限当是战国时期了。推想中的瓜衍城西北行约七八公里即是兹氏故城,面积约有1公里乘1公里,即今巩村村西城墙梁地。在这里,考古工作者今年发现了不少战国时期的墓葬,佐证了它至迟在战国时期已是一座城池。通过城址中到处可见的陶片,也能确认它直至汉代都是县城所在地。那么,第三个问题是,这座城为什么又被人放弃不用?为什么众多史料中全无记载?

第五个谜和第四个谜紧密相联,即汾阳得名问题。瓜衍也罢,兹氏也罢,似乎可以确认均是汾阳更早时候的称谓或者城市所在地,但汾阳一名的来历始终让人是雾里看花。据查,汾阳一名最早见于史料的,是《史记卷三十九·晋世家第九》中晋国公子夷吾传给大将里克的一句话:"诚得立,请遂封子于汾阳之邑。"大意是说如果里克能拥立他为晋国国君,他将把"汾阳"这块地方赏赐给他。这个汾阳究竟在哪里,也不知历史地理学家有无权威性看法。仅从史料上看,从此后"汾阳"这一地名便有了很长一段时间的消失,也就是说,周代的这个"汾阳"在后来便不被人提及了。其后,从汉以降,有明确记载的,有不少地方都曾短暂地被称呼为"汾阳",这些全不是谜。谜在于,我们现在的汾阳按史志资料的说法,是得名于明万历二十三年,即升汾州为府,依廓置县的那一年。但从现有资料看,这里就有两个问题了。一是,现在至少有唐代(从早唐至晚唐)五块墓志铭能够证明,在唐代不管官称汾州也罢西河也罢,民间将现在的汾阳即称作汾阳,是为什么?二是,当年汾州升格为府时,似乎没有原因地便将原有汾州的县域称作了汾阳,这又是为什么?本来,这个问题未必能引起更多人的注意,后来,经有关谱牒专家考证郭氏郡望是汾阳的说法,让人对这一问题产生了莫大的兴趣。也翻看了不少人的不少说法,总是带有一种吵架式的论证,难以让人信服,所以,至今,心中仍是一个谜团。瓜衍、兹氏、汾阳,有什么样的内在的必然的联系呢?

2006年11月

汾阳古园

细想起来,当年文湖还存在的时候,汾阳的地貌甚至气候与今天是会有很大不同的。

为什么中国的园林会在苏州形成一个集大成之处,最大的原因应该是水吧!再细想起来,当年的文湖于汾阳而言,几乎是有百害而无一利的。旱时不能引以为溉;涝时汾、文二水四处横流,湖水四溢,淹没稼禾无数。显然,这与那时的生产力低下有着直接关系。早已证明所谓的汾阳宫其实地点是在宁武县境,与汾阳毫无关联,可见说隋炀帝建行宫之说纯属讹传了。

汾阳古园,是汾阳人追求雅致的一个物化载体。虽然那些古代园林已与战火一起灰飞烟灭,但从斑驳杂陈的古籍中,从老人的茶余闲谈中,仍依稀能感觉到当年那一片活生生的"绿"。

印象中,汾阳有记载的园圃是为冯家庄的西岩别墅。惜记载缺失,不能摹其状。以后的园林,按记载能查到的,大致有孔天胤的愚公园、寄拙园、文苑清居,朱之俊的楼山园、解脱园、汇清园,仅峪道河一脉,就有六兼园(田端)、陶写园(王德元)、宜秋书舍(张王旬)、峪园(赵日昌)、涯清园(于准),还有吕文梀的天乐园、王缉的成趣园。可以相见,明清之际,汾阳封建士大夫造园成风,水色山光曾经掩映过多少文人雅士,柴扉画栋曾经留下过多少珠词玑语。朱之俊说过"务园圃者,竟趋峪中",即此。

孔榜眼（天胤）出身高贵、才学超人，其造园反而抱残守拙、返璞归真。其寄拙园"地不盈亩"，杂莳花药、稍置竹石，即成所谓园了。给人联想到今天稍大一点的农家小院。

后来的文苑清居扩大时，是增加了六亩土地，凭借了原有三棵槐树、一眼老井，栽花种菊，继以果属之植，除了其建筑貌况不可想象外，实在也就是一个寻常的后花园。

王缉的园池不知所在，也无文成述，从其题咏中略见端倪，道是：遂初堂、点易台、百花垒、巢鹤山房、婆娑亭、清冷轩、抱瓮处、长春洞、丹药圃、君子居、仙陬、流觞处、灵池、餐英饮露、邓林一枝。这些似曾眼熟的名词自然让人联想到《红楼梦》中的大观园。

只可惜不知其规模，更寻不得遗址了。

赵日昌的峪园记载虽有，描述殊少。但却是存世最长的，位于圣母庙之后。现在峪口村的不少人仍然对它津津乐道。《峪园记》说园"花竹古木，曲砌流泉"，中构三楹草堂为葆光斋，其余竟笔锋转向对主人的歌功，致使我们今天不得其概。但听人说过园中曾有过一株十分奇特的"蓝松"，数十年前才毁。

吕文梲的天乐园就有了一些园林的意趣：石径迂回、水流路转，竹柏影动、槐柳风飘，蔷薇绕架、芍药翻阶，曲步回廊中建会芳亭、松鳞书舍、鱼沼、晚香轩等。且上升到了理论境界？——萃古今之图史，以供披览。纵观则物色千重、舒啸则清风来座。高峰峭壁屏围于云谷。从其描述看，天乐园似在峪道河上游金庄上之彪岭樵歌处。依山借水，山水两胜，很有官宦园林、北国园林气派。

成园大家应属募资兴建过石盘山玄天上帝庙、文峰塔、攀龙桥，改建庆成王府为府文庙的朱之俊了。其最早的园林建于崇祯十三年，当是他仕途失意归隐后建的。园曰楼山园，位今芦家垣村。这楼山园实在应算是一处果园，除营造了部分建筑外，二十亩田"树悉行列，每果熟婆娑，树下可坐可摘"，俨然是一个庄主。妙处在于掩映林中的排青楼"一望数百里，峦层岫复，村庄错落，遥嵌于平坞曲阜间，历历可数"。更值一提的是他本因魏阉建生祠而得祸，却在这里为自己建了一处生祠，塑自己"幅巾野服"的俗像。面对塑像他笑"谓渠非我，立渠何为？谓渠是我，我却是谁？"是他看破红尘后的真实心态。

朱氏建楼山园的第二年，即在峪道河购置五十亩土地开始营造解脱园。解脱园一名，很能让人感受到他被贬官后的心境。"古木刺天、新篁匝地"，是解脱园的原始面貌。而后他即在这五十亩土地上，开始了他的创作。筑翠香阁、回风廊、饲鹤处、援云亭、浮香亭等，登高望远自会心旷神怡，对改善他的心症当会大有好处。

真正采用了苏州造园手法的，是朱之俊的汇清园。园位于今张家堡地界，福昌寺之下。是他建楼山园后的第三年建立的。"园仅数亩"，但其栽竹树石、莳花移木，构泉借水、纡门曲屋之手法，俨然出于苏州。细读其自纪文，流水潺潺、曲径通幽，锦绣文辞，一处玲珑精巧的园林宛然就在眼前。此园据说后来卖给了清代同治间状元王仁堪一家，但现在已片石无存了。

时序如齿，可不知在什么时候便有了缺失。湮没于黄土地上的园林虽然没有在黄纸上湮没，可给我们留下的无非只有了吁叹。今人能够知道的峪道河，只闻西洋人曾经买磨坊而建的别墅，众多的园林甚至没有了想象的资格。

作为一个城市，作为一处胜景，园林和绿地是游龙之睛。生态建设是十七大报告提出的新的理念，也是更加以人为本的理念。我市随着汾酒工业园区的拓展，随着贾家庄事业的腾飞，随着文湖景区的建设，我想，我们的公益性园林会大大超过古人，绿地会大大增加，给后人留下更加美好的人居环境。

2007 年 5 月

汾阳古韵

薛公岭、黄栌岭、白虎岭三座山头一字排开，拱出一道青山叠翠的西部风景。往东，是千株万株核桃树遮盖着的绵绵丘陵。再往东，银色的汾河由北而南在平原上一泻千里。

这是一个构筑梦想的地方。

丘陵与平原相接的地方，一座小山孤独地矗立。唐朝的时候，不知什么人在山上建了一座关王庙，所以山便被人称作老爷山。有董师、禹门二河款款从古城的南北流过，滋润着万亩田畴，时光悠悠，于是在两河的怀抱里孕育了一座如醪小城，叫汾阳。

太符之光

唐宋两朝，空王佛、无业禅师和善昭禅师三个大和尚手持锡杖，曾经在这片土地上苦修佛理，他们的开示语录至今仍在古卷青灯中闪耀着思想的光芒。

而与王重阳弘道同时期创建的太符观，作为汾阳目前存世最早的古构，建筑、雕塑、壁画、碑碣，都在吸引着大批古代艺术的痴迷者在信徒的香烟中朝圣。

有时候真的替梁思成和林徽因惋惜。他们当年到了小相村，也到了杏花村，可是，没有再往前走五百米，看一看这座让人精神一振的建筑。

也许，是在饭后，是醉眼迷离无力移步了罢。不然，林徽因的《窗子之外》该是更加的风光旖旎了。

昊天上帝之殿上粗硕的斗拱是宋金风格的写实，目光总能在触摸这些有生命的木头的时候感受到时光流逝的味道。圣母殿、五岳殿、撇八字式山门，与那棵柏树上鸣唱的孤独蝉声相融相合，总是让人感受到神秘的韵律。

韵律在雕塑里。玉皇和他的侍者们总是含而不露，不仅是雕塑手法的古拙，更是作者想传递神的尊严；圣母的化形却是十分世俗，给人联想到当年妇女的市井生活。西配殿的悬塑一下子打破了人的视觉习惯，天神果然在天，五岳大神在云气间的出巡和回归被真实地悬在了天地之间。

韵律在碑碣间。虞世南和宋敏求的笔迹仰察了千年风霜雨露，那些记事的青碑总是在不停讲述那些曾经的故事。而最让人动心的，是几幢齐、隋的造像碑，古朴得让人几乎要涌出感动的泪水。

文峰之塔

后来，人们不再为释与道吵架，把诸神请到一起共同讨论发展大计。这时候，自然而然就产生了一种新的建筑形式，叫文峰塔。无论道、府、州、县，直至僻野农乡，不断有人在建筑这种正风水而利文脉的新潮作品。

汾阳有位先生叫朱之俊，曾经是担负培育官僚责任的一名京官。当年他在多次由汾进京或由京返乡期间，总是在定州料敌塔下驻足，于是乎在头脑中构思了笔直而高的塔的雏形。所以，后来他倡建汾阳文峰塔的时候，便把塔的高度放在了第一要素。

塔内逐层雕塑十二生肖，曾经都是神的形象。这些让人参拜的动物究竟代表一个什么意图，至现在也不知谁能说清。

这座纯由青砖垒起的高塔至今仍是汾阳的标示物，线条刚直、直指蓝天，三百多年的时光让它更丰厚了内心的底蕴，与文庙、王府等仿古建筑相映成趣，在一双双仰望的目光里，成为汾阳旅游的新起点。

杂粮之面

晋地苦寒，食材有限。

天上飞的，飞得很高，不着地。水里游的，涓涓细流，不能养蛟龙。赋予黄土地的，是五彩缤纷的各色庄稼。

先人左一把粮食右一把面，在毛驴拉着的石磨上、在瓷盆里、在案板上，把面与面、面与水的关系理解到了掌握到了极致。有"三生三熟"的莜面，有需要掺和榆皮才能食用的红面，有过分筋道的各色豆面，有宜磨成粗颗粒的玉米面，有用来做糕的黍子面——更有各种自创的杂合面。

这些面被蒸、烤、煮成更种质地各种形状的面食，用口感代替口味，帮人们度过一个又一个肉菜稀缺的年代。到今天，仍然在各种场合隆重登场，引起一片唏嘘。

与面伴生的各种菜肴，也争奇斗妍，各秀芬芳。

十分特别的是，从南北朝迄今，汾阳多为王封之地。而在有明一朝，庆成、永和两王府常驻于汾，与三百年王朝共始终。皇室的眷顾和衙门的扩大，使筵席的神秘流播民间，大大敏感了汾人的舌尖。

汾阳人把上至鱿鱼、海参下到土豆、白菜纵深开掘，因材施法，钻在厨房里深钻细研，营造出了一桌的琳琅满目，唤作"三八八席"。在这个框架下，各种菜品被定型化、被精细化。于是乎婚丧嫁娶，吃席，成为大快朵颐的饕餮梦。

这习惯一直流传到了现在。

水酒之味

山西是醋的故乡。

醋是能够提升面食的呆板味感的神品。

汾阳人妙在不仅会做醋,更会做酒。红红的高粱在一台台石磨上粉身碎骨,红白参半地流落到地上的簸箕里。蒸熟了、发酵了、蒸馏了,是头酒;再发酵再蒸馏,是二锅头。清冽的酒香从远古飘来,又飘向九州。

有酒佐菜,可解千古之愁。

杜牧在一千年以前就为汾酒作了广告,让汾酒不仅更加性烈,还有了一份灵动的诗性。杏花与梅花同属,画出来,总像是一样的迎春写意。这杏花原来开在巷子深处,古街老铺,而现在已经繁花似锦蔚为大观了。

每一朵杏花便是一首诗,你不见有多少蜜蜂在吟诗吗?

这诗有高粱酿的,也有竹叶酿的,汾酒博物馆里的古物在现代的声光里正诉说着粮魂的分娩过程。

经过万千舌与口的品咂,汾酒被定格为清香型白酒鼻祖;杏花村自然而然成为清香型白酒的祖庭。

梦在乡间

这座有五个高速口的小城,正飞速与外界融合。

而在乡间,还有很多的古代遗韵在演奏它自己的进行曲。老街的槐树依然枝繁叶茂,老宅的青砖斑驳陆离,王壮桥上的三棵老柳仍然在唱宋代的歌,而桃花洞尽头的北齐长城总让人联想到当年的金戈铁马。

很快,又要核桃香了、谷子黄了。

到乡下吧,踏着青砖或者红砂石,举起相机,定格一座院门或者一扇窗棂,让凝固的历史镶进相框,成为故乡的记忆或者我们内心最柔软的秘密。

于甲午正月

汾阳宅门

每每从南方的徽派建筑地区回来,总是会长久地回味那些粉墙黛瓦的影子。黑与白鲜明而错落有致的记忆是那样牢固地嵌在脑海中,拂之不去。这个时候,我们本地的一种建筑形式也就呼之欲出,即至今仍散布于乡间闾里的古代街门。这个样式虽然在汾阳地区司空见惯,但细究起来,与其他地区还是有很大的区别的。

宋汾州太子院善昭禅师语录云:"入得汾阳门,见得汾阳人。"

那是一句禅语,并非文字表面所示之实指。但要想了解汾阳的风土人情,就必须通过一扇扇汾阳人的院门,走入汾阳人家。从这个意义上说,汾阳宅门的含义,就显得深刻而重要了。值得一提的是,院落之门一般地区称之为院门,汾阳称之为街门。一个用门里之物命名,一个以门外之物命名,不知何俗所致。

门与窗不同,我相信它是在房子产生的同时就产生了。《韩非子·五蠹》描述:"上古之世,人民少而禽兽众,人民不胜禽兽大蛇。有圣人作,构木为巢,以避群害,而民悦之,使王天下,号有巢氏。"有巢氏构木为巢的时候,一定会考虑到门的设置。而最早的门扇,我有理由猜测是一堆木棍堆在门口,以防禽兽大蛇。而后来的栅栏门应当就是在这种基础上发展起来的。

又《诗经·陈风》"衡门之下,可以栖迟",描写的是城门。而衡门,应当是两根立柱上搭了一根横木的最简易的门。是门的最早的形式。

斗转星移，千万年时光悄悄过去了。那些造型各异的门，与它结伴的建筑一起，早已消逝于风霜雨雪之中。比方汾阳城当年巍峨的府城门，不知什么时候轰然倒塌，化作尘烟，已经了无痕迹。留下来的，只有类乎"来薰"一类的徒有虚名的名目而已了。

今天，相对于日新月异超常发展的现代建筑群，留下来的汾阳古门十不及一。它们矮小，但它们精神；它们破旧，但它们个性。它们屹立在灰黄的风霾中，牢固地闪烁着韵味十足的盎然古趣。它们是古今文明链接的重要符号，是记忆，更是传承。它们记载着古人的生活方式、审美情趣和建筑追求。托了工作的方便，曾经有幸接触过大量的汾阳传世街门。那些有幸能够保存下来的，虽然已是风雨飘摇，但大多还在被使用着。

在以平房为主体、以家族为住宿单元的古代，人们是十分重视门这一建筑形式的。认为门代表了一家人的地位与品位，所谓"门面"是也。所以，那些殷实之家，大都有一个华贵的街门。这些街门的建筑特点，大抵与院落的结构关系并不很大。相反，它倒是与它的建筑时代很有关系。而这些街门，也许是因为相互间的攀比或比照，又大面积地产生了地区性的雷同。

汾阳传统院落以三合院居多、四合院次之，一进院居多、二进三进院次之。门与院都有一个比较显著的特点——窄，门是狭而高，院是狭而长。显得刚劲峻烈，有牢固内敛的感觉，而缺少了北京四合院的那种雍容华贵的气质。

最常见的汾阳古街门大多是仿木砖雕垂花门。这些门有很多共同或相似的地方，比方常常是随墙门的形式。自上而下依次是顶：常作悬山顶，一如平常屋顶般起脊，置陶塑的灰陶脊筒及吻、垂兽等，灰筒板瓦覆面，山面博风用砖雕；偶有九脊顶者，作法类同。前檐：是街门的重点部位。椽、飞、望板、檐檩都用砖雕出，只是因为受到用材的限制，它们几乎都被固定在了一个垂直面上。斗拱，大多采用三攒。柱头科两攒、平身科一攒，以五踩单抄单昂者居多。也有不少采用了一斗三升、一斗二升交麻叶、斗口出昂等形式，也许是主人的偏好，也许是时代的风气。也有一些讲究的门，平身科斗拱出45度斜昂斜拱，甚至还采用了如意斗拱，显得繁缛而华丽。平板枋、额枋也都雕出。额枋之下，雕垂柱（所谓无根柱），大多浮雕成两三层仰莲状。墙体：大多平素，但常用磨砖对缝手法，外表十分光鲜。下部则采用须弥座，束腰、上下枭平素或雕出仰覆莲等图案。

必须说明的是，前檐部位不仅用砖仿刻了以上木构件，惟妙惟肖，而且，还充分利用陶砖的特性，把大量的民俗文化题材用浮雕形式刻在上面。主要部位有：拱眼壁、平板枋、额枋、垂柱之下之山面、束腰等等。实际上，很多时候，这些雕刻都是"挂件"，由泥瓦匠将雕刻好的成品用泥灰贴在墙面上的，十分类似于今天的瓷砖贴面。不相同的，是雕刻的内容。这些雕件题材十分广泛，主人的情趣决定了每一座街门的具体内容。共同点是，内容大致为花草、动物、人物及宗教和民俗故事，雕工都十分精细、抑扬顿挫、呼之欲出。不同的，则是这些雕刻的主题。

相比而言，后檐部位的装修要简单得多，往往平素无奇。主要的原因是，街门正对的，一般是一处影壁。影壁上的设计和雕刻总是令人耳目一新，在此不谈。

此为街门的砖结构部分实际上是文化功能的部分。在门的功能结构的部分，木结构永远是占主体地位的，只是比较简约。大体由门框、门、门槛三部分组成。门框的最上部是上面提到的"衡"，之下的门楣部位大多有题额，是这一部分乃至整个街门最出彩的地方。门则基本都是板门，使用铺首但并不讲究，基本都是铁制锻件，大多采用的形状是花瓣一类。有些地区如杏花村一带的街门喜欢用铁皮包裹加铁门钉的手法，很有个性，似乎代表了主人的一种安全心理，把门的防范功能提到了一个重要位置。门槛置于门枕石中，讲究高门槛。门槛之外，最常见的是雕刻精美的"笑嘻嘻"的石狮（清代中后期造型，有九斤脑袋一斤尾的说法）。有些门还在门楣位置安置了门簪，柿蒂形或十字花形等形制不一，虽然只有装饰作用，但恰是延续了一种上古的遗风。

街门之内的第二道门古称仪门，汾阳人称二街门。具体到每一户中，与街门的造型往往是变化比较大的。但用形而上的观点去看的话，主要形式与上述街门并无二致。主要的区别是它的后部采用了汾阳人所谓的"转扇"的结构。即一个"间"的结构，四柱合围，形成一个防风避雨的厅堂，大多也是单庇悬山顶。特殊的是，后檐柱之间，安置一道"屏门"，人不能直入，须经左或右方可入内或外出。而且这门基本是一年四季都关闭着，除非婚寿等重大时日才会打开。

砖雕垂花门之外，其他形制的宅门还很多。如插廊式门，即在门洞（往往是券门）前加木构插廊，汾阳当地谓之抱厦，斗拱、拱眼、门罩等部位的木雕往往使用透雕，十分精致。如木构垂花门，不多见，但风格与北京地区的完全不同，常常是悬山单坡顶，几乎没有见过勾联搭卷棚顶者。如很有建筑史学价值的拱门，十分接近城门的形制，可通车马，宏敞高大、双扇洞开。等等。最能过目不忘的，是偶见的带45度双下昂的木制斗拱，或者是如意斗拱，昂嘴和耍头往往雕作象鼻状或如意云状，乍看，像一把香蕉，又似一朵盛开的秋菊，总是让人印象难泯。

比较起来，房门不仅风格有异，也要简略许多。在此不做探讨。

关于题额。门楣题额可以理解为宅门的附属品，也可以理解为宅门的画龙点睛之处。实际上，大多做工讲究的街门，都是有或者原来都有题额的。这些题额时间不同、内容不同、作者不同、书艺不同，形成了丰富多彩的题额文化，惜至今仍没有书家进行深入研究。这些题额从形式上看，主要有阴刻、阳文、书写三种，大抵原先都是蓝底烫金字，现在因为时间的原因，都变作本色了。个别的题额，采用了砖雕阳刻的形式，十分别致。从内容上看，就十分庞杂了。主旨大体可分三类：一是祈福，如世德长旬、庆有余、英华丕焕、三多九如之类；二是怡情，如谦和庄敬、兰桂联芳、爽恺清和之类；三是树家风，最多见，如勤慎清真、稼穑维艰、耕读传家之类。这些词汇与现在商品化的题额最大的区别是，很少雷同，可以想见是主人的人生经验或人生追求，是他与当地文人反复商讨定名后，请书家撰写最后才雕刻而成的，所以，堪值玩味。

这些词汇大多出于四书五经，但多少经过了改造，有时甚至是独一无二的典故翻新。毋庸讳言，这些题额产生过或者仍在产生着不可估量的道德力量和文化魅力。

据说，这些街门前的石狮也入了文盗的法眼，正在一具一具丢失。这些街门，也有了不菲的行市，正在被一些"文化人"看好。所以，出于一种怀旧或者责任，借着仍然美好的记忆，趁还有不少实物在世，把它的样子写出来，供人清晒。

2014 年 3 月 18 日

汾阳老宅院

为这个题目作文，其实是出力而不讨好的。

偌大一个地区，宅院何计其数？要想用区区千把字写出它的共性，即使十分用心，也必然会犯挂一漏万的错误；何况写出来，也没有多少读者会喜欢这些佶屈聱牙的文字。但因为衷情过一处处令人肃然起敬的民居，又眼看一处处宅院正在消失，于是产生了一种一吐为快的情绪，所以只好不揣浅陋，冒昧执笔了。

和其他文化形态一样，建筑的形式与当地的环境也是紧密相关的。汾阳有三分之一的山地，有三分之一的丘陵，有三分之一的平川，所以建筑形式在这些地区也不尽相同。也因为环境的原因，汾阳的人居重点大致都集中在以城区为中心的河套平原一带，明显地西少东多。在建筑形式上，显然更多地吸收了晋中文化圈的特征，与吕梁山区、太行山区都有较大的区别。也因为汾阳独特的交通地理区位特点和晋商的大量存在，在建筑上很容易地也可以发现一些外来文化元素。如俄式、欧式，甚至在东石村还发现过徽派建筑的一些元素。

因为缺乏资料记载，更缺乏实物例证，所以，对明代以前的汾阳民居建筑，我们难以了解和描述，于一个小的范围，似乎也没有必要对更早的建筑进行深入研究。话说回来，在城市乡村中大量的民居，因为时代风格和经济基础的原因，几乎一家一个样，水平上也有很大的差异，基本上是不能够统而言之的。所以，只好择其"善者"而述之了。而对于其"善者",经过比较研究,我们不难发现,其实是有相当多的共同点的。当然,这种共同点也许与汾河流域其他县市一样,很可能是同一风格。

在讲宅院之前,不得不提前说到两种最常见的建筑形式。

一是窑洞。毫无疑问,窑洞是黄河沿线先民穴居文化的实物遗存。它起源于地穴,发展于土崖洞,定型于砖窑洞,至今仍有为数不少的窑洞被使用着。据说,柳林县现在还有一处唐代的砖窑洞被人使用。我未见实物,但对它的断代颇持怀疑态度。土窑洞的区别主要在于窑脸部位的装修,现在,因其固有的缺点,正逐步被人们所抛弃。砖窑洞被称作拱券结构,极好地保留了土窑洞冬暖夏凉的优点,所以在明清时期被大量采用。值得一提的是,早期的窑洞是平地起券,后期则有了槛墙(汾阳人称为"瓮口"),是槛墙起券。关于券,汾阳有一个它处绝无的特例,即文峰塔,它的塔室、塔窗和塔道全部采用了这个结构,它们的交汇处纵横发券,确有特点,也说明了汾阳人对这一技术掌握的纯熟成度。

二是厅堂。即所谓房子。是我国大多数地区普遍使用的形式。用柱、梁、檩、枋和椽、飞(封建时代百姓不得使用斗拱,所以即使有斗拱,也大多是异形或者纯装饰性的),依靠榫卯结构,构成框架。在柱间砌砖石或土秸形成隔断,有"墙倒屋不塌"之抗震性能。顶部则用瓦件覆盖,防风遮雨。木构建筑的顶式很多,如歇山、庑殿、卷棚等,但汾阳民间常常采用的似乎只有硬山和悬山两种。外檐及内檐都讲究装修,形成了每家的个性,也让民居建筑争奇斗妍,令人目不暇接。

而无论窑洞还是厅堂,比起大同、张家口的建筑来,汾阳的建筑都显得高大巍峨,气势磅礴。这一方面是因为经济发达的原因,另一方面也可能是北路建筑低矮的原因是旨在防范经天的风沙。

与著名的北京四合院相类似,汾阳宅院也是宗脉于封建家族的大一统思维,建成或规划成三合院、四合院的形式。而比起北京四合院,汾阳三合院、四合院都要狭窄许多;而且未见有通体采用围墙者,大多是后墙充作了围墙的作用。规划上的原因是汾阳宅院院宽往往就等于正房之宽，厢房都紧凑在正房的面阔（汾阳称排间）之内，所以就使院子十分逼仄。这与封建传统文化显然有着千丝万缕的联系。虽然有较好的防风性能，但又因为不通透而让人感到压抑。也许这种结构的院子在山西陕西一带比较普遍，所以有人将这种院子称之为"晋陕窄院"。

这种宅院常见的有二进院、三进院。偶尔也有四进院的，也有套院的（左或右另起一院为长工院、打场院、花园院等等，但往往就不是四合院形式了）。这些宅院虽不雷同，但形制和装修极类同，甚至，时间打磨的痕迹也并不明显。至少，现在还未能确定一处断代为明代的民居。除个别而外，清代和民国的建筑结构也基本一致，偶有不同，大多只表现在门窗等部位的装修方面。

乡村宅院的建筑中轴线以南北居多，城区则因受用地所限，走向不一。

现以南北向二进四合院为例介绍如下：平面上看，宅院主要可分为以下八个建筑单元。一是倒座；二是街门；三是一进院东西厢房；四是照壁、厕所；五是仪门；六是二进院东西厢房；七是灶厦；八是正房。

倒座：建于四合院之最南端，往往临街。常与正房相对应，共三或五间，但东梢间一般辟作街门。它的主要功能是客厅，是主人会客的地方（也暗示着客人是不能进入二进院内宅的）。倒座的后墙因为临街的缘故，往往很高大，不仅是为防盗，也是为了张扬出一种气势来唬人。而前檐，则往往十分重视门窗的装修和彩绘，大概是为了让客人留下深刻的印象。室内，一般不设墙体，汾人称这为"打掏空"，显然是为会客方便而故意为之。

街门：多位于倒座的东侧，为倒座后墙的随墙门。有时也单独筑出门来，常用砖雕垂花门，也有抱厦门等。多精雕细刻，不厌其烦地浮雕花草、瑞兽或人物。多有字数不等的题额和楹联，代表着主人的情趣。体量上分大小两种，大者可容车马通过，大门板上常带铁制门钉，横纵数目不等；小者只可容两人进出。

东西厢房：建筑狭小且较为草率。多是放置杂物或下人生活所用。

门窗依大院的总体风格，制成榀扇或其他形式。

照壁、厕所：照壁与街门正对，是院子的画龙点睛之笔。有时直接借用了东厢房的山墙而营造。多采用磨砖合缝的手法，雕出仿木前檐。檐下则隐以窗的形式，以砖雕竹节围成边框。中部雕鹿鹤同春图案或"福"字等内容，四角也雕出纹饰。厕所往往置于西南角，大多是埋陶缸的旱厕。

仪门：形制不一，与街门一样，大多有固定的样式。常有题额。朝里设单坡硬山或悬山顶，常设屏门。汾人称之为"转扇（门）"，有围护院内风水之意。

东西厢房：比起一进院的厢房往往要高大，间数三至五间不等。筑成带廊的单坡房子或窑洞，进深较小。檐、门楣等部位常见雕刻。

灶厦：汾人谓之侍锅。双柱单檐插入墙体，作法简约。是夏季做饭之所在。

正房：三间或五间，以三间者居多。窑洞或厅堂，但无论院内其他建筑是什么样式，十分之九采用窑洞的建筑形式。常带插廊或明间设抱厦。有时为二层，但二层之建筑体量要小，进深也小，大多为一独立小间。

正房、厢房的后墙往往跨越檐口继续向上筑出垛口，逶迤连接在一起，从外看整个院子的后墙四周相合，像是一座堡垒，很有一种特立独行的风格。

现在已经很少有人见过这些院子刚落成时候的样子了。但想来它们新落成的时候，也应该是不仅撩人眼目，而且也撩人心扉的。坎墙和墁地的青砖都在发着瓦蓝的光芒，满院里都是砖与灰的味道。青砖之青与灰缝之白，构成的几何图形让人感到神秘而振奋。前檐的彩画，故事成篇又五彩斑斓，在邻居的眼中读来读去。黑的廊柱和绿颜色打底的门窗，让每间房子都生机盎然。题额的文字都落在洋蓝的地子上，烫了金。这一切，让院里的建筑被升腾的文化气息包裹了起来。

于是，我想介绍一下这些宅院里那些聚敛的文化风光。

彩画：彩画一般发生在建筑外檐的木构件上，比方撩檐枋、额枋、平板枋和门的障水板等处。一些小的和雕刻过的木构件则往往只是着色而已。彩画也许因袭了宫殿建筑旋子彩画的形式，但自由度要大得多。画人物，往往是故事。如"曹父洗耳图""竹林七贤图""香山九老图"或人们耳熟能详的戏曲内容。画花草，一般不是主题，起一种隔断和装点的作用。画其他，则与雕刻内容类似，图一个吉祥。比如器物，以博古图或宗教宝物为多见；比如动物，以麒麟、龙凤等传说中的瑞兽为主。

砖雕：多见于街门、仪门、墀头、枋木、照壁、土地堂及主体建筑有仿木结构的地方。这些部位大多采用磨砖对缝的手法，使雕刻显得更为精细。内容除仿木结构件之外，其余大体如上述彩画内容。

石雕：一般发生在门前石狮、拴马桩、门枕石、门额、柱础、抱鼓石、龙口等处，有石狮等圆雕，也有浮雕或浅浮雕，但大多是线刻。因为石构件数量少体量小，所以石雕内容相对要弱一些。

木雕：常见于垂花门、抱厦、插廊、门窗等处，具体部位主要在斗拱、梁头、雀替、门罩、垂柱等处。室内雕刻构件几未经见。

陶塑：主要安装于屋之正脊、垂脊、瓦当部位，预先烧制完成后安装。有些个别的，甚至在烟囱上也安装了陶塑。内容则比较庞杂，有福字寿字、也有花草动物图案，除瓦当外，几乎找不到两家雷同的。

此而外，这些院子里，还设计有短墙、花栏墙等小型墙体，制作时大多经过巧妙构思，用砖或瓦砌成各种花样。与建筑无关的，是在花池前后，大多摆放一个广口釉陶鱼缸——作用是养鱼和提供消防用水，不过也不好肯定，也许是供司马光来砸的罢！

房间小品的设置，汾阳地方特点十分明显，它的形成原因与流播时间，无人能够说清。但它很实用而大气，受到不少业内学者的追捧，颇耐人寻味。

门大体可分为板门和槅扇门两种形式。槅扇门往往为四扇，四抹至六抹不等，常常与槛窗相连。早期的，是方格槅扇，晚期则格心变大。最正中的部位，在外侧往往加置帘架——为夏天挂竹帘、冬天挂棉帘之用。平时，帘架上也安装门扇（古代称之为户，即单扇门），谓之帘架风门。窗分三层。最外一层汾阳人称为外窗，对开、可折叠，多糊以纸或布。早晚开合，格心常用拐子龙、蝙蝠等图案。作用主要是防风沙。第二层是窗的主体结构，变化较大，早期留下来的，是槅扇窗，但存世已很少。多见的是因安装玻璃的需要而改制了棂心，此窗主要起采光作用。这个部位的窗在一些次要建筑上，仍可见古代建筑手法的遗风，如直棂窗、破子棂窗等。第三层窗与外窗尺寸与开合方式相对应，称室门。木板制作，往往上漆并绘有吉祥图案，晚上关闭，主要起安全作用。窑洞建筑上，还可以见到横披窗、天窗等，主要作用是通风。

窑洞或厅堂之内，俗语叫作居舍。一般都用墙体将每间分隔开来。明间汾阳人称为门道，是为过道。有时在对着门的部位设有屏风，称为暖阁。其后往往是家神神位所在。里间即次间或梢间，是主人睡觉的地方。一般在靠着窗的部位筑出一盘炕来，与火灶相连——九层（指砖的层数）火灶十层炕，符合大部分人的身体结构坐与站的需要，很少有人家违背这一层数规律。土炕边沿置炕楞（用单根硬杂木刨制居多，也有用磨砖的），炕上从下到上铺苫席（芦苇编制）、毡（羊毛擀制）、油布（大漆布，一般绘有花草图案）三层或更多。炕之上的墙体上，大多画有炕围，油漆彩画，内容也是一些戏剧故事、祥草瑞兽或经典图案如二十四孝图等。灶台大体分两部分。一部分供生火做饭，左侧上为火圈（供坐锅）和火口镶在方砖之间，中部为火膛（供烤制食物），下部为燎窝。燎窝中放夹砂灰陶烧制的器物，称为燎窝盎，接、倒灰烬、灰渣之用。外挡燎窝板，以遮尘灰。右侧部分与左侧相连，是灶台。灶台后是放置灶神之神龛，前面面积较大，供放置案板和面、切菜之用。其下部中空，用来放置柴火和煤炭，称为炭仓。而在院外的灶厦内的灶台，则与室内的略有不同，要在一侧多设置一个放风箱的地方。

上面的介绍，只是对难计其数的汾阳老宅院的一个形而上的介绍，具体到每一个院落，当然都不相同，也都会有各自别出心裁的精气神。全面盘点汾阳传统民居建筑，最值得参观和研究的应当数东社村蔚家院、东官村任家院、城内牛家院三个大院了。这三个宅院有一个共同点，即都是民国年间建筑。蔚、任二宅精致而传统。牛家，刚大量地吸收了俄国建筑的特点，比方，设计了完整的下水系统。而蔚家院的精致程度，应当说超过了山西著名的乔家大院，只可惜小了些。

说到这里，还想再赘语一二，即关于民国建筑。汾阳晚清到民国的建筑中，出现了许多的外来因素，显然是受到了晋商常在口外国外生活的影响，把当地的建筑形式也搬回了家乡。比方，百叶窗、随墙柱、尖券，在装修雕刻上也大可以见到不少的异域风格的图案。所以即使在汾阳僻远的乡村，也能够找到一处又一处中西合璧的建筑，或者感受到建筑的强烈的俄罗斯艺术风情——那是当年商人们辛劳拼搏的血汗，也是留给我们的历史见证。也许，这些建筑仍以传统结构为主，但那些异域文化元素的跨时空的存在，仍让人能够感觉到当年汾阳文化的多元和思想的开放。

这些当年风光无比的老宅老院确实也都老了，在风中，甚至在早已无人居住的满院萋萋荒草中日渐老去。面对轰轰烈烈的大拆大建大改造，已经没有一双手臂能够围护着它，让它和它的故事一起继续存在下去。我们能够做到的，是尽量多地去凭吊它们、记录它们，让它生存在更多的记忆中。

2014 年 5 月

贺鲁、贺虏,还是贺娄

早年,在水泉棋布的峪道河,最大的一注清泉人称马跑神泉。不但是古汾州八景中的一处实景,而且还附生着一个美丽的民间传说。

相传北魏或东魏间,有大将贺鲁(一作贺虏)氏征寇至此,三军困乏无以饮,人马委顿,军威不振。贺鲁将军因率众觅水,未曾想红鬃烈马麟蹄踏处,清泉喷涌而出,解得三军干渴。从此丰泉如涌,为后世万物留下不竭之源;从此河水潺潺,衍生出三十里峪道河谷旖旎风光,以是一代又一代的沿河百姓食足衣丰。

后人感之念之,在壶芦峪、峪口两处均建贺鲁神祠,千年香火不绝。有宋一代,皇帝封贺鲁为润济侯,改壶芦峪贺鲁祠为永泽庙,"皇恩浩荡",贺鲁将军因之声名远播,从一介将军跃升万世尊神。

近翻检太原考古资料,意外发现1986年9月,该市曾在城南义井神堂沟砖厂抢救性发掘贺娄墓一座,与汾阳贺鲁似乎关系千丝万缕,故摘要介绍其人于下,以便同好推究。

主人公名贺娄悦,史书无传,生于北魏正始二年(公元505年),卒于北齐皇建元年(公元560年)。《墓志铭》中称其"君讳悦,字阿乐,高陆阿阳人……家世北蕃,酋督相继;接胄英豪,踵武承贤。少好弓马,勇力过人。……横牟后殿,非论益德;突阵冲师,同比云长(这句话很有意思,让我们知道在当时,关云长就已经大有口碑,是人们传说中的盖世英雄了)……太祖嘉君忠勇,拜明威将军……后迁卫大将军、直荡正都督……春秋五十有六，卒于邺之崇义里……诏赠安州判史、太仆少卿……"

按《隋书·百官志》述北齐官制："左右卫府，将军各一人，掌左右厢……其直荡属官，有直荡正副都督……"可知，贺娄悦是魏高氏集团主战军队——禁卫军军官，并深为高欢宠信。冲阵突锋，加官晋爵，终其一生，是当时的著名战将。以其姓与贺鲁音同（汾阳话），以其所处时代同，以其生平简历相近，可粗略推断，此贺娄悦很可能即为马跑神泉处之贺鲁将军。由此可见，马跑神泉的传说源于历史的真实，贺娄悦当是马跑神泉的发现者，或重要使用者或修葺保护者。

再按《隋书·贺娄子干传》："本代人也，随魏氏南迁，世居关右"等语，知贺娄氏为鲜卑族之一脉，活动于今大同至河北蔚县一带，后随拓跋氏南下进入中原。其族当是当年名门，而今无贺娄氏亦无鲜卑族，正是民族融合的必然结果。是否与今之贺姓、娄姓有关，不敢妄断。

其他出土物有陶牛车模型及人物、动物陶俑等，与本文题旨无关，不赘。

贺鲁、贺娄、马跑神泉、高欢、拓跋氏、汾清酒，传说与真实之间总有着万千情结，谁又能说得清贺娄悦畅饮汾酒时的感觉？也许高欢第一次喝汾清酒，还就是贺娄悦进献的呢！

2001年夏

回眸东龙观

窗外是入冬以来唯一的一场雪,漫不经心地飘着的雪花们依然在飘着,天空没有要放晴的意思,好像云层中还蕴藏着无尽的爱意,要慢慢筛下。静谧中的白、静谧中的雪,让人感觉真好。

忽然想到了炎热的东龙观、神秘的东龙观。

因为在汾阳城南好多次地征集过唐代墓志铭,所以在考古勘探前就一直提醒,注意唐代墓葬的出现。勘探结束后,从吕梁市考古队的资料上,东龙观村便进入视野。虽然没有唐墓的标注,在汾孝大道一线上,东龙观村村北,将是一个重点的考古发掘区域。

省考古所的马升、王俊、畅红霞们,正是踏着热浪进入东龙观的。那顶简易的帆布帐篷一搭,五彩的旗帜一树,考古工作的现场工作面便展开了。也许他们也不会想到,一个让媒体竞相报道的考古发现将由此开始。

虽然在文物系统工作了不少年,但是,我真的不懂考古。只不过多些浮光掠影地看考古现场的经历和草草翻考古资料的经历而已。但这一次,我注定要产生新的感受。

其实,炎热并没有为他们所畏惧,作为一个知识分子,他们所畏惧的恐怕是寂寞与无所发现。太单调了,真的太单调了,除了与古人对话,生活上几乎洗尽了这个时代的铅华。突然接到王俊先生的电话,说清理出了一座金代墓葬,虽已被盗,墓室却很有特色。驱车而去,果然见到了当年山西医科大汾阳学院工地墓葬的翻版。先生一脸潮红，兴奋之情溢于言表。"真好、真好"，他是一个把发现的快乐看得至高无上的人。随着工作的深入，发现越来越多，电话交流也越来越多。要去汾酒博物馆看宋金酒具实物，要拜访当地民俗工作者，要看地方史料，要……白天与红霞一起到现场，晚上在租住的那间没有办公桌的斗室里，一边听着拉煤车的轰鸣，一边沉浸于一大堆的资料里。

从他们身上，我感受到了科学的精神、科学的力量。抚着那只不起眼的被王俊津津乐道的茶叶罐，看着那方澄泥抄手砚，我仿佛在体味考古工作者的今古恋情。窗外是追逐金钱的喧嚣，门里的人心静如水，在用心去梳理古代文明的源流枝蔓。这简直就是一个英雄的画卷呢！虽然探索是艰辛的，但发现是那么真切地诱人。

站在砖雕前、站在壁画前，我真实地感受到了金人的生活气息。衣、食、住、行，像画轴一样，一幕幕展现在面前——不再想赘叙那些近来随处可见的文字，更想展开思维之翅，想象当年汾阳城如《清明上河图》一样的生活情态，推想当时人们从物质到精神层面的追求写真。金代于汾阳，究竟是一段什么样的时光呢？现存的两三座金代建筑不会发言，志书上的记载又那样地笼统和官样，比方当年太守雷志复原文湖神庙的记述，总让人感觉隔着一层厚厚的时光厚膜。

释然的是，本以为这个墓群是东龙观村人或者附近什么村人修筑的，看了买地券上的"汾州城崇德坊居住王——预修砌墓——龟筮口相地——"之字样，才明白了是当时的城里人选风水选到这里的，怪不得壁画内容不像是一个农耕者呢！怪不得墓室建得如此之奢华呢！

有趣的是，在墓地交接表上，考古所把墓室中有几块石头、方位也都写得明明白白，十分纳闷中笑问，原来这些不会说话的石头也大有来历，是当时专为镇墓所用，也有文化学意义。那保留下来的那些遗骨呢？原来是还要做DNA研究的。看来，随着时代的发展，考古学的触角已伸向更多的领域，也更符合人类本体的需求。

虽然从发掘开始到终了，我们都紧锁新闻之窗，但还是有不少人去围观，给发掘增添了许多不必要的麻烦。随着简短文字的发表，墓地吸引了不少国家级和省内的专家、学者前来观摩，当地领导也多次到现场参观。显然，墓地的重要性已不言而喻。这种可观赏性、可研究性似乎又预示着一种文化经济实体的潜在概念。

保护与展示，是横亘在我们面前的又一个课题。

太阳露了一下脸，倏忽又钻进云层。窗外的雪花又飘落开来，落地即化，宣告着大地已经解冻，春天真的来了。三五天里，墓地四周的考古勘探将如期进行，王氏墓群和周氏墓群的轮廓将全部呈现。按照汾阳市委、市政府的计划，这里将是一个大型的有独特意义的博物馆，将成为汾阳经济转型发展的一大风景线。

2010 年冬

空王佛岩

汾阳西三十里有石室山,山多溶洞,状貌奇特而多神话。唐贞观间,任氏女逃遁石壁化为麻衣仙姑,田姓僧清苦修炼竟成空王古佛。由是,山多仙迹、多仙气、益神秘。

2004年5月7日,是一个无风而晴朗的好日子。《乡情》诸君贪恋自然的神韵,未趋人头攒动的旅游热线,为求心静,却浮躁,驱车往谒空王佛岩。过栗家庄,看张家堡已了无痕迹的朱沧起汇清园。只石盆一泉,水依然不竭如昨,而店铺笋起,市声嘈杂。经安家庄、北杨家庄,折而向南,山路崎岖逶迤,势若游龙,别有情趣,游兴大增。

山势豁开,一方田园正斗春色。泊车瓦舍前,看三山围堵,水流汩汩,核桃、葡萄……一应苗木正茁壮而起。两只家犬迎客嗥叫,是最质朴的欢迎辞。却是天津大学胡校长在此开发生态保护项目,别立村境,大有桃花源之状。

找一向导,王姓,来此已数年,对此地一山一壑一草一木早已耳熟能详。

问:你长期在此谁照顾家?

答:家?老婆?我儿子的姥姥小产了。

众哂。

羊径被掩在荆棘中,周围是虫鸣鸟唱,青山静得出奇。"哎——","溜——"大家放肆地叫着,只有空谷回音。清新的空气直扑肺叶深处,解乏。道旁有山民采掘遗弃之枯根，形状各异，唤起人对各种动物的想象。又有不知从何处飞来之碎石，可见石中嵌金属色多棱体，晶晶然，或许是石榴石？不辨，纳入囊中，可视为绝好的进山纪念物。向导说，这里有大牲口（豹），偶遇人，互不相犯。让人惊疑丛后正有两只豹眼环睁。

过1400米海拔线，植被在不知不觉中悄然变化。沙棘、山葡萄、松柏……还有不知名者，老乡称作壮阳草的，颇新奇。据说，山上还有茶树，只因有蛇故不得采摘。蓦然，转过一个山拐，见一松树亭亭然迎面走来，傲然屹立，极似黄山迎客松。原来空王佛岩到了。

山崖壁立，壁上探下些青藤，松柏在壁上虬屈，豁然排开着三个山洞，洞口大小不一，黑而幽深，透示着种种神秘。洞外有碑，螭首龟座，碑面满覆青苔，其文不可辨。碑下弃一红砂石佛，无头，雕刻刀法极洗练。进得洞中，黑暗渐次退去，影像逐一凸显，而洞中那种天然的凉爽更是沁人心脾。一羊一象一莲台，莹润如玉，正氤氲着浓重的佛教氛围。莲台白色，石灰岩天造，层层叠叠，有一种流动的韵律。上侧站立一只石羊，白色，石灰岩质，羊后有石隙水"叮咚"，长年如此，似和尚手中木鱼的敲击。羊前有象，真象大小，垂头，如普贤之坐骑，也白色，也石灰岩质，大概有上亿年的寿命了吧？正搜寻着、喟叹着、奇怪着，忽惊醒两只休息着的蝙蝠，"扑愣愣"在洞中环绕两圈然后没有了踪影。

佛教最早的成就便是来自苦修。信徒们在丛林中和菩提做伴，与虎狼为伍，用身体和内心感触大自然的法则。远离滚滚红尘，僻居这洞中，触目是佛的意象，耳听是单调的滴水，心静如水，能不感应到佛国的梵音？

洞外依旧阳光灿烂。洞口处是当年佛殿的遗迹，半砖石瓦，遥忆着当年的辉煌。一砂石碾米槽，已断为三截，题"大明弘治"等字样，也在那里静静卧着。

背负着迷惘和神秘，顺着六分粗的引水管道，我们下山。回家急急翻开尘封的线装《县志》，原来有记。其文曰："空王佛，陕之冯翊人，其先出太原榆次县。俗姓田,名志超。生时异香满室,方孩即喜礼佛。年十七,父母为择娶,不纳。披剃游天下,退而修炼石室山。后至介华严寺讲经,有五龙出听法,止抱腹岩禅定。贞观初,亢旱。太宗祷雨不应。长安父老向各名山寻祷,及禅师。师令拜侍者摩斯。摩斯方淅米,将米汁向西少洒,令急回。曰:'今日长安沾足矣!'果应。太宗诏师入长安,不就。随化众善诣岩。行礼时,山昏雾惨,未审名号,咸祝显示。倏尔雾开,恍见金字牌云:空王古佛,太宗乃诏赐空王佛号",云。

2014 年 5 月

梦萦谭家寨

十数年前，记得与沛廷先生骑车从马跑神泉下峪道河，正是晚霞夕照的时光，蓝得恬静的天空下，一抹余晖从肩上、背上泻下来，说不清的惬意与自得从心中漾开去，直荡在回家的路上。蓦然，南梁上兀出一个古堡的轮廓，似写实又像写意，在夕阳中呈现出金色的梦幻般的色彩。回首间，满心里留下了一种理不清的神秘。

后来又过峪道河，也曾刻意找寻那古堡，却总是不得要领，找不到那个记忆了。寻见的，是赵庄村当了学校的那座清代的关帝庙，思来想去，总与记忆中之境不相吻合。

今年11月1日，去水泉村寻莲花古寺。与村长刘廷道闲谈间，指指划划，猛抬头，却见那古堡何差分毫，正在风中的南梁上静静立着。带着"众里寻他千百度"的狂喜，急急驱车上去。原来这是一座即将被遗弃的古寨，隶属于水泉村。据说原名曹家寨，很久很久以前由曹姓族人修建，后易手谭氏而改今名。

谭家寨高踞南梁之脊，占地约三四十亩，完整地由夯土堡墙围护，仅留有一个出入口。步入其间，是一个残垣犹在、人迹罕见的大空场子。三五处残顶断壁的农家宅院，门窗洞开，显见是许久无人居住了。居然还有一处庙宇，单开间，是清初建的观音庙。更多的是空地，长满了蒿草，也有被人种上了蔬菜的小地块……触目皆是旧砖碎瓦，昭示着几百年间先民在这里的行迹。西北角齿邻的三个院落，是清代建筑的砖窑洞，均带有插廊,有一家居然还遗存带转扇的砖雕斗拱仪门,门额文曰"受天百禄",一语道尽了人与自然的关系。房里遗留的引人注目的东西有木炕沿、漆炕围一类。站在屋顶,峪道河从脚下流过,水泉村尽收眼底。向东南看,黄土高坡一路下行,逶迤向汾阳而去。据说,天气晴好的日子,汾阳城尽在眼底。东南角的一处夯土窑洞时代当更早,格局狭隘,通过敲击能看出当年在门框的部位是采用木制框架的——应是有力学作用的装修构件。一地杂物,竟有柳编马桶一类的什物,让人想起那个永远逝去的传统生活时代。树也留有不少,大都在农村寻常习见。唯几株酸枣树甚是奇特,甚粗甚高,想是人为砍斫的结果。古人称酸枣树为棘,类于枣而丛生的意思,只这几株酸枣树不知当如何称呼了。

  站在寨墙边,最是感慨良多。夯土大多已呈松散状,包容物中有不少陶、瓷碎片,可见成形的时间要比人们在这里居住的时间晚。寻觅着,居然在墙中发现半只青花酒杯,璧形底,极有可能是明代的产品。墙上特别是在南墙上留有许多颗一尺卵石,刘村长介绍说是古代用来防匪的武器。果然,向下一看,绝壁千仞,这武器在冷兵器时代足以以一当十了。据传:农闲时这里的人们就从河滩往寨墙上挑这石头,或者收工时要捎带一两块石头回来,保证每段墙上都留足存量,视其如粮食般珍贵。

  找到一口古井,显然是早先人们生活用水的来源。井口被人用一盘石磨盘盖了,据说淘漉干净后,还会有泉水的。由古井说起,才介绍说这寨子底下全是互通的地道,呈网状。果然,在西侧新辟的门洞边,我们见到了被挖断的地道,高可直立行走,宽可携物前行。于是,这古堡在我们的脑中愈发神秘起来。

  刘村长介绍说:这座寨子是上了电影的。20世纪50年代拍电影《扑不灭的火焰》,就是以此寨为主外景地,电影里的不少镜头都可以在这里找到实物。在寨子之下的上流河滩,他们发现了一处流量很大的古泉,现在除供应全村人吃水之外,还有不少弃水。于是,规划了一处水上乐园,四五亩大的水池,池上起榭,拟专卖各种汾阳美食。周边规划几处避暑别墅。

忽然想到了张贤亮先生的西部影视城，其实也就是一个偌大的土围子，是先生独具慧眼，一下子发现了它独特而内在的旅游价值，通过电影界的烘托而一举成名的。其实也真是"拍卖荒凉"，唯感美中不足的是镇北堡少了些地道一类的地下构筑。于是，一个念头突然跳出：如若将此处古堡辟为旅游景点，从水上乐园拾级而上，经三五盘水打磨，看溪水磨小麦，登数百石阶，从绿树古堡间寻幽访古，将会是如何一种享受？怪不得著名学者林徽因和梁思成在七十多年前会说：汾阳城外峪道河，为山右（山西）绝好消夏的去处。

2006 年 9 月

南垣寨
——晋商和堡寨研究的参考书

以前去张家堡下乡，常在不经意间回首，看得见山顶上的那个村庄。屋和院零星点缀在黄土丘上，掩在绿树丛中。知道它叫南垣寨，联想着应该还有个村叫南垣村，如此而已。

后来听到汾阳城有句歇后语，后半句已不知所云，前半句是南垣寨的财主——忽然就有人提醒我说，南垣寨古色古香，很有旅游开发价值。

于是，2004年7月20日下午下班后，和老友永雄驱车压着一路柏油，再顺山势沿着一条隘道爬上了南垣寨。车直抵一所老宅前。细看原来是一座祠堂——这是我在汾阳所见保留下来的第二座古代祠堂。紧靠着券在夯土堡墙里的一孔门洞（原是进入堡子的唯一通道，现已遗弃不用，但旧貌犹在），坐北面南，格局基本完好。正殿三间，前墙有两方石碣，记载着建祠的起因。看其风格，当为民国时期建筑。顺着祠堂高大的砖围墙向后渐行，真的能感觉到这个小山村过去不同凡响的富裕。夯土堡墙和砖墙牙交着，一转弯，正望见了崖下逶迤的公路黑而发亮。登高望远的那种感觉油然而生。拐弯的地方立着一孔孤零零的窑洞，似乎是旧砖新砌，门缝里一瞧却是一间草房。门却有些特别，细看，原来是用一块匾额改制而成，率真而豪放的笔风，可惜字样已辨不清。有一方刻出来的印痕，分明写的是"敕封"二字，知道其颇有来历，至少也是清代旧物了。

就这样漫无目的地走,见翠绿欲滴的枣树安静地长着,家家的院门都是那么随便地挂一把老锁,土鸡在坡上坡下自在地觅食——仿佛正是世外桃源。一个王姓男人穿了和季节不相称的衣服,正在塄下放羊。

住户大部分搬到村外了。这条街上的所有人加起来还没有以前一个院子的人多。以前?以前这里是村里的穷人街。前街才是富人住的地方。王家的人大部分都走了,在大城市。有闹革命走的,有跟国民党走的……

说是放羊,其实只有两只,一大一小,只是奶羊和它的孩子。奶羊用一条铁链链了,一根铁锹把链固定在草地上。小羊则自由地来回跑着。

一支烟后,果然有了点文章。他领我们看了一块清代村人建花园的石碣,一块不知用途题名"十亩"的横碑和题"后稷神位"的一小方青石。让人感受了一股扑面而来的古人耕读传家的文化意味。

再走。透过很不整齐的残垣断壁,我们自然推理出南垣寨原来是封闭在一圈又高又厚的夯土堡墙里。堡墙外面是断崖,崖上又开凿了不少冬暖夏凉的土窑洞——那应是穷人聚居的地方。这么一座堡寨,对于山西地区,有着很强的典型意义。

再转一个弯,才是当年寨里的中心部位。坐北面南,一溜排开着十几座当年的豪宅——是王姓财主家族当年的私宅。一座座看过去,虽然已显得破败,但所幸改建的人家很少,而且居民都不多,往往是三五口人就占着一所大院。建筑风格最一致的是平面结构,基本都是典型三合院、四合院。不一致的是装修,五花八门,形形色色。老宅们大都掩映在绿荫里,老人、村妇、狗,静谧而祥和。

这些老宅时间上以明、清时期为主。民国时期的建筑也有两三处。不少正厅是楼房,大都有一个漂亮的院门。有的是宽敞的钉了门钉的大板门,证明农业是当年主人生活的一大来源。有的是精雕细琢的带了砖雕斗拱的垂花门,说明它的主人大约是以商务收入为主。我们惊讶地看到,有的建筑十分强烈地体现着欧式(俄式)风格。在这样一处黄土高坡,初看到这一些别墅里的东西一直感到匪夷所思。比方它的门窗造型和装修:有推拉窗,有百叶窗,传统格扇有时候只是体现一种装饰作用。

但无论雕刻还是彩画,外观上是欧式的,而题材则一律中国化、民族化。匾额大部分已无存,一些雕塑也在当年破"四旧"时给砸得姿容不再了。但是,那些主要的建筑和穿廊一类的附件,依然基本完好,实在是让人意想不到的。一些石条长达五六米,完好无损,仍然被人利用着,证明着王氏宅院的辉煌和沧桑。

王氏的发迹,尚未进行过细致深入的研究,据说也是在恰克图一带经商起家的,是当年赫赫有名的晋商的一支生力军。这一点,从建筑文化上也能看出一点端倪。又据云,寨中王家是汾酒在清末民国做强做大的主要出资方,当年曾为振兴汾酒做出了必须永远铭记的特殊贡献。

沿着村街再走,就又回到了出发的地方。和村人聊着寨子的当年,再看当年雄峙一方的堡门,感觉就又有些不同。后来,向导也要分手了,他是在太原上学的大学生,自称是王氏留在村里的最后一个人,踌躇满志的样子,给人一种强烈的希望感。

出村车又行驶在那条隘道里,又想:如果从堡寨文化着眼,从王氏、晋商、建筑几个角度入手,稍加打造,这里必是一处引人注目的旅游点。

2004 年 7 月

品读家乡

天,真的是湛蓝湛蓝,雪白的云彩在上面舒卷自如,渐行渐远;地,真的是碧绿碧绿,各种庄禾染作各色的绿,发散着不同的粮香——九月,不需要人们开启空调的九月,北国的故乡美得醉人。

院里的枣树还像昨天,中午的时候依然把它的影子移到了窗前。地上的枣叶又多了几枚,只是,比昨天又黄了些,又卷曲了些。枣子一律全红了,发紫,像在嘲笑一旁不会结果的竹。望着画着枣树和竹的蓝色的天穹,在这个美妙的秋日,我忽然想写写家乡。

古人把中华九州之地与天上星宿相对应,分别以二十八宿冠以星野。依此,汾阳是为参星觜宿之属。这个地方"左手一指太行山,右手一指是吕梁",两条莽莽苍苍的山脉由北至南一路远来一路远去,而两山之间,平原上的草树人畜发育得异常枝繁叶茂。西面,薛公岭、黄栌岭、白虎岭一线排开,用绿色妆成一道屏障;东面,磁窑河由北至南逶迤而去,划了一条蓝色的弧线,与文水平遥介休孝义依次接壤。汾阳人在这里美滋滋地生活了六千年,也把两千六百多年的日子用丹青写进了典籍。

两千六百年,发生了什么?

两千六百年后,还会发生什么?

记得,两千四百年前,孔子的得意门生卜子夏来到汾阳,坐在隐泉山上的山洞里,将枯槁的手掌托在隐堂洞旁的山岩上,深邃的目光越过广袤的汾河平原,遥望着被晋文公一把大火烧得片绿不存的绵山,喟叹着介子推的忠义，慨然开馆授徒，教授汾阳人以文学。于是后人便把这座山更名为子夏山，汾阳似乎也因之而氤氲了比别处更多的人文之气。

一千五百年前，出身于贵族的鲜卑族将军贺鲁在城西北的羊头山上策马飞驰，一身孔武惊得山雉四处乱飞，树枝乱颤。谁承想那匹红鬃宝马竟跑地得泉，峪道河水从山岩的罅隙里喷涌而出，欢腾东下，从此一笔泻出了"一鞭红雨十三村"，千年不息。五年前，太中银铁路穿山而过，恰遇龙脉贲张，于是禹门河水唱着百年前的旋律，路经它熟识的景色，一路汩汩而下，滋润了朱之俊的汇清古园，也让久屈的古城姹紫嫣红了。不是说，水是万物之源吗？这两条不息的泉流，恰是两支既可泼墨写意也可工笔细描的神来之笔。

膜拜，是因为有可膜拜。很早很早以前，早到佛教刚进中国的时候，东汉永平十年，汾阳三道川苍儿会就建起了东平寺，佛学从此在这里四向流播。唐宋，汾阳处处佛号声声、木鱼成韵，更有大师开坛讲经。先是，胖大和尚志超在黄栌岭下的天然石洞（今北杨家庄村南）中打坐，闭目念经。洞中白象巍然、莲台依依，至今仍让人叹为观止。后来志超随缘绵山而立地成佛，被人尊称为空王佛，留下了一段佛与俗间的佳话。再后来，无业禅师不奈皇帝的催逼，在石塔村豁然顿悟，步履蹒跚地踏上自己造就的莲台，神采奕然，在弟子们的簇拥下于开元精舍坐化成佛，被唐宪宗尊为大达国师，成为一代奇闻。日本和尚圆仁冰雪之中一路南下，把五台的梵音化作自己勤勉的脚步，而在汾阳盘桓三日，不忍离别，晨钟暮鼓，茶韵悠远，留下了至为珍贵的笔意。宋代，汾阳和尚善昭禅师钵承六祖，高大的身躯锡杖一挥，在南关海宏寺修成禅宗一代宗师，他的语录至今仍辉煌着寺庙的青灯。明清，东关天宁寺直脉五台山，成为统领汾州一府众多寺庙之上院。

此地大有王者之缘，也因之孕育了王者之气。一千七百年前的一天，刘渊，在汾阳巩村兹氏城出生，仰慕西河国的威势，养成一腔慷慨之气。枣梨木版曾刻印："曹操将南匈奴分成五部，以刘豹为左部帅，居太原兹氏。刘豹之子刘渊，后来灭亡了西晋，建立了十六国中的汉政权。"天助英才，他终于在方山左国城发迹，所向而披靡。风也、水也、土也、干支轮转，龙于此而腾跃。北汉以降，高欢以皇帝之威，在黄栌岭修城、在杏花村酿酒。高欢做帝除了恶行，好处似乎只有为杏花酒做的广告。高氏自此封西河王者多多，让人不得卒记。至唐，郭子仪功可盖世，华章乏词，以汾阳王极封。明朝，朱皇氏以嫡孙庆成、永和立王府为号，占地三百年，至是王气从华第流入民宅。也许受王气洇染，也许因子夏文风，明清两代，小小一县，输出举子二百八十三位。王气才气凝于一隅，成就了三晋翘楚之誉。

郭氏之刃舐过安胡之血，狄青之矛攻过夏兵之盾。改朝换代的历史从天空也从大地上滚滚而过，而当朝代更迭，这里竟习惯了风平浪静。据古书的臆测，房玄龄和刘伯温也进出过汾阳的城里城外，冷兵器的刀戈也曾在这里齐刷刷地来来往往，但不可思议的是，向阳匣的桃花一直就是那样安静地粉红着。东乡的芝麻年年开花，西山的槟果岁岁结实，厮杀的呐喊听起来总是那么遥远。似乎唯一可以肯定的只是，顺治九年那抬红衣大炮，让汾城曾经开做一朵怒放的血花，而屠城的真实只写在志书的文字之外。

凛冽的西风去处，英雄不再，只留下了酣畅淋漓的舌尖。东村的高粱红了，斟满酒杯；西村的核桃未熟，剜成一片新月。那滋味，足以滋润心的多疑心的伤痛。土豆实在猥琐，冀村的长山药把它对人生的抒情写作一篇又一篇散文，把驱病和滋补留在万千个蓬勃的生命里；小麦有香，莜麦无糖；任你红豆白豆黄豆黑豆，只要撒在这里，自会生根发芽。冷菜用籼醋，热盘调薰醋，没有什么，这是遗传了千百年的味蕾感受，汾阳用四季分明给你调理出清晰的生命情怀。其实，原来似乎彰显奢华的三八八席在今天南北荟萃的大餐面前，早已把它的贵族味褪去，但那酱色的豆腐干、褐色的老咸菜和翠绿的韭花，不仅是在调味，它们还在顽强地甚至顽固地提示着人们对汾阳菜的记忆。

春风、夏阳、秋霜、冬雪，这一切，是那么真切地刻印在我们的皮肤上，在我们身上化作皱纹，化作瘢痕，化作一个又一个轮回。而我们在这种真实中，看着江山老去。

一千七百年前，西河从兹氏剥离，把旧城留给了巩村。一千六百年前，汾阳有偏城罗城阳城数城拱卫，画定了地图经久不变的格局。而在五十年前，杏花村从汾阳北隅崛起，至今蔚成新城。今天的老城，也随着幢幢高楼的拔地而起，年轻着、筹划着。今天的旧村，也已用塔吊把袅袅炊烟划破，工业化与羊群之间正演绎着一种看不透结局的博弈。随着时代的足音，显然，在这里，将要成就一个中兴之梦。我看到，无障碍的汾太、汾离、汾平高速，正以兹为中心射远去，突显着汾阳人放眼世界的大走向。而禹门与峪道两河，仍是不息东流，坦荡地供给着汾阳的未来。

窗外的叶子们泛着成熟的金色，而枣子一律全红了，真的全红了。院里飘着的，是葵花籽的香味。葵花年轻的时候只有一种轻浮的香，脸也随风而转。但到秋天就变得十分沉稳，面对大地做着再也不变的承诺，尔后再送给人以恒久的清香。西面，青山如黛，将天际勾画了一条曲而柔的弧线，莜麦花不甘寂寞，与沙棘合奏着褐马鸡的理想；东方，文峪河正完全接纳着吕梁山上遇雨而汇的群流，看着高粱花的期待，一路南去，与汾河相汇、与黄河相汇，圆它自己的梦。

写于 2013 年秋

平陆村和平陆县

山西有许多地名很有意思。一类是重名，一类是古名，常常让人生发许多联想。比方交口、三交一类，所在者多矣，大都是地形使然。再有如令狐村、大相村、猗氏县、芮城等等，又往往让人追怀许多历史典故。

汾阳平陆村今属三泉镇所辖，不山不川地貌独特，村中建筑多古意盎然。远至元代殿宇，近至明清民居，老树古堡，颇能慰藉思古之幽情。但万万没有想到，它和山西南端的平陆县，居然有着一种内在联系。

据资料载：唐天宝元年（公元742年），陕州太守李齐物坐镇河北县（即今平陆县，春秋时虞、虢二国所在地），指挥三门峡黄河疏浚工程。官员来报，河沙中发现一支古戟。李齐物好古识古，透过红斑绿锈，见戟上"平陆"二字依然清晰可辨，遂大喜道"天瑞并至，珍祥毕见，乃黄河漕运如履平陆之征兆"。马上派人驰报唐玄宗。不久，诏令改河北县为平陆县。资料又说："平陆"二字是战国时的古地名，地望在今汾阳市平陆村。汉曾置平陆县，属西河郡。

这则资料特别是后半部分笔者从未听说过。但联想平陆村附近有巩村春秋城址，周边也多有汉代遗物出土，此说想当不谬。而战国平陆地、汉设"平陆"县，原始资料阙如，实在是一大遗憾。否则，对于考证兹氏城的位置及汾阳早期历史，将会大有裨益。

另外，平陆县古为虞、虢二国所在地，今汾阳也有虞城村、虢城村，恰乎是又一个历史的巧合。

　　此文意为引玉之砖，盼方家及同好者能够深入研究，进一步廓清汾阳古代建置史，为今后的文史研究、旅游开发提供理论依据。

2003 年冬

神秘的小相村"土台子"

和支书王世伟从正在修复中的香烟缭绕的灵岩寺出来,我们在小相村古老逼仄的街巷中穿行。一座座傲然耸矗的老院,呼唤着上几个世纪的富庶与辽远。挑几处进去走了走,从建筑的雄奇、装修的率真、庭院布局的大气,我们感受到了"银小相"的名不虚传。这些被汾阳人称作四合头窑院的建筑,具有强烈的地方色彩,也暗示着古代民户争强斗富的历史痕迹。民国的、清代的乃至明代的一处处发券建筑,大部分完整地保留着,让人深感意外。更意外的是,听说一些外地人频频造访,出高价要将一些砖雕门楼、木构插廊、照壁买走。他们已将汾阳的旧家具、古石雕大量买走,难道他们还要将汾阳的历史全部买走吗?

镇河门应是汾阳存世的古代堡门中最早的,建于明嘉靖二十年,气势雄浑,高踞村东北角,遥望卜山。门上设玉皇楼,今年进行了复原维修。

世伟书记提出要带我们看看村里的土台子。土台子?我很诧异。从飘着炊烟的一条窄巷进去,果见一个气势恢宏的土台子。四周大部分是耕地,湿湿的,像准备要种些什么植物的样子,给人一种村中园林的感觉。这个"土台子"像一个半截的金字塔,底呈方形,径约十五六米。王书记说:"这里面有一座庙。""庙"?我很纳闷。

从农户小院转到土台南面,拾级而上果见一凿出的门洞。门洞镶石联。联曰:"混俗和光观自在,随机普救度群迷",额题"圆通胜境"四字，落款"万历壬子仲春吉旦"。显然，这里原是一座佛寺。进得寺内，见此寺十分精巧，总占地面积虽只约 100 平方米，却依然布置了正殿和东西配殿。据云，正殿原塑有千手观音菩萨像。正殿原构为二层，从西配殿有室内台阶可上。二层早已不存，但檐柱、墁地方砖等仍历历在目。

站在这里，我更加纳闷。走过地方不少，以夯土将一座庙宇整个围起来的，确乎闻所未闻见所未见。疑窦丛生中，从庙里步出来，心中留了一个大大的问号。因为这个问题，我围着这个土台子，仔细地在夯土墙中搜寻着那个问号。夯土中的包容物极少，除了料礓石便是鹅卵石……蓦然，在西侧的下层，我发现了一块陶片——这是人类文化遗存物的仅见，压抑不住的激动中，我掏出身携锁钥慢慢掏下去……果然，与猜想一般，是一块印有篮纹的陶片。至此，激动的心情无以言表。几乎可以肯定，这个"土围子"，是一处至少有两千年历史的人工构筑物（当依夯层、夯窝、包容物年代断定。时代当在东周至汉），显然，它系古代的一座烽火台。庙，只不过是明代人将烽火台掏空利用后的产物。

烽火台，《墨子》云"烽火已举，言寇所从来多少"；《天文占》云："边池警备，烽候相望，虏至则举，烽火十丈"；《玄女战经》云："诸见举烽火烟火，传言虏……"《史记·周本纪》"褒姒不好笑，幽王欲其笑……为烽燧火鼓，有寇至则举烽火。诸侯悉至，至而无寇，褒姒乃大笑"。烽火，是古代预警的主要通信工具，以兵丁值守，昼则燃烟以为燧，夜则点火以为烽，遥相呼应，敌军数量以烟火数量确定，据称五个时辰可传讯千里。

那么，这个"土台子"，既让人回忆起了相里氏先祖里克追随夷吾打天下的故事，也让人想到了"烽火戏诸侯"的著名典故，而确确实实，它又是明清佛教文化的一个载体。所以，我对世伟书记说："保护好，保护好，无论杏花村申报全国历史文化名镇，还是将来的旅游开发，它都太有价值了。"

2003 年 4 月 7 日记

世界真小　汾阳真大

突然就想起了张春耀。其实我和春耀并不十分熟悉,但总是由不得就想起他。有两件事对我印象特别深。一件是《汾州乡情》刚刚草创,从遥远的南国广州给汾阳文联打来了一个电话,问是不是《汾州乡情》编辑部?一口十分标准的汾阳土语,程控电话的效果让人怀疑他人就在眼前。他说《汾州乡情》办得很好看,想给捐点款。没隔几天他居然用信封挂号后给编辑部寄来了十张一百元的人民币。第二件事是后来,面对面时,他说到了他的"创业史":在太原某国营企业觉得前途渺茫并自修律师后,独闯广州。站立在广州街头,满街的人流让他眼晕,而几乎没有人搭理站立在路边的他,让他切肤地体会到了什么叫作举目无亲,什么叫孤立无援。几块钱印了一盒名片,五十块钱买了一辆破自行车,在炎热的太阳底下,在来去无定的人流中一张一张地散发自己所谓的名片……下一步怎么办,是让他彻夜难眠无尽思考。多少年过去,虽然今天已成小资一族,但他总也忘不了这个镜头。作为听众,我也忘不了这个镜头。

我就觉得我很幸运,特别是《汾州乡情》创刊以后,无论走到哪一座城市,虽然未必见面,可总要想到与《汾州乡情》联系过的那些活生生的人的影像。那时真想一位一位拜访一下,问一声老乡你好吗?

而与老乡见面,似乎也成了近年来出门的必修课。久而久之,内心形成了一种强烈的感觉:世界真小,汾阳真大。

有一年去天津,与沛廷先生逛商场,突然有两个小姑娘指着我俩用天津话说：汾阳人！回头一看，原是一个老太太领着她的不知孙女还是外孙女也在逛街，老太太一口汾阳话。驻足交谈，原来她竟与沛廷先生是一个村的，村里的住处还不太远呢！

去北京就更不用说了，因了汾阳人人数多业绩好的原因，常常是小聚不断，无论是喝汾酒还是北京二锅头，一色是土拉吧叽的汾阳话，惹得旁边的人总要怀疑我们是外国人。在那时再感觉双语的魅力，可谓是别有一番情趣在心头。离开汾阳了吗？没有离开汾阳？晕晕乎乎中，似乎有了点庄周梦蝶的意思。更何况由于国人对天安门、对故宫、对北京街道从影视中形成的熟悉感，更让人感觉到了仍然足未出户。

去年去新疆，从天池出来，在之字形的出口处，一个陌生人突然向我伸出手来，用标准的汾阳口音说：老乡你好！真正吓人一跳。原来他是汾阳网架乌市办事处的人，陪客人游天池后回返。那句汾阳话是多么温暖人心啊！到了克州，一个想来都特别遥远的地方，魏政委接待了我们，当然，是按当地风俗让人感受异域情调的。却发现原来还有两个人在说汾阳话。一个是他的爱人，一个是当地的民政局局长。身在异乡人在汾阳的感觉是那么的强烈。世界真小，汾阳真大。

今年到广州，似乎是到了另一个汾阳。阎福平书记、尹维民主任……十来个汾阳人在同一个包间，那简直就是小汾阳了。没有一句外地话，清一色的汾阳土语，说东道西，那种乡情、亲情随着绵长的汾酒饮进去，随着心的律动跳出来，岂是小小《汾州乡情》可以载得？他们的聚会很频繁，当然有互帮互助的意思，而更多的则是乡情向亲情的升华。我们夜游珠江，站在闲人免去的甲板上，用汾阳的呼吸领略珠江的夜色。我们游中山纪念馆，用小地方的眼光感觉先人营造的神奇……春耀早已不是当年的春耀，驾着私家车满广州跑，说事务所的业务还不错。维民老兄的话最特别，说广州是一个适合汾阳人发展的地方……薛飞书记百忙中打来了电话，一声声温暖人心的话语，是又一份凝重的乡情。

走遍全国才知道，世界真小，汾阳真大。

2007 年 5 月

手执青壶　乡关何处

小时候，站在地下，看伯父和城里来的客人坐在炕上喝酒。几碟小菜、一把瓷壶、二两烧酒，矮腿的炕桌显得有些亢奋，把不大的屋子渲染出诱人的酒肉香气来。他们开始在谈论什么，后来又在猜拳，再后来人人都在说又人人都不再听，乱作一个状态。伯父说你过来，我便怯怯地走了过去。伯父把蘸了酒的筷子塞进我嘴里，辣得我一下子飞跑开去。

原来这玩意儿并不好喝。

伯父年轻的时候当过兵，在八路军的队伍里和日本鬼子开过仗，胳膊上还残留着子弹穿过时留作纪念的疤痕。是村中有名的木匠，常常用那把破二胡拉他的弓尺谱。又也许因为无儿无女的缘故，对日子不是那么仔细，常常把炕桌支起来，煮了红梅豆、腌了胡萝卜，或者就是一碟拌了葱的老咸菜，下酒。听他喝了酒拉琴，吱吱哑哑，像是晋剧曲牌，又好像什么也不是，只是一种自创的乐谱，我总觉得他是在用他的语言在倾诉他六十多年的人生。

十来岁的时候，参加亲戚的喜宴。不知是什么缘故把我和一桌大人安排在了一起。有一位叔辈不知是有意还是无意，一股劲劝我喝酒，大概十来杯过后，我发现仰尘转了起来，同桌的大人们也都转了起来。于是眼睁睁地看着一桌好菜都让他们吃掉，而我则莫名其妙地睡在了炕旮旯儿，在梦家庄待了一下午。

汾酒虽然产在本地，却几乎只是一个空名儿，不知它长那般模样。

供销社里摆着的，好像只有青梅酒和即墨酒两种落满灰尘的玻璃瓶，还有柜台上那个乌黑贼亮的装散酒的黑瓷坛。这些童年的记忆随着髭须的生长而逐渐成为过去，男人，总是需要酒来历练的。细说起来，酒乡的成人礼有点腐化。汾阳人多少年传下来，就是男青年们在正月里要互相请唤，今天我到你家，明天你到我家，直到朋友家的酒菜味全部了然于胸。也没什么具体主题，主题也就是喝酒。这种习俗不知现在是否依然，当年可是一直传承，即使在那个吃不饱饭的时代。就是在这春天里，大部分男生都学会了喝酒，学会了猜拳，也学会了喝酒偷懒和口出狂言。酒场和酒场的诡谲，迅速地让一个男孩子成长为了一个男人。

婚前婚后，人生似乎总是有点跌跌撞撞。你又像是一个成人，又好像还是一个孩子。而当我们手执一壶，把满桌的杯子斟满，或者端起一杯水酒，盛情邀请同桌们举杯的时候，我们自己不免感觉真的有点大人的模样了。成人的辞令和老酒的陈厚让人醉去，又让人清醒，当一次次的红晕从我们的脸上褪去，我们终于远离了稚嫩。

老家人说，酒没有什么，酒只是高粱水。真的，那一大片一大片的高粱，在哗哗倒地之后，它被太阳晒得红扑扑的果实，几乎都被送到了酒厂。高粱被人蒸了被人煮了被人窖了被人三番五次折磨以后，虽然它还是那个样子，但名字却被唤作了酒糟。而那些清亮的蒸馏液，一无例外地被人们称作了酒。

这种清亮的液体于是远离了田地的粗鄙，常常出没于大大小小各种华庭。而在桌上推杯换盏的时节，有时候被政治有时候被艺术，化作了数不尽的神奇典故。

我不喜欢五粮液，总是被那种香熏得有点头晕。也不喜欢茅台，不仅是不习惯那股酱味儿，更主要的是被它的价格所震慑。一想到好几亩高粱才值一瓶酒，那种犯罪感总是让人不忍下口。而后来新冒出的各种"传统名酒"更常常让自己生疑。也许因为伯父的那一根筷子，胃口早就习惯了汾酒系。我绝对相信，这种酒的清香，当年一定伴随着成吉思汗的战马，驰骋过半个世界。

男人一生，总得有过几回像模像样的醉，方才有些立体。

比起古人来，现代人喝酒显得有些太寻常。或者隔三岔五，甚或顿顿如也。而且，饮酒也变作驴饮态，大杯大盏，气象万千。不会了投壶，没有了酒筹，不会行令，甚至也听不懂猜拳了。直直把一个"红楼梦"丢了，只剩了水浒人物。于是雅士少了，醉翁多了，似乎天天可见酗酊客。

我真的记不起自己醉过几回。印象深的，一在南国，一在北漠。

几年前的一个五月天，在羊城广州的街头，我第一次领略到南国早到的炎热。同行者都是工作中的同事，因故到这里来看一个展览。同乡会的维民秘书长是著名的热心人，早把大家所熟悉的朋友们给安排了满满一大桌。吃在广州，喝着汾酒，大家的话题被乡情所包围，其情融融，其乐融融。我只记得饭菜十分可口，还记得在碰杯和碰杯间，自己语无伦次起来，满屋子都是热烈的空气了。饭后，维民兄还安排了一个夜游珠江的项目。站在甲板上，看着两岸璀璨的灯光，看着黑黑的河水默默地后移，桥也赏目，人也悦眼，我只感觉自己思维异常活跃，想：醉了真好。

还有一次是去内蒙古。内蒙古的蒙古族朋友把我们带到了绿草如茵的草原。蒙古包里，我第一次体会了手把羊肉喝奶茶的感觉，请来的歌手和乐手在一旁助兴。酒被倒在银碗里，干杯的动作被改成了碰碗。后来也不知怎么回事，有人接过了乐手的乐器，喝酒的人都变成了歌手，嘹亮的歌声一下子从蒙古包里飞了出去。同行的朋友除了我，都有美妙的歌喉，而在这种气氛中，我的嗓子似乎突然一下子进步了。大家就这样吃着、喝着、唱着，整整喧闹了一个中午一个下午，六个人、六瓶酒，点滴没剩。奇怪的是，我记得清清楚楚，这样的超量，我居然没醉，原来酒量也可以超常的呢。返程路上，头脑仍然十分清晰，只是嗓子有些沙哑了。

其实，喝酒不是人与酒精的博弈，而是喝一种状态。

2012 年 8 月

顺治六年　血光冲天

汾州屠城是一段没有传下来的血腥历史，偶尔在资料上发现这个字眼，也往往被一笔带过。而有名的嘉定三屠、南京屠杀等，不仅被史家记录下来，更有很多的后人去回顾它研究它，用以铭记用以防范人性之恶。乾隆版以后的《汾阳县志》更是对此事讳莫如深、只字不提，可见不著文字也是一种文字狱。与现代人提到屠城事，每每十分震惊，似乎屠城之说是空穴来风。康熙版《汾阳县志》虽非出自所谓的大家之手，但对这件触目惊心的大事件却在字里行间有所流露，让人对这个事件有了一个轮廓性的了解。

汾州屠城与大同屠城是发生于同年、同故、同人的并蒂事件。据说，当年大同城里被杀得只剩了五户居民，那么汾阳呢？

明末大同总兵为陕西延川人姜瓖，挂镇朔将军印，带领着漠北地区拱卫京师的一支重要力量。李自成兵困城下，姜瓖献出大同巡抚卫景瑗而送表投降。由是，李自成入城后，仍任命他为大同总兵。

清兵至，姜瓖反戈一击，马上站在清军一边，向李自成大顺军开刀，所以被清军收降，再次任命为大同总兵。清顺治五年，姜瓖故伎重演，借故反水而再次倒戈，同朔一带一片震荡，追随者甚众，可以说是到处举起了反清的旗帜。

众所周知，汾阳城有两个明皇室王府，且家族繁衍十分庞大，汾阳城几乎全为朱氏一族所有。如《皇朝盛事录》载："庆成王生一百子，俱长成。自长子袭封外，余九十九人并封镇国将军。每会紫玉盈坐，至不能相识。而人皆隆准，极异事也。"虽李自成义军攻入汾阳后曾使朱氏宗族人、财元气大伤，但二百多年的延续，汾阳朱氏人数自然还是一个庞大的群体。这样一个明显带有明朝色彩的城池，自然对姜瓖反清一事不会无动于衷。于是有"奸人密勾伪副将姜建勋"，于是姜瓖兵众从大同而忻州、而静乐，于清顺治六年（公元1649年）农历四月十三日，一举占领汾阳城。当任汾州府知府黄廷柏因力战而殉职。至此，姜兵与反清情绪正炽的山西民众一起，渐成反清复明的燎原势态。大同、汾阳遥相呼应，对太原形成犄角之势，汾阳也成为围攻太原的大本营。稍后，山西大部分地区除太原、平阳外，都被姜瓖所部兵众占领。

清廷大震，以多尔衮为首，几乎纠集了清廷所有的精兵强将，浩浩荡荡自北向南而来。端重亲王博洛是多尔衮的一员著名战将，在入关、征南中曾立下赫赫战功。此次入晋，便是博洛领兵击溃太原围兵后进而围困了汾阳。这是一段难挨的日子，城外攻势凌厉、城内军民同仇，形成了僵持不下的格局。这个时节，有一个插曲不得不说：姜瓖兵占汾阳时，汾阳当时最著名的学者、当地最具影响力的前明官僚朱之俊即往介休绵山避难，以后辗转至清军营中。他自负自己在汾阳的感召力，写了一篇《招安城内揭》投往汾阳城内，大意是降则平安，不降则有屠城的危险，向兵众劝降。但城内丝毫不为所动。博洛看了此帖，说"若再不（归）顺，以后谕帖不必发了，直等到红衣大炮到日，可攻打也"。

后人评价说："此《揭》张父母差役送之城头，静听数日，竟无一人以应者，酿成屠城之祸。"实际情形是：清军围困汾阳城后久攻不下，便围而不打，一直等到运来了所谓红衣大炮。清顺治六年农历九月初九日，一个古代登高会友的日子，大炮先轰击北关，继而轰击城内，继而"遂屠"。遂屠，多么轻巧的两个字，又是多么凝重的两个字。屠城后的汾阳，"房屋置产伤残八、九"，"民无噍类"，直到七十多年后，"元气犹未尽复也"。

如果民无噍类不是一个形容词，那就是说汾阳城内没有吃饭的人了，也就是城内的人被全部杀光了。杀光一城人，当是多么残酷的绝灭人性的事实！而从当时的汾阳县上报丁徭数字看，当年减免伤亡人丁19768人。而明代万历年间，汾阳总人口为127574，经明末战乱后，人口自会有所减少。推想当时汾阳城规模，当时居民也就是两万人左右吧。可见民无噍类所言不虚。按照现代医学理论，每人体内血液大约为五升。那么，清顺治六年农历九月初九日，汾阳城的九街十八巷里，曾经至少流淌了十万升也即一百多吨人类的鲜血。血流成河、尸横遍野、秽臭冲天，应该是当时的真实情形了。汾阳城又是如何渐渐恢复了人气、恢复了元气，我们不得而知，眼前只有一座死城的悲壮景象了。也可以推想，就在现在的汾城周围，或许会有一个或几个让人超乎想象的万人坑在那里！

这是一段不容忘却的历史！

忽然想到一直在汾阳流传的"猪吃糠"的传说。虽与史实有些出入，但毕竟不是空穴来风。又想到汾阳乡村至今仍有诸多的朱改姓，想来也会与这次屠城有很大的关系。

所以我们必须记住一个朝代——清朝，记住一个人——博洛，记住一个日子——顺治六年农历九月初九，记住一个词——屠城！

2005年正月

说汾道茶

耀杰的新茶楼开业了,平遥人做的装修,古味很浓,隐在城市广场对面的一个小巷子里。不仅闲人们又有了一处品茶的地方,而且这里也是汾州茶文化研究会的基地。口舌上似乎总是存留着那杯白茶的清香,所以我托幼平给基地写了一个横幅,题"清风习习"四字,送给了耀杰,算作一份贺仪吧。

汾阳人以讲究品茶饮酒而名扬三晋,即便是贫穷年代的偏僻乡野,仍然有见客奉茶的习俗,与其他地区大碗开水的待客习惯迥异。但汾阳人的喝茶史却殊乏记载,无从考究了。毕竟,饮茶的重点地区是在南方。我们是否也是从汉代开始饮茶,唐宋达到高潮和普及,确实无从可知了。

关于唐代汾阳饮茶的情况,日本和尚圆仁曾为我们留下过历史记录。他在他的《入唐求法巡礼行记》一书中记载:唐开成五年(公元840年)八月一日,圆仁沿五台、太原方向到达汾州。汾州押衙姓何,是陪同圆仁离开五台山的义圆头陀的门徒,故而对圆仁特别热情。第二天一早,急于赶路的圆仁到"何押衙宅茶语"。客人在临行前到主人家中"茶语",应当是以茶话别,表谢意的一个过程。这个记载至少能说明唐代汾阳的一般官僚家庭,是有饮茶的习惯的。

2008年,曾经有一个考古工程发现轰动了汾阳,即东龙观宋金墓群的发现。这个发现,也忝身于山西省新中国成立以来十大考古发现之一。其中尤以5号墓的发掘令人兴奋。此墓为"王立之墓",金明昌六年

(公元1195年)所立,不仅也是一座砖雕彩绘墓,更重要的它还是一座壁画墓。据有关文字记载,王立为汾州崇德坊人,即现在所说的城里人。其中一幅壁画赫然题写"茶酒位"三字,画上人、物俱全,生动有趣,为"点茶过程中的一个关键环节——击拂之后打沫淳。图中绘有两个男性,一个侧身而立,左手持盏,右手鼓动茶筅在盏中击打沫淳。另外一个男子持带托盏回首,应是把点好的茶送给主人"。"茶床上有葵口大盒、茶罐、长流执壶、茶盏各一个"。活生生地将金代末年汾阳人点茶的场面呈现在我们面前,成为那时人们饮茶的实物例证。

据说,煮茶、煎茶、点茶、泡茶是中国人饮茶的四种传统方式。唐宋之际,点茶与煎茶是人们喝茶的两种主要方式。点茶法"是将茶碾成细末,置茶盏中,以沸水点冲。先注少量沸水调膏,继之量茶注汤,边注边用茶筅击拂",与东龙观壁画所绘内容完全一致。

物化的形式之外,在汾阳话里,有一个很古的词应当也与茶有着很深的渊源关系,即卤壶。卤壶是瓷制茶壶的老名字,大约从明代初年开始出现。不知为什么,这个词在汾阳一直流传了下来,到现在仍在广泛使用。至少,它可以证明汾人使用茶壶很有历史,也能证明点茶的习俗消失后,泡茶开始盛行了。与之相匹配,汾阳人开水用的"氽子",也应该归入茶具一类。它似乎除了北京地区,就只有汾阳人在使用了。卤壶与氽子,总是让人在隐隐之中联想到许多历史的神秘。

清代到民国时期,应当是汾阳人饮茶的一个高峰时期。能够证明这一点的,是那时人们的婚娶过程中,嫁妆里都有掸瓶一对、茶叶罐一对以及后来的帽筒一对,是新人房里的重要摆件。这些民俗物品大批留下来以后,形成迥异于他乡的民间传世文物的一大特色。虽然并不贵重,但从造型到色彩,可谓千姿百态、五彩纷呈。茶叶罐充分考虑茶易窜味的特点,多为盖罐,常取用将军罐型制,大体可容纳一二斤茶叶为限。但当年罐中贮藏何种茶叶,现在已然不得而知。

到了20世纪六七十年代,或者更早,汾阳最出名的饮用茶是"圪枝儿茶"或者叫"梗枝儿茶",这个茶的名字甚至与汾阳人一词在外地人嘴里成了等同概念，"汾阳家、圪枝儿茶，呵呵"。其实在那个贫穷的时代，人们喝茶讲究点儿的是花茶，当时也叫"袋儿茶"，是一种一两装的花茶，未开封即香味扑鼻。普通的饮品除了圪枝儿茶外，则好像还有"末儿茶"和砖茶。末儿茶似乎是绿茶之渣末，不成形但味依然，是劣品中的上品。砖茶则不同凡响，是黑茶压制而成，常常用来煎制，也是奶茶的主原料——是千百年来，西北游牧民族的一种离不开的生活必需品。汾阳人早年喝砖茶，应当是与当年大批晋商下茶山走西口贩运茶叶的历史密切相关的。

而只有著名的圪枝儿茶，据说是红茶的枝梗，但因为早已退出历史舞台，所以，究竟是哪一品什么级，至今我仍无从考究、无法得知，脑子里只留着它在水中泛紫红的枝梗状了。

现在流行的一个词是"禅茶一味"，觉得很有道理。但是，俗如我辈，至今仍是不能从茶中品出禅味来的。禅的高雅，毕竟比冲泡一杯茶复杂多了。倒是宋代白玉蟾的咏茶词，在活泼泼地描写了品茶的过程之后，写出"两腋清风起，我欲上蓬莱"的句子，心下颇为认同。因为，茶至酣时清风起腋的感觉，是真正可以体会到的。

茶的喝法和喝茶的妙处，是很个人的，需要用心去慢慢品味。所以也愿汾阳人与茶的关系更为密切，更愿那常可看到的一缕缕青烟化作杯中旗戟，氤氲在禅味的生命中。

2013年冬月

四四方方一座城

记得汾阳以前有"四四方方一座城"的关于火柴的谜语童谣,便顺手拈来作了标题,倒也省去了不少力气。

而这里不是想讲童谣,倒是想讲一个老早留下来的谜语——关于巩村古城的谜语。

巩村之西、聂生村之北、义丰南村东南,有一处城墙轮廓清晰、东至西南至北各约700米的古城遗址,韩石线从中拦腰穿过,将古城一斩两半。关于这座城址,曾经引起了很多人的关注:它是什么城?它曾经拥有过哪些个时代?城中曾经发生过什么故事?春去冬来,只有庄稼和野草一岁一枯荣,并不做答。曾经,郦道元在这里踱来踱去,写下了"兹氏县,县故秦置也"的实录。但后人们早就找不到了郦氏的足迹,所以也便不清楚他写这句话的时候,究竟是坐在哪个地方的哪一盏油灯之下。聂生村的宋希川老先生在这里踯躅独行,试图想在陶片的绳纹里找到答案,但终究无果,只能在懵懂中仙游极乐。20世纪90年代初,沛廷局长曾专邀省考古所刘永生等专家来此实地踏查,前年我们也曾邀山西大学郎宝利等专家来此实地寻古,但终因田野调查、未足立论而一切作罢。

2008年12月6日,是一个天气晴朗、寒风凛凛的日子,车泊巩村古城南城墙底,西北—东南向的已初现雏形的汾平高速路基从我们脚下一直延伸而去。一行八人站在巩村古城南城墙被解剖开的墙体里,感受着来自西伯利亚的凛冽的西北风。被切割的整齐而规则的夯土墙在风中沉默着，被山西省考古研究所马升、王俊等剖出而暴露于阳光下的所谓Q1、Q2、Q3、Q4、Q5无奈地展示出它们的本来面目。开口近二十米的护城河袒露心扉，让人联想到了当年这里曾经的流水。再往南行步，护城河南岸之上，一条明晰的车辙展示在阳光之下，更有一个个马蹄或者牛蹄或者驴蹄印窝无序排列着，让人耳边随即响起了辚辚的车声。

这真是一幅无复美丽的画卷，站在2300年前坚硬而真实的土地上，我们似乎感觉到了古人的体温。随着墙、河、路的还原，我们眼前幻然还原了那些长发纶巾的古人们的生活。

一步，只需一步，我们便走到了2300年前。

这里，曾经系挂着多少人多少年的一个心结，一个无从解开的谜团。今天，考古学家的手把这个心结终于解开，拂去了2000年的尘烟，让后人能够在阳光下回味它的神秘。看着他们的身影，让人无端地觉得他们的身上也释放出一种神秘的光环来。

其实考古工作是十分枯燥的。今年9月，为配合汾平高速的基本建设工程，山西省考古研究所组成由马升（副所长、汾阳人）、王俊（资料室主任）担任领队的汾平高速考古发掘队，对汾平高速沿线在勘探的基础上进行了发掘。共解剖城墙一段、发掘古墓葬78座，基本理清了巩村古城的文化内涵。简况如下：1. 城墙包裹略分三个时段。西汉城墙，宽12米，高2.5米，黏土堆集；秦城墙，宽2.2—2.6米，高1.1米，14层夯土分筑而成；战国晚期城墙，宽5.5米，高1.8米，筑于基槽中，44层夯土分筑而成……2. 护城河（城壕）。上口宽19米，底宽13米，深2.2米。3. 道路。踩踏面宽窄不等，最宽处近三米，车辙等距，宽1.5米。以上部分出土物有卷云纹半瓦当、筒瓦、板瓦、陶盆、陶罐、陶豆等，另有铜镞、安阳布、铁工具等，有些陶器底部带"市""亭"字样。4. 墓地。发掘战国至西汉墓73座，东汉墓2座，元墓3座共78座。出土文物主要有陶壶、铜带钩、铜勺、玛瑙、陶灶以及元墓中的其他瓷器等。

通过此次发掘，考古学成就主要有如下三个方面（王俊先生语）：

1. 古城的时代：巩村古城南城墙从目前发掘获得的结果来看主要是

分四次才达到目前看到的这个宽度（18米）；护城河（上口宽19米，自深2.2米）也是汉代才加宽加深的。

2. 古城与墓地的关系：巩村古城从发掘的情况看时代为战国晚期—秦—西汉（早晚）；墓地的发掘从发掘品所获得的情况看时代最早也是战国晚期如：M2等。秦墓的比例在本次发掘中是主要收获，估计其中还可以分为秦人墓和秦统治下的赵人墓两类；无论是墓向、葬式上都判然有别，并且有的墓葬主人无头（例如M73），其颈椎上有明显的砍切痕迹，显然是战争后的人类遗存。墓地还发现两座东汉洞室墓（例如M12），虽然随葬品简单，但是时代明确，与其他墓葬没有打破关系，可以证明这是古城使用时期最后的墓葬遗存。从以上分析可知巩村古城与墓地是一个有机的统一体，无论时代还是内涵都完全一致。

3. 巩村古城与《水经注》记载的"兹氏古城"在战国晚期—西汉这一时期的特征基本吻合。春秋—战国早期始见文献的"兹氏"可能另有它地。目前发现的材料中还说明不了它的正确归属，但是早期城墙的时代是战国晚期无疑。

从东至西是七百米，从南到北，也是七百米，我们的祖先，曾经在这里生活了四百五十多年。尔后，因"汉末扰攘"或是山洪暴发？才弃城而去，曹魏黄初二年始筑现城。还有一个有意思的数字是，战国最后一年是公元前221年，魏黄初二年是公元221年，公元纪年，在这座四四方方的城里，恰好形成了一个四四方方的对折。

按照现《汾阳县志》的说法，汾阳"战国属赵，为兹氏县。秦昭襄王二十五年（公元前282年），秦攻赵，拔兹氏。秦庄襄王三年（公元前247年）地入秦，为太原郡之属县。"其后至两汉，汾阳除王莽篡汉改称兹同外，一直被称作兹氏县。这样，几乎可以毫不犹豫地推断，这座四四方方的古城，就是史书上屡见不鲜，又有货币兹氏布、兹氏半作证的兹氏古城。无独有偶，近两年，我们也在义丰南村征集到两方唐代墓志铭，其文明确指出墓址位于兹氏古城什么方位，印证了这里即是兹氏古城的推论。

通过这些会说话的古代遗迹，我们十分感谢考古工作者为我市的城建史写出了凿凿之言，但同时也想到了另外两个问题。一是按照王俊先生的说法，春秋末到战国中期兹氏县的位置问题；二是更古的瓜衍城的问题。从资料上讲，秦昭襄王拔兹氏，是否即在这次事件中毁掉了一个兹氏城，而后才在现兹氏古城位置上新建一座城呢？因为我们曾在现汾阳城原汾阳公园所在地捡拾过不少早期的建筑、器物陶片，所以，我们可以设想今城即是巩村古城的前身，曹操时代建城是在最早的兹氏古城遗址上营造的。不过，这也需要"大胆立论、小心求证"了。瓜衍城呢？让我们不妨还是按照史料上的说法，到田屯、虢城一带寻找吧！

很快，兹氏古城的城址之上，一条现代化的高速公路将会从这里跨越而过，古代文明和现代文明将会在这里对视，陶片和水泥将会在这里接吻。从春到冬，庄禾们依旧是一岁一枯荣，而人类，一步的跨越展示的将是理想无限的腾飞。

2008 年 12 月

四阳城情话

近日，汾阳城墙二监段，也是汾阳老城在遭受大肆破坏之后，残存的唯一一段约二百米的老墙，在汾阳市委、市政府特别是监狱方面的策划、支持下，复原工程终于如期完竣了。这是汾阳老城留下的一枚最漂亮的音符，它在证实着汾阳城墙的历史的真实。

看着这一堵老墙的古老容颜，目光从青的砖、黄的土色中深入去，极自然地，脑海中浮出了汾阳城的世代兴衰。

城俗称四阳，是旧《县志》上的说法。其义来源于古城大致呈45度斜向，四向之室均可得阳。又传言是三国时曹魏所筑。此言可能不确。一是《水经注》记载，文湖位于"兹氏故城东十里"，位置似即今城；二是在今体育场、公园一带，随处可捡拾到汉代陶片、甚至建筑陶片，让人怀疑这里便是汉兹氏故城遗址。但至少说明汾阳城的建城史要早于三国。就含糊地算作两千年吧，也足以与公元同步，大大地超过了美国的历史。两千年的九街十八巷啊，在历史的风尘中是如何走过来的？又曾经上演过多少让人肝肠寸断的别情离殇、魂安魄定的团团圆圆？

在北关发现的隋代梅渊墓中，出土的十六件精美的瓷器曾经惊动了考古界。想当初，这里如不是一座繁华州郡，会能有如此典雅的文物存世？而远在广西的梅君，又何必在这里安身立命？又，史书言之凿凿，说是李渊起兵反隋的第一目标，便是攻取汾州重地。也许，汾阳城作为战略要塞，这仅仅是唯一的或者最重要的一次。还说此役之时，房玄龄正在汾州为隋当差,开门迎唐者中,便有这位后来大名鼎鼎的传世名相。

九街十八巷的定格,也许来自那个让汾阳人刻骨难忘的明代。众多的街巷名也似乎在有意无意地印证着这一点。正如先有晋王府,后有现在的太原城一样,古老的汾阳城里容留了两座明皇室王府,就必然会给这小城以太多的改变。其中还有一个不得不说的小插曲,说是庆成王朱钟镒娶妾妃24个,生子女100多个,仅其嫡孙即达163个。其子朱奇浈袭封王位,又生子77个。这是明史奇谈,也是人生奇事。而这些子女按例是必被封为镇国将军、县主的。如此庞大的两个宗室家族在这座小城里繁衍,它如何能够承受得了。所以据说,到明晚期,城里已几乎都是朱家的人。而这些朱家的族人以及历代他们的外戚,在近三百年中,当会如何深地影响汾阳的民俗呢?也许正缘于兹,汾阳人才有一种与别处明显不同的生活习俗。直到现在,谁又能说得清,哪一个汾阳人身上有没有朱元璋的血液?

又据说,清初的时候,大同总兵姜瓖三度反叛,汾阳城曾经遭到清兵的血洗大屠城……这是有人从史书的字里行间推断的。但汾阳城默默无语,在若干年后的后人眼中,一如既往地繁华着。到晚清,也有很多的高鼻蓝眼的外国人相中了这座小城,不远万里,来此传经布道,把天主耶和华的福音以此为基地,传播向更辽远的四方八面。也在拆毁佛、道教建筑的情形下,兴建了诸多的尖顶建筑。无意中,还在这里降生了新中国成立后美国的首任驻华大使恒安石先生。

背诵历史显然无助于发展。但我总是想起,小时候对四阳城的目击。城周的城壕与一路的灰渣,黄土裸露的城墙是那样高不可攀,清冷的城与清冷的月,是那样和谐地融为一体。小城覆在石板上的柏油路通向南水井,也通向八室庵。走进貌似狭小的砖雕斗拱门楼。家里的温馨让你大吃一惊。养了鱼或鸟,摆着些古瓷花瓶、描金漆器等雅物,然后,端庄的女主人端出让用惯粗瓷的人笑话好几代人的小杯小碟,奉茶或者酌酒。这是雅致还是小气,也许是永远争论不清的一个话题。但显然,在经济快速发展的今天,这个争论是愈来愈少了,甚至不少外地人也把这小盅小碟学去了，可见此事还是以不争论为好。

那年，北京来了一位位置颇显的艺术家。徜徉在老城逼仄的小巷里，老者突然问：能否找一块明代的城砖，想带回去在书橱里供着。我哑然失笑。别说一块明砖，就是十块唐砖，我们这里不是触目即是吗？我说，我们这里弯下腰就是历史——虽然，这弯腰可拾的历史，有时是显得那样地破碎。

斜置的四阳城，据说已引起专家们的关注，将会成为未来城市规划的参照。而我们浑然不觉，我们也无所谓。我们只是实实在在地享受着这远古的赐予，在发生过太多故事的街巷里，优哉游哉地活着——因为我们幸福着。

2005 年 10 月

闲话汾阳

汾阳历史上的兹氏、汾州、西河等古称，均有确切的区划命名资料。但汾阳一名的来源，按照旧版《汾州府志》及《汾阳县志》等史料的记载，因北宋太平兴国四年（公元979年）在汾州置汾阳军，故一般推断得名汾阳约始于北宋。明万历二十三年（公元1595年），汾州升格为府，依廓置汾阳县。这是准确的汾阳县名的最早来历。

20世纪90年代以来，汾阳博物馆一直将墓志铭的收藏作为专题博物馆的首选藏项，通过近二十年的努力，所藏墓志铭已蔚为大观，数量超过一百余方，成为该馆的一大特色。这些墓志不仅是研究书法艺术的重要载体，也是研究地方文化的绝好文献。通过对这些墓志进行研究，我们惊奇地发现，官称汾州（或西河）的今汾阳市，在唐代早已被称作汾阳（俗称，待探讨）。涉及"汾阳"地名的墓志铭共五块，现分别摘录如下：

一、大唐故宋府君墓志铭并序

君讳胤，字承祖，西河孝义人也……以开元廿二年（公元734年）八月廿三日，葬于汾阳城西南七里平原……故令伯子令璋、仲子令光等徽石刻记，冀千载而远知我君葬于此地……

此石方形，长宽均为61厘米，盝顶志盖，20世纪90年代出土于汾阳城西南之花枝村。

二、唐故马君墓志并序

君讳承宗,扶风人也,起自伯益之后,赵为谏议大夫,翁之胤绪,历代冠冕,今寄家汾阳人也……于元和七年(公元812年)十二月六日,寝疾而殁故里……以其年十二月十七日葬于汾州城西南七里万户乡平原新茔,礼也。

三、唐故李府君墓志并序

府君讳诚昌,望渭州陇西郡人也。皇帝之苗裔,右王李陵绶公之后……元和九年(公元814年)卅日归于私第,春秋五十有五……夫人徵太原郭氏……三从妇德声誉汾阳……共崇合附择兆址于汾阳城西南五里西河郡万户乡界……

四、大唐李公墓志铭并序

公讳庭,出自黄帝之后。垅石之苗裔,乃荒乱,食邑寄居汾川……曾祖、祖已于西河葬之山埠……礼乐之大猷,宗族为之楷模;聪敏忠信,汾阳之大宝……以会昌二年(公元842年)壬戌岁正月十六日,寝疾于闺闱,享年七十有四……以廿五日去城五里于太安乡,建立茔域……

五、唐故天水赵夫人墓志铭并序

夫人孝行淑德,九族是爱;六姻传馨,门籍冠盖;钟鼎之盛,焕隆家谍……以大中六年(公元852年)十一月遘疾,终于汾阳私第,享年三十有六……以其年十二月十一日引于郡南五里西河县界万户乡洪哲里所卜之地。

以上五块墓志铭都发现或征集于今汾阳城附近,上下时间跨度达一百一十八年,郭子仪受封汾阳郡王的上元二年(公元761年)正好涵盖于内。

另外唐代的游历诗中也不乏用汾阳指代汾州的事例。如唐代诗人徐安贞在《奉和圣制答二相出雀鼠谷》诗中写道:"还望汾阳近,宸游自窅然。"鼠雀谷在今介休一带,南出鼠雀回望汾州叫"还望汾阳",二相指张九龄和张说,他们都是唐玄宗时期的名相。再如岑参在送友人归太原(今晋源镇或意指太原盆地)时写下了"却投晋山老,愁看汾阳花"的诗句,这句诗想象了友人落榜回家路上的凄苦心情,唐代北上太原的古道是蒲州—晋州—汾州—并州,由此可以确定岑参这里用"晋山"代临汾地区(唐晋州),用"汾阳"代汾州地区。

2009年8月

武成沽酒杏花村

公元561年，登上皇帝宝座的高欢第九子、北齐第四任帝王武成帝高湛在太原的行宫里酒意酣畅，想起了他的童年。从史书记载来看，这也许是唯一一次让这个荒淫无度的皇帝闪现人性光辉的人生片断。他想起了远在河北邺城的侄子也是他的同龄发小——河南王高孝瑜，感慨有加。酒后，他挥笔手敕："吾饮汾清二杯，劝汝于邺酌两杯。"史家评语曰：其亲爱如此！

历时仅二十八年的北齐一朝，在历史上最著名的，当是宫闱之乱和君臣无纲常，执政后的高欢的儿子们的种种劣行，铺满了整个《北齐书》，足可让后世引以为鉴。此处不题。

但产自汾阳（时称汾州、西河郡）的汾清酒是如何进贡到武成帝手中的呢？史无明载，志无考言。只有民国间的申季庄先生在《申明亭酒泉记》中对此提及。

当时，造酒解禁虽才二十几年时间（在高欢实际执政的东魏，《北齐书·神武纪下》记载："元象元年（公元538年）四月壬辰，还晋阳，请开酒禁。"），汾阳作为一个代代相因的酿酒集中地区，进入北齐，进入举国奢靡的一个特殊时代，想早应是作坊栉比、酒肆如林了。

而实际上，当时的汾阳与北齐朝廷的关系是非常密切的。此处必须提到的一个重要背景是：北齐因高欢起家的原因，与山西有着特殊的一种关系，不少皇帝都长住太原。而作为国都的邺城，反而冷落了许多。

一是作为北齐重大工程的"重城",从天保三年(公元552年)开始,在汾阳金锁关后的黄栌岭修筑。作为一项全国性的重点工程,宫廷工部的管理者们长住汾阳,自然会品评、畅饮当地美酒,当然地,也会直接或间接地将美酒进贡饮酒成风的宫廷。到今天,黄栌岭上的北齐长城遗址蜿蜒起伏,似乎仍在诉说一千五百年前的情景。

二是天保初年,齐文宣帝高洋封其第四子高绍仁为西河王。史称高绍仁为高洋之嫔裴氏所生,善终,但死时不到三十岁。其他方面,无载。北齐西河即今之汾阳,高绍仁实封汾阳,自会将汾阳美酒上贡其嗜酒如命的父亲。也或许,作为高洋的亲弟弟,未来的武成帝高湛也会偶沾雨露?这个不得而知,但他执政后随即封其子为西河王。

天统三年(公元567年)六月,武成帝高湛封其第八子高仁几为西河王。这个高仁几性格懦弱,终被北周所俘虏,其他绩、德似乎平平,不足为史家墨言。也许最大的功绩是对其父亲说过"我日饮汾清二杯,劝帝在并酌两杯"吧!

或许是因为汾州一地之富庶,或许是因为汾州的交通便捷,除二王之外,北齐一朝,尚有任延敬封西河县公、乞伏令和封西河县公。这种区区一地与皇室之间形成的密切关系,通观历朝历代,是十分罕见的。而这一切,又发生在短短二十八年之内,实在是有些匪夷所思。让人不得不联想到的特殊原因便是——酒为媒。

所以,汾酒将北齐列为自身的第一次辉煌期。

时世更替,当杜牧先生看到雨中杏花掩映的酒肆时,自然心中暖意阵阵,吟出千古绝唱,成为古人为今人做广告的名篇。那时,汾酒的第一位广告人武成帝已然故去三百年了。

2009年3月

杏花村古人类遗址遐想

一个晴朗的夏日，轿车沿 307 国道向太原方向疾驰，临近杏花村时，一位同车友人问我："老听说杏花村遗址，在哪儿？我怎么就没有见过？"

我说："距村不远，一会儿路过看看。"

车过杏花镇永安村西，沿一条铺了河卵石的乡间小道向北折去。右面是金碧辉煌的太符观，我看看左面，心想：不知那座被保护起来的宋墓还完好否？这时，车已停下，我指着标志碑说：这一带全是。友人左顾右盼，一脸的莫名其妙。

放眼望去，一片不甚规整的阶地上，全是生机勃勃的麦田。小麦刚刚抽穗，麦芒青中泛黄，摇曳出一种浪漫和得意。他说："那是麦子呀。"我回答说："麦子底下呢？"他真的拨开麦苗，在下面找了半天，依然迷惘，说："麦子底下是土。"

是啊，这土层便是遗址了，这附近约 15 万平方米的土，与人类肌肤相亲已六千年了。然而这毕竟是一个专业性很强的考古学概念，难怪许多人对它视而不见，更缺乏了解。

这里需要引入一个概念——文化层。所谓文化层，系指被人类干扰、使用过并包含人类生产痕迹和实物的土层。考古便是从这些实物的形制、分布特点上，综合分析出当年人类生存的基本年代特点和文化意义。在有着五千年文明史的华夏大地上，文化层的波涉面十分辽阔。那座城、那个村底下不埋着几千年的历史？而杏花村遗址的珍贵，在于它完整地保存了史前三千年，即从仰韶文化晚期到商文化的全部内涵，让人能直接地触摸到史前人类的生存状态。

我进一步解释说"刨开一层黄土，我们只可断定它是否受到过人类干扰，即是不是生土，但是，"我随手从地下捡起一块陶片说，"土里有它，经过考古学家类比考证，却能够大致准确地说明它所产生的年代、作用。"

于是他豁然开朗，兴致勃勃地穿行在渠坎边，转眼工夫捡拾了一大堆陶片：盆沿、鬲足、豆柄……"噢，它们便能代表原始人类！"他显然是一种意外发现后的激动。

"洗洗，摆在书架上，它能让你感悟许多人生哲理。"我说。

是的，一件残陶，它能折射出的人类文化太多了。仅从考古意义上，就足以构成一门专业。从质地，可分析它所产生的年代。从花纹，可以窥见当年的制造手法甚至人的审美观。从断面，可推究出它的生产方法。从某一个不经意的手纹，甚至可以推测出它的制造者是男是女，……譬如从男女性别上，我们又能推断出当年人类的大体分工。比方：大件陶器是男性手纹，小件陶器是女性手纹，你是否会因之而产生丰富的联想？

杏花村镇古人类遗址，是这样被发现的。

1982年，山西省考古研究所为了廓清晋中盆地汾河两岸史前人类生存遗址情况，吉林大学考古系为在实践中培养学生智能，联合组成了师生一体的晋中考古队，在吕梁山东缘、太行山西缘历史遗存有可能丰富的二级台地上进行了大规模的考古调查，对杏花村遗址重点进行了规范化发掘。

杏花村遗址分为五个工作区，分别开挖探沟，探方，科学地切出剖面，对文化层的文化遗存进行系统研究，事后写出了考古报告。

由此我们得以知道，在这块遗址上，史前人类已生活了大约三千年，即按考古学所说的八个考古年代。如果将他们称之为"杏花村人"，他们那时已开始生产和使用了大量的石器、陶器、玉器；他们的房子结构、墓葬形制等也为人所了解。制陶（新石器时代被人称为陶器时代）种类上从泥质彩陶—夹砂褐陶—夹砂灰陶—泥质灰陶，一步步进化，生产工艺从手工盘制—慢轮—快轮的制陶业的发展脉络显现得十分清晰，完全可以以实物组成一个科学的序列。

各种陶制品的出土，证明这样一个秘密：杏花村一带，确是晋中、吕梁古人类发祥地之一。如今的杏花村汾酒文化，深深地扎根于整个人类古文明的土壤之中。如果我们进一步展开科学想象的翅膀，思维的晴空里还会闪现出这一幅古人类活动的遥远情景：

那是大约六千年前一个和煦的日子，太阳在树梢上挂着，耳边是鸟的鸣叫和蜂的嗡嗡声。在一座用四根木棒撑起，上面搭了很厚的野草的房子前，一个浑身黝黑，腰间围了一圈鹿皮的老女人趴在地下吹火。面前是一个大陶鬲，鬲身布满了绳纹，一圈一圈十分好看。鬲底下，几根干柴眼看要熄灭了，她又捡了一些树枝架上去，趴下来鼓起腮帮子吹。"轰"的一声，火苗蹿得老高，老太太眼神一亮坐了起来，边揉眼边喊她的孙女吃饭，一脸的高兴。

小孙女七八岁年龄，正在草里扑蝴蝶，绊了一跤，躺在地上撒娇不起来。

老太太从屋里拿出一个小陶盆，把鬲里的稠谷粥倒些出来，继续呼唤小孙女过来吃。她就是杏花村里的老酋长，因为年岁大了，她便主动让贤，重新推选了新酋长。她又不愿意受部落的照顾，所以主动照顾管孩子。

不远处，他儿子扛着一头有一百斤重的鹿，从门前走过，说要去村中心广场送鹿。临走，扔下一把折断的骨匕，很惋惜的样子，说看能不能再磨成骨锥或者骨簪用。他还说，送了鹿，他想去峪道河。老女人知道，她儿子和峪道河的女酋长相好。

今年年景好，老太太刚才听人说，中心广场上的草绳挽了二十多个结……那意味着村里现存的猎物还有四头鹿、七头羊、二十多头野猪……看看坡上茁壮长着的粟，她想，今年大概不会饿死人了。

小孙女喝着粥，把头枕在她的腿上，两眼望着深不可测的蓝天，问："奶奶，人是怎样来的?"

老太太想了想，一字一板地说："我听我奶奶讲，世界上原本没有人，以前有位叫女娲的神，觉得世界上太沉寂，便用泥土捏一个泥人，往地上一放，就活了。她一个一个捏，有男有女，一个和一个长得不一样。后来，她看这样捏得太慢，就和了一堆稀泥，用树枝挑起来用力一甩，每一个泥点子便变成了一个人。这样，就变出来无数个人。泥捏的人成了英雄，点子变的就成了普通的人。"

"英雄都是些谁呀?"

"比如神农氏，他来过我们杏花村，教会咱们识五谷、种粟、用草药熬汤治病。比如有巢氏，他来咱们杏花村教会人们盖房子。在坑里抹白灰、用木棒架稻草。"

"没有房子以前，人们是怎么生活呢?"

"听说是住在树上。"

树? 小女孩看看树，看看老太太，觉得不可思议。

所以那时候人经常会给猛兽吃掉，冬天也常常冻死。

傍晚，劳作的男人们陆续回来了，他们一样的上体裸露，肤色黝黑，有人背着山羊，有人提着鱼，有人拿着石斧、石锛或石刀，或柳叶形石镞和弯弓，或骨凿……下田的、捕捞的、围猎的，各尽所能，按需分配，过着原始共产主义生活。

月亮升起来了，原始公社要举办跳舞活动酬神。远处广场传来了"喂哟"声，老太太似乎已经看见了围着篝火跳舞的人们喜庆的笑脸，嗅到了被烧烤出来的羊肉、鹿肉的香味…

几千年岁月一晃而过，房子多了，人也多了，树木渐渐稀少。

史前秋季的一天，刚下过一阵雷雨，地面潮湿，空气清新，仪狄从北山上回来，捧回一捧野果子，准备给他的媳妇和孩子们吃。进了低矮的茅草房时，发现她们都不在家，便随手把野果放到了院里一个大瓦罐里。

日子又过去很久。这天,仪狄背着猎物刚回家。他的女人和孩子们都偎了上来,表达对他的想念。仪狄突然想起那些野果,便站起来掀开罐看,不禁吃了一惊——原来罐里集着雨水,却不见野果的影子。一股醉人的香味扑鼻而来,令他十分欣喜。仪狄下意识地用手舀了一些品尝,味道居然很好。

于是仪狄找了些家什,端起罐斟出来,让家人挨个品尝,都说好喝。于是他们又喝,继而神采飞扬,又唱又跳,再一会儿,竟都东倒西歪打起了瞌睡。

第二天一早仪狄醒来,回忆昨天之事,甚觉奇怪,便又摘了些果子,如法炮制,居然又造出了上次他喝过的那种汤汁。他终于明白,他发明出了一种别人没有见过的东西。这就是人类历史上最早的"酒"。

仪狄酿造出果酒的消息很快在公社里传开来,大家纷纷拿兽皮换了喝,慢慢都知道了喝酒的美妙。仪狄高兴极了。他又发现许多种野果都能造出酒来,甚至粟米煮烂加水,也能发酵成酒。

这一天,治水英雄大禹从二十多里外的禹门河口而来,顺便来杏花村查看水情。酋长感激大禹的功德,便准备用最好的礼节迎接他。大禹在人们的欢呼声中坐定,仪狄便用公社里才烧成的酒器盛了酒,捧到大禹面前,恭恭敬敬献给大禹。大禹品尝后,连连称奇,临走时把造酒的方法又细细问了一遍,又带走了一些仪狄造的酒。从此,随着大禹的脚步,酿酒技术在华夏大地传播开来。

杏花美酒甲天下。最早见于文字记载的,莫过于北周庾信的《春日离合》一诗。而杏花村遗址里发现了典型的酒器,客观上将酒的酿造史又向前推进了两三千年。当然,关于"仪狄造酒"的古代传说不一定符合历史的真实,大禹治水来过汾阳与否,也不得而知。禹门河却是真实的存在。而禹的直系裔孙少康(即杜康)竟被另一种传说说成是酒的发明者,想来作为帝王,必定是在全国大力推广过酿酒之法了。

我们实在无法想象,三千年是多么巨大的一个概念。风过雨过雪过,种过粟种过麦种过黍,杏花村遗址无言,依旧在时光中默默走过。但我们完全可以想到，在这块遗址上，三千年里，肯定还发生过太多太多的故事。母系氏族公社向父系氏族公社演变，人们衣食住行方式不断进化。史前文明进步的过程，燃起杏花村酿酒第一缕炊烟的是谁……这片遗址上的陶片石器，应该是记得非常清楚的。

2002 年 12 月 10 日

杏花村人

一

约在六千年前,今山西境内的霍山以北、太行山以西、吕梁山以东即今天的晋中汾河谷地,极有可能是一片汪洋。而今天的太行山、吕梁山则是绵延不断的茂密的原始森林。有鸟语花香,有蟒兽出没,是偌大一个天然动植物园。

潮湿的气候条件下,森林自由地生长着,各种针叶、阔叶及混交林带将山丘打扮得郁郁葱葱。有风吹来,山谷里卷起层层枯叶,树枝们发出警号似的鸣叫。种类众多的动物们在各自占据的角落里栖身,或咆哮奔跑觅食,或惶惶惊恐逃避……有和谐相处,有殊死搏斗。一片汪洋系一个天然的湖泊,管涔山的汾河水以及附近山上的泉水山洪不断补给着这湖。湖的南端在霍山峡谷(灵石口)开了一个口,湖水汩汩南流,从野树古石间一路奔去,直注黄河。大湖是水生物的故乡,鱼鳖虾蛤一族在水下自然生息,蒲苇草莲在湖面竞相疯长。

这种情景已不知持续了多少年,不知还要持续多少年。日出月缺,无人应答。

大约就在这个时候,黄河中游的某一处,或是河南渑池的仰韶村,或是陕西西安的半坡村,现在无人能说得更为确切,那里的氏族部落因为争夺猎物发生了械斗,或者是遭受了人力不可抗拒的自然灾害,总之,有一个或几个氏族部落举行了大规模的迁徙。

他们从南向北沿着汾河水迤逦而来。沿途，他们遇到了一个一个不接纳他们的部落，也遇到了凶猛野兽的袭击，也遇到了风雨雷电自然灾害的侵蚀，但他们必须走，必须再向北。他们不分男女老幼，几乎全是赤身裸体。男子在前方探路开道，在后方警戒不测；老幼妇女在中间互相搀扶着前行。

他们是一个以女性为中心的群体，可能由于生殖的原因，女性受到了人们极大的尊敬。历史学称这个时期为"原始社会的母系氏族社会"。这是从阶级的角度分析得出的社会形态学结论。从考古学的角度看，是"新石器时代仰韶文化时期"。

原始人群过着男女杂交的生活。此后成为原始家庭，子女和母亲之间禁止杂交，逐渐地改变为兄弟与姐妹同辈互为夫妻关系，即全家族按世代分为祖母和祖父一代、母和父一代、姊妹和兄弟一代、儿和女一代。上下代之间不能发生夫妻关系。这种群婚制度发展到后来，在产生氏族公社制度以后，成为本族的姊妹们招娶外族的兄弟们，而本族的兄弟们出嫁给外族的姊妹们，男女两个集团互为夫妻关系。所生子女"不知有父"，沿用母亲氏族名称。再后来，大部分女性属于一个氏族，男性则属于不同氏族，男女在群婚中各有一个"正妻"，一个"正夫"。

这个时候，由于人类生产经验的积累和生产力的发展，形成了多层次的社会分工。畜牧业从狩猎中分离出来，农业从食物采集中分离出来……而在氏族内部，这种社会分工又体现为性别分工。男子作战、打猎、捕鱼、获取食物、制造生产工具，女子则从事管理、哺育、烹调、纺织、缝纫。所有的这一切，都是以生产资料、生活资料公有为基础，人们只存在氏族公有概念，不知个人所有为何。因为即使如此，人类依然处于饥寒交迫、朝不保夕的困境之中，集体挨饿的现象时有发生。

这一群由南而北的原始人类，在血雨腥风中一直向北行进，在肥沃得泛黑的黄土地上踩下一个个深深的脚印，人类的脚印。兽类和大自然不时地给他们意想不到的侵袭，一个个羸弱者倒下了。他们以现代人类难以想象的难度，终于跨越了霍山口，进入了一个崭新的天地，进入了前文所述那个独特的环境之内。他们走走停停，这里似乎还没有人类的踪迹，他们寻找着更适合于自己生存发展的空间，他们终于停在了今天的汾阳杏花村东堡一带，仰眺伟岸的子夏山，俯视东方——太阳出来的地方的一泓碧水，凝视脚下这块开阔的植物繁茂的土地，由女酋长决定，他们驻扎了下来，形成了汾阳最早的人类生存地。

此后或数年、或数十年、或数百年，又有其他部落因了各种原因，在汾阳的峪道河、宏寺、北垣底、段家庄等一线所谓"二级台地"上定居繁衍，开始了他们新的生活。

这对汾阳来说，显然是有划时代意义的。

所以，本篇题目拟为《杏花村人》。

二

杏花村新石器遗址，1982年由吉林大学考古系和山西省考古研究所联合组成晋中考古队，将该遗址划分为五个工作区，进行了考古调查和考古发掘工作。遗址分布在东堡村东北，面积约15万平方米。地势北高南低，分为几个自然或人为造成的阶地。

考古工作者通过对杏花村遗址的发掘，按照考古年代划分依据，将遗址的堆积物划分为8个时段，确认该遗址从仰韶文化晚期经庙底沟二期、龙山文化时期至夏代（历史学所谓"传说时代"）、商代跨越了约三千年时间。

通过发掘，人们发现了大量的人类生活遗迹。有横穴式陶窑址、锅底状筒状灰坑、房址、灰坑等遗迹及石器、骨器、陶器、玉器等先民遗物。石器如：石斧、石环、石凿、石锛、石锤、石刀、石纺轮、压制的燧石镞、扁平石斧、柳叶形石镞、石镰等。骨器如骨匕、骨凿、骨锥、骨簪、骨针、骨镞等。玉（石）器为小件，仅在墓中出现，有的置于人骨头部，有的置于腰部，有的含在人口中。陶器种类十分庞大，有彩陶盆、彩陶钵、彩陶碗、直腹缸、鼓腹弦纹罐、小口尖底瓶、泥质小口罐、侈沿深腹夹砂缸、双钣金耳鬲、斝、粗柄豆、尊、瓮、甑、高领鬲等等。经历了陶器从泥质彩陶、夹砂彩陶、夹砂灰陶、泥质灰陶的质地发展和手工盘筑、慢轮、快轮制作技术发展的人类制陶历史。墓葬大部分属于晚商时期，其中随葬品很少，陶器每墓仅出一件，非鬲即豆。有两座墓内人骨下发现有殉狗的腰坑。

遗址的内涵从社会形态上经历了原始社会时期的母系氏族社会，父系氏族社会及奴隶制社会的早期阶段——夏代、商代。

考古结论认为：晋中（乃至内蒙古南部）的考古文化，在仰韶文化时期，与陕晋豫地区同时期表现的文化特征，共性是主要的。而进入龙山文化时期后，个性即地域性突出。表明在这个地区内存在着一个相对独立的考古文化，存在着考古文化区系类型的问题。

三

这就给我们拓展了一个崭新的思维空间。"相对独立"是否意味这个时期这一带与外界缺乏文化交流？杏花村遗址商代（甚至周代早期）遗物至今未发现青铜器，似乎也能说明这一点。那么，是什么原因导致存在着这个"文化区系类型"呢？我们尽可以展开遐想的翅膀，想象当年的生活情景。按照考古地理分型，笔者猜想当年山西霍山，在地理上是一个人类难以逾越的障碍，导致分别形成了不同的文化形态，也导致"杏花村人"与其他地域相比发展滞后，难以过渡到所谓"青铜时代"，而被当时的文明所遗忘。这样想，是否更便于理解"打开灵石口，空出晋阳湖"这样一个千年百代流传的民谣呢？

让我们还是回到杏花村里来。

这群原始人类在今杏花村一带看到了这里优越的自然地理环境，发现这里尚是一块"无人区"之后，他们高兴极了，嬉笑着、追逐着，手拉起手，围着篝火，跳起了从他们那里带来的舞蹈，打闹了整整一个通宵。"咳哟"声和火光引得各种野物们不能安睡，在树枝间和山顶上偷看他们喧闹的场面。

第二天，在女酋长的安排下，男人们外出捕猎、砍伐……女人们制陶坯、烧煮食物……各司其职，把从他们那里带来的文明种子，播撒到这块荒蛮的土地上，"白云生处有人家"了。从此，人类的炊烟和熟肉的香味，开始在这里的上空飘荡。由于农业生产的需要，他们必须定居下来，建立固定的村落。所以，他们开始驻扎下来，在尽量满足饮食需要的同时，有计划地开始了房屋建造、村落建造。他们选择到既近水向阳又平坦的地域以后，开始用石斧等简单的磨制石器砍伐树木，一把野火燃尽土地上几万年的有机遗存，按照他们原来的做法，建造半地穴式、地穴式房屋。当时的房屋大体分为圆形和方形两种形式。方形的多为浅穴，通常掘50—80厘米深，门口有斜阶通达地面。浅穴四周的壁体内，紧密整齐地排列着细木柱，用编织和排扎的方法相结合构成壁体，再涂以草泥，支撑屋顶边缘。房屋中都埋设粗木柱直通屋顶，屋顶或为两面坡形或为攒尖形，用干草、草泥铺敷。圆形房屋一般建在地面上，直径4—6米，周围密排细木柱。柱与柱之间编结成壁体。室内的柱子多寡不一，高低参齐，形成圆锥形或坡形屋顶。无论何种形式的房屋，室内都有火塘，供取暖和烧煮食物用。

房屋建造完成后，形成了规则形式的村落，满足了全族人居住的需要。接下来，他们在房屋之外，留下一大圈开阔地，用栅栏将开阔地围起来。他们又组织力量，建造公共陶窑，烧制足够他们使用的陶器。他们留下公共墓地和耕种地的区域，供他们以后使用。村落以外的广袤的原始森林，既是他们与其他氏族部落之间的分界，也是他们获取各种动物的根据地。

过了许多年以后，他们的家园修造工作终于完成，开始过上了相对安定的日子。一切劳动都是集体化的。集体捕鱼、集体猎鹿、集体耕种、集体制陶、集体吃饭……他们必须不断地劳动，必须亲密无间地生活在集体之中，才不至于饿死、冻死或被野兽吃掉。这些几乎赤身裸体的人们过着平均的、单调的，似乎又是无忧无虑的日子。

食物充裕的日子是他们最幸福的日子。闲暇之时，他们回忆起教会人们钻木取火的"燧人氏"，"尝百草""作瓦器"的"神农氏"，教会他们营造房屋的"有巢氏"，以及威信非常高，能力非常大的"尧"。他们絮絮叨叨着这些十分了得的英雄人物，幻想着"后羿射日"和"嫦娥奔月"的故事。虚幻的传说激发他们的创造欲望，想象中成长着自己无边的神力。

他们认为人和动物都是有灵魂的。所以，他们把死人都埋在一处，让他们在"阴间"互相照应。他们把早夭的小孩放在陶瓮里，埋在房屋周围，还要在上面开个小孔，让小孩的灵魂能够自由出入，随时回到母亲身边来。他们集体认定一种力量无穷的动物，作为他们的"图腾"，出征前或某些重要时刻进行顶礼膜拜。

年复一年，人类进入了龙山文化时期。由于男性在生产生活中的重要性越来越明显，他们捕获或收获的食物直接影响到氏族的整个命运，所以，男性地位逐渐提高，直到占到领导者地位，社会形态从而变更为"父系氏族社会"。

杏花村人依然在这块黄土地上坚守着。

四

为了能更真切地想象当年人类的生活情景，我们不妨编一个故事，那个故事发生在龙山文化时期的某一天。那是一个阳光明媚的日子，杏树的杏花已经败落，树枝上挂了樱桃大小的果实，小生物们已经忙忙碌碌地务作它们的营生，显出一如往日的辛劳，放牧的、种粟的、捕鱼的……

捕鱼的男人堆里，有一个名唤大乙的后生，比别人表现得更为出色。他凭借自己的好水性，不停地往深水中扎猛子，多少撒网的人劝都劝不住他。岸上的盆里、罐里，是一条条活蹦乱跳的鲤鱼、鲢鱼在做垂死的挣扎。男人们正忙着整理麻线织下的渔网，看着今天的收获，都喜上眉梢。

夕阳的余晖给这里镀上了一层羞答答的红晕,男人们急切地要与他们心爱的女人相会。

大乙的脸色有些泛青,尚有寒意的湖水令他浑身瑟瑟打战。他又一个猛子扎下去,等他再次浮出水面时,手里举着一个巨大的河蚌,脸上泛出灿烂的光来。大家急忙接应他,早有手快的把巨蚌接过来扔进了藤子编织的篮子里。大乙有些恼,夺回巨蚌,"腾腾腾"地一个人先走了。

杏花人的部落里,一群妇女在老酋长的率领下,正跪在陶窑边,仰望着天,口里在诵着什么。小孩们跟在妇女后面,模拟着大人们的举动,显得十分滑稽。祈祷结束了,须发皆白的老酋长一声令下,陶窑门打开了,露出一排排完整的灰溜溜的陶器,人们一阵欢呼。当人们抱出那件大个的"蛋形三足瓮"时,人群中又是一阵欢呼。

原来,在几个月前,老酋长派阿西姑娘专门去了一趟峪道河人居住的部落里,学会了制作大件陶器的本领。这"蛋形三足瓮"就是阿西姑娘靠新技术制作的第一件产品。

就在这个时候,大乙扛着那个巨蚌回到了村里,来到陶窑跟前。谁也没有见过这么巨大的河蚌,大家都用羡慕的眼光看着他。大乙直通通地走到阿西姑娘跟前,把巨蚌放在阿西脚下,手搓着手,"嘿嘿"地笑着。

大乙看下阿西姑娘已经很久了,可她周围总是有一群追慕者,对大乙爱理不理的。

打鱼的后生们也都回来了。他们把盆、罐、篮子摆在新制出的陶器旁边,和女人们交流着今天的故事。于是,大家围着大乙和阿西,手拉着手,跳着"咳哟"舞。小孩子们见大人高兴,也莫名地兴奋起来,在人群里钻进钻出,把地上的红烧土和成泥,抹在身上做鬼脸。

阿西姑娘终于正眼看着大乙,脸上露出了笑容。大乙看见阿西同意接纳自己,一下把她抱起来,在人群里嘶喊着,旋转着,人们把采摘来的鲜花向他俩抛去……

月亮渐渐地升起来了，洒下一地银灰。家狗们在房屋之间逡巡，探听着人间的秘密。

第二天，大乙用那个巨大的蚌壳磨制了两把蚌刀，佩带在自己身上。磨制了一堆七彩发亮的蚌片，用麻绳结起来，挂了阿西的脖颈下。人们议论纷纷，告到了老酋长那里，要求老酋长重新分配。可老酋长说了好几回，大乙和阿西总是爱理不理的，拒绝上交。

本来，这些事，那时是有"规矩"的，老酋长能用驱逐出族的方法惩罚他们。可他听说别的氏族里也有这种事，别的酋长都是睁一只眼闭一只眼的，便好言安抚众人，制止发生流血事件。

打这以后，人们对老酋长有了看法，男人们把外面得到的好东西都藏匿到自己屋里，偷偷享用。

不知又过了多少年，人们纷纷传说，人世间出了一个能导水疏流的大英雄，名唤"大禹"。每个氏族都像神一样来崇拜他，他要多少劳力，氏族酋长们便派多少劳力给他，供他驱使。这大禹不负众望，已经治理好了很多河流，使那里生活的人们受益匪浅。

禹生了个儿子叫"启"，他没有继承父亲治河的本领，却学会了管人的一套，各个氏族部落经常受到他的勒索。人们念起他父亲的功劳，不去难为他，而心中更怀念以前的"尧""舜"和"禹"了。

这个时候，黄河流域算是正式进入夏代——奴隶制社会的萌芽时期了。以后几百年，随着城市和宫殿的出现，人们贫富差别的出现，人类新的文明取代了旧的文明，新的野蛮取代了旧的野蛮。

杏花村遗址下的陶片仍在阳光下无言，一如五六千年前的它们。但陶片上的指纹、篮纹和各种印纹，以它们特有的时代标志，证明着远古时期人类的一段真实历史，让后人去研究它们，凭吊它们。

2004年元月

雁归来

云中谁寄锦书来,雁字回时,月满西楼。

——李清照《一剪梅》

好像好多年没见雁阵了,那长长的排成"一"字形"人"字形的雁阵,那不断发出"伊啊伊啊"叫声的雁阵。早春或者晚秋时节,不经意间抬头看时,或南来或北往,雁阵如诗一般写在天空,悠悠飞过,偶看见它们"一"字形和"人"字形的转换,留给小孩子们无穷无尽的遐想。大雁啊,你何时才能在我们身边驻足?

大雁的故乡在西伯利亚,站在汾阳的土地上看到大雁时,那是它们趋温迁徙的匆匆身影。而在明代,热情的汾阳确曾挽留了一对大雁,长久傲立于汾阳北门城墙,成为汾阳城的标志,成为汾阳人梦中的故乡情结。近五百年过去了,除了《县志》上的点滴记载,那对带有神秘色彩的铁雁似乎与古城的城楼一样,消失得无影无踪了。

铁雁驻足汾阳是一个特定时代的特定产物。

明嘉靖年间,汾阳民间盛传"石雁照汾州,清官不到头"的民谣,起因是城北子夏山峰峦掩映,有雁阵形象——推测当是从风水先生的言论传开来的。而说到风水先生,必须要说明的是,在那个年代,他们是有着极其特殊的地位的。嘉靖皇帝尊道教、敬鬼神,一生乐此不疲。他不仅本人信道,当上皇帝以后,还要全体臣僚都要尊道,尊道者升官发财,敢于进言劝谏者轻则削职为民,枷禁狱中,重则当场杖死。在这种历史背景下,全国范围内崇道信风水的氛围是不难想见的。而在官僚群体性崇道不事正业的情况下,边防和海防都屡遭险境,吏治更是十分混乱。应该全国都处在"清官不到头"的境况之下罢!而当时的汾阳更为特殊的是,小小城里从明初设庆成、永和两个藩府府邸开始,到嘉靖时其族裔已枝繁叶茂,皇亲满城。宗人凭借自己的特殊地位,不但屡屡滋事生非,且屡屡干预州县办公。历任州、县官因位低权轻,无力弹压,只得委曲求全、禁声无为。百姓有理无处申,有冤无处诉,更是黑云压城。真是官民交患。

而在这种背景下,也许是在一个风和日丽的下午,汾州知州刘一佺先生满怀郁闷之气,站在北门城墙,遥望子夏山的雁阵,忽然想起了那首坊间盛传的民谣。我想,在他闪过这个念头的时候,马上又会想到造访风水先生,寻求破解之法。于是,在他的授意和支持下,匠人们日夜劳作,一对铁雁伫立在了汾州城城墙之上,与北方的子夏山石雁阵遥相对望。铁坚于石,使用铁铸,大约是相克的意思吧。随之又生一谚或又造一谚云:"铁雁镇石雁,清官永不断。"与上句一起,形成了一首完整民谣。而让这民谣能够传下来的主要原因,是知州刘一佺铸铁雁后,随即官晋一级,升任道员。这个巧合,使得历代地方官对铁雁情有独钟,保护之、歌咏之。而民众,似乎也对铁雁的神力予以认可,成为汾阳人心目中的护佑神。

从此,铁雁站立汾阳城头四百余年,与汾阳城结下了割不断的不解之缘。

清代康熙间,风坏铁凤一只,平遥县令急为补铸。

嘉庆间,再坏。汾州府知府岳祥继铸。其上刻铭文曰:"大清嘉庆二十一年六月吉日铸造。平遥县合张家砂院金火匠人净揽到汾州府新铸铁凤凰一对,言定价钱伍百千整。"

清代约咸丰年间,铁雁已成汾城一景,汾州府知府象曾作诗:

铁凤歌

西河环绕山崔嵬,撑空一气排云开。

斜抱郡城走东北，忽然掉尾峰峦回。
峰峦回处峰形幻，何年叱石成群雁。
其羽戢戢风载飒，俯瞰城中官民患。
官民交患何可当，熔金为铸双凤凰。
廉吏精诚资捍卫，山灵慴伏报嘉祥。
我闻雨旸占时若，遂有大鸟巢阿阁。
上翔千仞览德辉，陋彼堂成来燕雀。
又闻化洽风俗移，时有鹭鹭鸣西岐。
集日归昌晨应世，凡羽岂敢争雄雌？
劫来雉堞周遭步，摩挲古物增遥慕。
绣起斑驳具神威，阵字微茫堕烟雾。
谁与作镇挽颓风，前有刘公后岳公。
鹗荐鹏升略相似，蝗迁虎渡将毋同。
新词欲倩杨雄吐，志未全伸借诗补。
凤兮凤兮用为仪，永奠此邦万万古。

约清代光绪年间，李荣达再写《铁凤歌》一首。

汾郡多山，北山崖石错互，有似雁形。俗谣云："石雁照汾州，清官不到头。"明太守刘公作双铁凤于北城上以镇之。嘉庆庚辰，太守岳公继铸焉。往岁，西河书院以之课士，象思斋郡伯有拟作一篇。偶与友人谈及，因亦作此。但词旨支离，恐无当于大方也。

我闻汉时凿昆明，跨池刻石腾长鲸。
又闻将军马新息，爱马熔铜作马式。
良马备战争，长鲸吞巨浪。
熔铜刻石总徒然，盛世文明非所尚。
君不见，丹穴山头九苞禽，时清鸣集高冈上。

> 吾汾形胜号名区，城北林峦互郁纡。
> 何时石化随阳鸟，传遭难还合浦珠。
> 贤守因之捐鹤俸，城头特铸双威凤。
> 借把民谣一涤除，至今美迹人争颂。
> 当年手握王麟符，爱民何异凤将雏。
> 不比鹰雕徒捕击，戴仁佩义民讴衢。
> 永泰门高霭紫氛，朱楼飞翼本齐云。
> 一从作镇蹲灵鸟，瑞日时含五色文。
> 五文祥彩照清宇，岳公远继刘公武。
> 清风一鹤早高骞，德辉共欲昭千古。
> 律协归昌传雅乐，新歌漫拟资扬搉。
> 况值熙朝德化隆，伫见鸣岐来鸑鷟。

笔者不懂诗，感觉不到这两首诗的妙处。但不可思议的是，从史料里留下来的民谣和后来民间的说法，它的称号都是铁雁，而在这两首诗里，这一对飞鸟却变成了铁凤凰。

不管铁雁也罢铁凤也罢，年轻的汾阳人是没有见过的。约在20世纪50年代初，铁雁被调到太原市新建的迎泽公园，成为北门一景。但又不知何年，这一对铁雁竟从迎泽公园悄然飞去，莫名所终。公园管理人员漠然回答曰：大概是五八年大炼钢铁毁了吧！曾经的铁雁和雁城变成了传说，一个有史料无实物的传说。民国间王堉昌的《汾阳县金石类编》虽然对铁雁有着十分具体的描述，但因为术语的模糊，人们对铁雁的想象终归是模糊的。留在人们记忆里的，一个是汾阳橡胶厂的铁双雁商标，一个是用以冠名的铁雁焦化厂。

所以，坊间茶余饭后，人们又会议论纷纷。

随着我国对外开放程度的不断提高，大约是2003年，我们欣喜地看到了从大洋彼岸翻拍回来的一幅照片，原铭义中学的两个美国外教身后，赫然是一只铁雁矫健的身影，那种圆梦般的感觉马上让所有看到照片的人啧啧有声——铁雁还在！铁雁还在！于是，作为封面，后来的《汾州乡情》予以刊发，让更多的汾阳人一睹为快。而从这张照片上，我们也的确发现，铁雁原来就是铁凤凰的形象。古朴的凤凰造型，具象中蕴含着许多抽象。而随着中美交流的增多，老照片不断被翻拍回来。我们发现那照片不仅一帧，不仅一个角度，这就为我们全面了解铁雁的造型和其他元素洞开了一扇窗户。

2009年冬，汾阳监狱段城墙修复完工并开工复原建设城楼之际，市主要领导从复原古迹、尊重民意的角度出发，拟重铸双铁雁于北城墙之上。我们接到任务后，首先对手头图片进行了认真研究，按照原底座砖的层数和人高的约数，大体推理出雁高3.6米许，勾勒出了简单的仿制图样。因要求时间紧，不顾6下大雪道路积冰，到文水、访交城，到处寻访铸造厂家。但想不到的是，这些厂家对这桩生意并不热心——后来才知道，一般厂家是不愿意接这种带有一定色彩的标志物的活儿的。2010年正月，经介绍，晋南襄汾县一家工艺厂表达了意向，经政府采购，终于签订了合同。

历史上铁雁曾两次颓坏，经邀专家研究，怀疑主要是腿部锈蚀所致，但古代冶铁技术的低下也是主要原因。所以，这次重铸，没有按照古代工艺，而是采取了合金技术，原料中加入了锰、铬等成分，并在铸件完成后进行了抽样检验。而在尽量保证腿部直径不破坏整体形象的情况下，采用了特殊材料，并在雁体上增加了风孔。同时，对城墙地基进行了钢混结构的大面积处理，并与雁身进行了内部同材料连接，形成了一个占地15平方米的铁件统一体。

值得一提的是，当铸造方按我们的图纸出来3.6米高的泥塑小样时，同行审稿的三位同志左看右看总觉得不对劲，不知是颈短了还是身大了，感觉很不协调很不舒服。想来想去，问题就出在按照片比例将尺寸放大上，即使当时使用的是标准镜头，形象原来也是变形的。后来经不断调整，铁雁增高至3.81米，参照照片上雁与人的关系，才最后确定了它的造型。

铁雁开光剪彩已有时日。如今,双雁昂首面对巍巍子夏,它赋有的不仅是那个优美的传说,更是汾州辉煌的一个象征吉物。古人认为大雁是五常俱全的灵物,仁,扶弱济困;义,从一而终;礼,行而有序;智,遇敌有方;信,迁徙有日。而凤凰,更是中华民族的神鸟,华夏图腾。无论它们是雁是凤,都将预示着汾阳的明天更美好。

在此也盼望随着环境的改善,天上的大雁春秋鸣啾,摆出长长的雁阵,以抚慰我们回归自然的悠悠情怀。

2011年6月5日

阳泉阳泉

汾城西南三十里有村，名曰阳泉。山峦叠起，前后如屏，一条涧河蜿蜒穿村而过。较之四邻，阳泉村久有名气。名气的来由并不是因为它的泉，而是因为多少年来一直盛产亮晶晶的煤，驴驮马拉，曾经温暖过四乡百里太多的热炕。但阳泉村得名，并不是因为煤，而是因为有数孔清泉，今天虽然大多已经销声匿迹，但村北龙王庙前的那一孔，依旧汩汩、汩汩，仍在不停涌出。所谓古人择水而居、房屋择风水而建，也许就是这些清泉吸纳了众多的人在此选址居住吧！

查《县志》，这条穿村而过的河是谓"黑岭水"，源自中阳县东，经南泉头、南广城、东村至阳泉，然后汇三泉诸水经贾壁、靳屯为虢义河，入文峪河，而后归汾河入黄河入东海。可谓涓涓细流终归大海，是水的哲学，也是人的哲学。

阳泉村煤层浅、煤质好、储量大，已有千年的采煤史。有人曾在井下的"古空"——古代的采空区里发现过宋金时期的供照明用的原始的瓷制头灯，现在为山西煤炭博物馆收藏。新中国成立初，汾阳县设立的县国营阳泉煤矿，以及汾阳第一座焦化厂，就位于这个村。小村与工业化，在20世纪，就实现了原始的联袂。

阳泉村有两千多口人，相比汾阳边山丘陵地区常见的三二百口人的小村庄，实在是不多见的，也是不寻常的，是可以证明此地地灵人杰的数字表征。穿过老街旧巷，在残垣断壁间寻古，可以发现村子曾经兴盛一时的浓郁的地方文化。在文昌阁、九江庙等数处古迹中,玉泉庵是村中第一大庙,傍水泉而建,规模宏大,佛道同堂,曾经寄托了前人无数的纯朴愿望。村中不仅有府城中明代王室子弟的踪迹,后世更有远征俄蒙的弃农从商者的记录,也有红军东征时的辗痕履印。而道光四年(公元1824年)的村办义学和道光七年(公元1827年)创建的魁光楼、供奉文昌的五云庵,足以看出前人对于文化的尊崇和对后代人才辈出的殷殷希望。《义学碑》记载:"吾乡王子学孔、学孟,素称纯厚,雅尚斯文,于是竭力以成义举。"魁光楼原有一副联云:"瓦碧琉璃,仰文光之射斗;神功显赫,赞青云之独步"都可以说是先人崇文尚德的直接写照。

2000年以后,随着煤炭价格的攀升,黑金遍地的阳泉村日夜灯火,车流、人流、黄金流滚滚而来,骤然富甲一方。在这种"有水快流"的大背景之下,村人依托资源,星月无怠,遽然致富。一时之间钱财如流、思潮如流。惊喜、惊愕之间,滔滔洪水已过,逝者如斯。笙歌渐歇,尘埃淡淡落定。恍然十年已过,古村阳泉奈何?!

今年有个闰九月。九月初九,二度重阳,又是登高的好日子。这一天,阳泉村四面的山垣上绿意犹存,新栽的果木花树依然吐翠。深秋的风徐徐而来,村东南的高阜上彩旗猎猎,悠扬的古筝曲正从勾栏瓦肆间漾溢。正是村中新建魁星楼剪彩的日子,也是村中的敬老向善节。村人不约而同,络绎而来,更让一座充满文气的小园处处生色。一座古楼、一方水榭、一段碑廊、一处展馆,不仅浓缩了阳泉村的文化,也代表了村两委的瞻望。人们登楼望远、流连碑廊,欣赏老照片,参观党史村史展,虽身处飞檐画栋之间,无不有耳目一新之感。于此,由春桥、德森二人注资的阳泉村助学基金会也正式启动。值得一提的是,这一天,村中耄耋老者也都如例领到了一份属于自己的养老金,脸上是笑容,更是发自内心的暖意外溢。令海先生的碑记有云:"登斯楼也,可尽观轩崖拱列,屋宇层叠,云烟飘渺,林麓缤纷,四面青山堪入画;壮我志哉,何敢忘凿壁偷光,囊萤映雪,悬梁刺股,卧薪尝胆,一腔热血当报国。""春桥先生慷慨解囊,躬亲督办……更有望于后之才俊,自励图强,兴我家邦，若此，则春桥先生片善之功，亦当永致。"阅碑看物，设计、建造者的慷慨和用意不言自明。不仅是在表达一种希望，更是在积淀一种价值观，弘扬一种人生观。

说阳泉，不得不说张春桥。春桥土生土长于阳泉村，身处基层中的基层。早年曾在县文化馆、乡文化站从事文化工作，而立之年回村任职，担任村支书历二十余年，治村富民政绩卓然；春桥是一个民俗文化保护者，搜集和保护了许多濒临销绝的地方文化遗产；春桥是一名公务员，在吕梁市对村干部的公务员首届选拔考试中名列榜首；春桥是一位画家，新晋中国美术家协会会员。这几种身份集于一身者，应当说在全国也属凤毛麟角。今年，春桥先生的巨幅山水画《摇篮》入选全国第十二届美展，饮誉京华、芳吐津门。他年龄未及知天命，却成为吕梁市的唯一入选者，更让此道中人敬佩有加。从做人的角度上，他能够在商场弄潮之后，政务繁忙之余，罔顾外界芬华，沉心潜志于丹青之间，取得如此成绩，可谓是德养所至、学养所现。

十年树木，百年树人。阳泉河水流不息，魁星楼香火不息。小村的植被悄然恢复，坡壑庭院又将绿意盎然。十万株核桃树是十万个希望，在梁塬上茁壮成长，闾里间鸡犬之声相闻，炊烟又袅袅地飘荡在村落的上空。变化了的是人。不仅衣着新潮光鲜，重要的是已不再固守原先的农耕文化传统思维模式，市场让黄土地上的人们变得视野开阔，商品思维敏锐，甚而也有人心浮躁、急功近利的时病侵蚀。在这种多元并存的状态下，需要领导者有一个新的高度。但文化是根，文化人是枝。魁星楼和基金会是另一种意义上的义学，小村的文脉将以兹为续，代代传承，滋养中华传统文化，展现更高层次的辉煌。

应邀参加典礼仪式，信步游览之余，良多感慨，作小文以记。

于 2014 年 11 月

一个小村庄

车子沿着很窄的村通公路,曲折地行进在黄土原的边缘。一旁的酸枣丛,古人所谓植物中的"棘",树皮已经不再灰暗,泛出很亮的光泽,好像最近就要吐翠了。一层一层的坡地随着车的起伏而起伏,地里没有人,也还没有庄稼,有不少还没有绿叶的核桃树泛着银色的光。一路上,几乎没有碰到一个人。不知走了多长时间,车子终于到站,停在了小村的村口,一座小小的庙宇前。

其实,这个偏僻的村子这个小小的庙宇我已来过多次。

原因是这座很有特点的小庙。一是坐西朝东;二是正殿、配殿、献殿、乐楼、山门一应俱全,格局完整;三是从顺治年的始建碑到民国的维修碑有序存世,谱系无缺;四是主殿的三壁满绘了壁画,使庙宇充盈着艺术气息。

山门并没有上锁,暗示着路不拾遗的村情民风。我们在空无一人的古庙里,找到了平遥剧团于"宣统四年"在戏台上题写的海报,让人马上想到了古人信息的闭塞;在正殿的壁画中,看到了关帝寝宫的生活情景——有琴棋乐舞的一面,也有如家居一样的"宴饮"一类的生活场景。最有意思是正壁右侧的"尚食图",画了发面、揉面、成型和蒸食的整个过程,特别是高达四层的大竹屉蒸笼,似乎里面的馒头已经熟了,散发出诱人的麦香味儿。这种把神仙民俗化的画法,也许只有在这些山乡僻野才可以看到吧!

门外，有一只失伴的石狮，很残破，另一只已被人偷盗。有一个很大的磨盘、一个"槽槽碾"的石槽、两三个碌碡。有意思的是其中一个红砂石的碌碡上竟然在侧面刻了文字，写明是"嘉靖五年×月×日温大江购买"。

这时从村子方向走来一个老者。老人步伐稳健，个子很高，脸色红润。最显著的特点是眉梢高翘，已然全白，正是传说中的长寿眉。一问，已八十九岁高龄，耳不聋眼也不花。"不死，没办法。"他说。

这个村子名刘家庄堡，是典型的堡寨文化的产物。当年，边山的很多村都筑有自己的堡或寨，它们大多离村数里开外，有明显的防匪性质。这个堡子修建在一个三四十米高的断崖之上，北、东、南三面都临深涧，只有村子以西连接着它的母村——刘家庄。

这么偏僻的一个地区，怎么会有匪患呢？难道是刘家庄人特别有钱？最特别的是，这个堡子的东门位置，不但夯筑了很高的堡墙，还包了青砖，这在当年是要耗费巨资巨力的。而东门夹在对峙的两墙之间，下为门洞，门扇虽已失毁但坚固的门闩石仍赫然在目。门洞顶上是一个砖砌楼阁，不但有瞭望窗，居然还筑有土炕。显然，这里是有保安人员长期定居的。对于这个堡的疑问其实在我心底已经很久了，这一切究竟是怎么回事呢。

是老人们的言谈解开了这个谜。

原来，这个断崖的东面和北面，在1921年以前，曾经是通行了数千年的官道——晋陕古道所在。从平遥和介休方向络绎而来的货物，正是从这个断崖之下，一路向西，走碛口行军渡过黄河而达广袤的榆林和延安地区。眼看着脚下这条已全部耕地化的涧沟，我的耳边似乎响起了"叮叮当当"的驼铃声。

"以前有个说法，驼队的骆驼不管死在谁家的地界，都不得拉走，都是由当地人分而食之。我小时候就吃过老死的骆驼肉。"

"当年下面有道场庙，也有旅店，很繁华。"

古道、堡寨、破庙、土匪，这些词联系在一起，脑海中的古代生活画卷越来越清晰起来。

"有一年的一个晚上,一群土匪攻打堡子,一直打进了堡门,突然发现门洞里关公手握青龙偃月刀,怒目而视,于是土匪吓得不战而退。村人为了纪念,就建了这座关老爷庙。"原来这小庙的兴建也与当年的匪患紧密相关呢。

"堡与庄是什么关系呢?"

"原来这里有一块嵌石,清朝年间取了。"老人指着墙上一处明显改变过的痕迹说"当年堡是受庄管的,后来堡里的人不愿再受管制,就在庙里议事。这块嵌石上有庄管堡的制度,所以村人就把它撬走了。"

原来这个痕迹竟是堡里人寻求独立的实证。

听了这些娓娓道来的故事,刘家庄堡的形象一下子丰满了起来。谁说过,一个村庄就是一本书,其实,何止是一本书呢!

这个村子还有很多的秘密,比如长寿老人多、比如家家院里都通地道、比如现在原住民已不足三分之一等等,等等。

解开这些谜,其实是很有意思的事。我想。

2014 年 4 月

饮茶说汾

坐在暖暖的办公室里,看窗外寒风正急,枯枝落地、尘埃升天。手中捧一杯绿茶,热气氤氲,温热透过掌心,慢慢地传到人的身上、心上。玻璃杯喝茶,妙处多多。一注开水下去,看那茶叶一边舒展,一边在水里上下翻腾,茶色缓慢地在洁净的水里洇了开去,正是一派参不透、看不够的好风景。

外省人有开门七件事,柴米油盐酱醋茶之说法,我在汾阳故土似未听过。但这七件事确乎是汾阳人必办的。与外县之区别就在于一个字:茶。

因为下乡的缘故,常常能亲履乡间。日积月累,发现如今村人上地与以前已经大大地换了风景。到了耕锄节令,在一片绿茵里,单家小户的三两个红男绿女,在田里忙碌,这风景最能让人怀想起远古的农耕时代。而最有汾阳特色的,便是在田间地头,总有一个或数个用大罐头瓶改制的茶缸与一应杂物搁在地头,几片茶叶飘浮于水上水下,与红红绿绿的衣服相映成趣。于是想,这便是汾阳农民了。而这一点,实际上又常常招人闲言。为什么呢?比方汾阳的建筑工人也因习惯了茶不离口,即使在很忙的时候也要来两口,然后品一支烟,大大地降低了工作效益,让老板很不高兴。无论富贵与贫贱,都有须臾难离的茶缸相伴,都有端起来放不下的"茶架",不知是从哪朝哪代便流传了下来。

小的时候,在"文革"时期的汾阳农村生活,基本把吃是当作第一位的,茶不茶的不甚要紧。放学了,在家是一瓢凉水解渴,在拾柴割草的田野里,是拂开飘游的孑孓,一捧河水当茶。只知大人在家里是不喝白开水而是喝茶,茶是大人的饮品。那时的汾阳人喝的大约是什么砖茶、末儿茶、圪枝儿茶之类,但无茶不足以待客,无茶也足以让外人笑话。大点儿以后到外地上学,有一个福建籍的老师,曾在汾阳生活过一段时间,课堂上对汾阳人喝圪枝儿茶大大地评判了一番,说既没有南方茶道之讲究,又有南方人嗜茶若渴之习俗,与其他地区大大地不同,深以为是北方地区的一种怪异。后来才知道,原来其实并不是如此的。后与同学交流,真的不少外地人果真还不知饮茶为哪般,才知汾阳这地方真有点不同了。所谓"何地儿家、爱喝茶",哈哈!

记得小时候看大人们喝茶的时候,说以前讲究的人家是坐八仙桌,喝什么扣碗儿茶之类的碎语,觉得真是有点故作姿态。渴了喝就是了,有什么不同?而也有人把我们趴在水瓮上喝水唤作驴饮——这是后来才知道,是一个很不雅但颇有来历的名词。无论如何,我们待客,一定是茶水招待,而且是小盅,虽然那茶是砖茶、末儿茶、圪枝儿茶,其中却有一番讲究。慢慢才知道,原来外县人待客,只是粗瓷大碗白开水一份——还真是区别大得很呐!说实话,直至现在,对这个根深蒂固的民俗的来历也不甚了解。直至最近,我到某地公干,去了一户家里,女主人很热情为我们泡茶。让我绝未想到的是,她先倒了一杯开水,许久才在水上点了一小撮茶叶——真所谓泡茶了,让我们啼笑皆非,明白地知道了民俗之反差竟如此之大。有了点年纪的时候,才发现真的茶品茶具是很有不同的,喝茶也绝不仅仅是为了解渴。想来茶这东西,还是很有讲究的。

闲着无事的时候乱翻书,看到茶之为茶,原来是有茶神的,湖北天门人,即是唐代写《茶经》的陆羽。大约喝茶之习和茶、茶具之不同经他整理之后,形成了国人喝茶的一种规范,所以后人尊之为神。再看南方各省之品茶,原来十分繁复。三村龙井为绿茶之首,又有毛尖、铁观音什么的,更有奇特的擂茶等等,实在是一门大大的学问了。而在看书之后，总是忘了大半内容，把对某茶的某些喝法忘它个基本干净。但没有忘记龙井有"一旗一戟"的说法。可在汾阳乃至在外地，喝龙井总看不出有什么"一旗一戟"。敢情是因为没有用虎跑泉的水？记得有一年恩顺兄从京归汾，从一小麻纸包中撮出"据说是龙井"的茶，用汾阳水泡了，却真正见了所谓"一旗一戟"。那茶叶在水中上下飘，有的张开如一面旗，有的顽固不化如一支戟，绿在水中慢慢地散开去，味慢慢随汽从水中蒸发出来，一时茶香满屋满嘴——果然是好茶。所以知道市面上所谓龙井基本上是假冒品也。也进过不少北方茶馆，茶的花样倒是不少，环境倒也不错，可总是觉得那茶饮之道很是做作，太不自然，目标明确地盯向人的钱包，对于茶之品人之别并不深入考究，所以也便努力不去了。

而汾阳饮茶之俗依然。酷夏，借一杯清茶消暑；寒冬，凭一壶红茶取暖。茶给予人的通体舒泰，无物可替。在茶品上，早已远离末儿茶、圪枝儿之类，分清了红、绿、花茶之别，也有了个性嗜好。但是，确实较之南方茶乡，从茶具到茶质，我们仍是一种还很低档的讲究。没有见过茶树的人品茶，总是难得要领的。可见要提升我们祖传本领的品位，还有不小的距离呐。

2006 年 10 月

第三编 野趣

半亩方塘以及其他

朱子的"半亩方塘"一诗,一经着墨,便遗芳后世八百年。诗名谓《观书有感》,才知朱大才子原来既嗜书本又多神思,能够将一本书幻化做一方水塘,给读者也带来了无限的遐想。真也得感叹这神思,让"源头活水"在书肆刊刻、在乡坊流传。

与先生大反其道。昨天的我,没能在书中看到"天光云影共徘徊",而只是看书看到瞌睡。于是乎神游物外,看着窗外暖暖的阳光,忽然想起了早天钓友说的某地之一小水坑,鲫鱼频出,大可解屈居斗室无所事事之烦闷。于是驱车先柏油后水泥再土路,直至蜿达。

此地位于两县之交界,距两端的县城均有三十多公里。一般而言,两城之间,要么是一个大的集镇,要么就是人烟特别稀少的地带。这里属于后者。这个传说中的水坑圆形,四周全都是庄稼地,它甚至离土路也有百十米的距离,给人一种隐蔽而秘密的感觉。按照方塘圆池的说法,它应该算作一个水池。四周是一排不知何人在何年栽种的杨树,零星而错落,不甚规整。水池大约大于半亩,而不够一亩,轻轻巧巧,像是谁家花园里的小品。和煦的光照下,静静的水面上有小鱼逐波的水纹。

大而圆的杨树叶子偶尔悄悄地落在水面,我的投影也落在水面,载了鱼饵的钩和线也落在水面。索饵的鱼儿不断地银光一闪飞出水面,在空中划一道弧线。在这暖暖的秋末初冬,无风的秋末初冬,看水中倒映的蓝天和竖着的彩目鱼漂,心情也像哨鸽一样放飞起来。身旁的蒲草早已泛作新近时髦的土豪金色,而红蓼更也花容失色,枯萎成紫成黑,慌作一团。近岸处水底下全长着水草,像头发状的那种,软而密,依旧绿得妖艳。

一望无垠的田野,前后左右都不见人。极远处,插了一竿红旗,不知是什么个用意。村庄被岚气笼罩着,树的斜曲的枝干伸出屋顶,和方正的房屋剪影掩映,绘成一幅有些古典意蕴的黑白图画。半亩圆池周围的土地,大多被拖拉机深翻过了,黄褐色,偶有一枝没有被翻进去的玉米秆从土里伸出手来,像在证明它曾经的存在,又像在展示它孤傲的不屈。有逶迤的田埂和土路,也有被修整得规规矩矩的水渠,还有仍在不停落叶的杨树柳树。干渠上的一处提水闸和桥梁,都是青砖而非红砖筑就,装饰图案居然还是四十年前那种用水泥塑成的五角星。这里,开发和工业化的时光似乎走得慢得多。

看来,僻壤有僻壤的好处,它不会轻易被时潮所感染,它能够更好地封存历史。看着这些原状般的实物,回想自己曾经的经历,不禁有恍若再世之感。可以把这种宁静的不变比作天,外面的世界比作地,正应了《西游记》所云"天上方一日,世上已千年"了。

圆池另一侧,两只肥硕的野鸭也许是受到了我的惊吓,从圆池的蒲草里,"扑愣愣"地飞上了天空,向着染了红光的太阳飞去,反倒又把我吓了一跳。这可真是上了书的,虽然不见"秋水共长天一色",倒是真切地看到了"落霞与双鹜齐飞"的胜景了。鹜者,野鸭也。

村里无风,城里原来也无风。沿街的风景实在有些好。胶东卫矛由翠绿变作墨绿,紫叶小檗的颜色更加泛红,错杂着,使街面在宁静中又有些热烈。草坪自然还绿着,松柏自然还绿着,而作为行道树的国槐,长长的两排,叶子则全是金黄金黄,和地下的落叶一起,扮出一份宁静来,让人自然联想到了写俄罗斯秋天的油画。

往年,风大雪急,室外或霜打梧桐叶寥落,或秋风扫落叶枝丫遍地,或早已白茫茫一片,成就了一个冬天。那啸叫的北风,似乎没个停的时候,让人不得安生。

而今年真的很宁静。宁静就好，宁静真好！宁静延长了生物的生命，宁静让生命的色彩更加斑斓。路灯突然一下子亮了，把光倾泻在市街上，让街道、花树、楼房和行人都晕了一层暖色调，调和着一种舒适和慵懒。路人们不急不慌，慢腾腾行路，似乎在尽情感受着这份天地相宜天地相和。

幸福来自于慢节奏，来自于心满足。这样真好，我心说。

2013 年 11 月 11 日

春天的味道

如果有时间,我想,我们还是走进春天里去吧。

今年的春天,有点不平凡。气温一直维持在高端,虽然还不到三月底,高温就到了二十几度,且极少有尘土纷扬的大风天。所以,小城的日子,整天感觉都是暖洋洋的。上下班的路上,都可以嗅得到徐徐南风带来的,野外嫩草芽在太阳抚慰下的香味儿。

周四的晚上小雨淅沥了一夜,周末的阳光依旧挺好,于是一大早就换了一身休闲的服装,和朋友走出慵懒而疲倦的小城,去寻春。春天的气息笼罩了四野,有杨和柳的初叶在蓝天的背景上画出了些鹅黄嫩绿,有农民在泥土芬芳的田野上扬鞭吆牛,最多的是一丛丛各色的野草冲破了地皮的封锁,一下子绿出地面。也许是因为它们忍受了一冬的委屈,也许是它们积攒了一冬的能量,这些新绿无不在显露出生生不息的勃勃生机,与惺忪的土地一起,正在等待一个新的年轮的诞生。

我们不是来踏青的。我们要在春的芳菲中,寻找春鲜——据说,随着时间的富裕和食品的不可信赖,寻找天然野味的人很多了。

我想,当年神农氏也许就是在这样的一个春天走进了田野,遍尝百草,用舌头分辨出了药材和蔬菜,给后人留下了永远的财富。

荠菜。荠菜果然如人所愿,因为一场小雨而蓬勃起来。叶子变得肥肥大大,有些急性的,甚至已经开出了小白花。我用了一把匕首刀,朋友用了一把小铁锹,很快每人采割了一大包。"春日平原荠菜花,新耕雨后落群鸦"正是描写这几天的景象吧。荠菜的分布遍及全国，是自古以来就一直食用的蔬食。《邶风·谷风》："谁谓荼苦，其甘如荠。"是把苦菜渲染得与荠菜一样好吃了。但不知从哪一代起，我们这里的人已经把它能够食用的特点给忘掉了，所以大部分人并不解它的风情。其实它不仅味美，还是一味利肠的中药呢。正挖荠菜，就发现了瘦高的绿绿的薤。

薤。一簇，在一旁恣意地长着。于是，用刀探进深土里，挖它出来。《薤露》："薤上露，何易晞，露晞明朝还落复，人死一去何时归？"多少年来，一直是悲情文学的代表性植物。老作家汪曾祺说过："我又想到汉代的人一定是常常食薤的，故尔能近取譬。"与荠菜一样，它应当也是神农氏尝过后定型的菜品，不仅生长区域广大，而且，也有很好的药效。叶浓绿色，细长管状，三角形截面。叶鞘抱合成假茎，基部形成粗的鳞茎。鳞茎球形，很像大蒜又像是葱头，白色，是主要的食用部分。

描述到这里，大家应该明白了，其实它就是人们说的小蒜。它还有个很古老的俗名，晋北地区叫藠头。

于是干脆一路剜去。这时，在它的旁边就又发现了一种古老的食材——茵陈。

茵陈。《诗经·国风·采蘩》："于以采蘩，于沼于沚；于以用之，公侯之事。于以采蘩，于涧之中；于以用之，公侯之宫。"什么是蘩？专家考证，即茵陈也。因其经冬不死，春则因陈根而生，后人故名因陈或茵陈。其实就是我们所说的白蒿、蒿团团。全国各地均有分布。主产于山西、陕西、河北等省，是我们的看家菜了。

但实际上，茵陈一般是用来作药的，新鲜的时候方才作菜食用。李时珍《本草纲目》："今淮扬人二月二日犹采野茵陈苗和粉，作茵陈饼食之。"汾阳民谚好像是这样说的："三月茵陈四月蒿，五月茵陈当柴烧。"说明了它在一年中的成分是变化很大的。但当菜吃的时候，茵陈的味道好像并不那么美妙，只因它有清理体内毒素和血脂一类的功效，所以近年似乎很走俏于民间餐桌。

柳芽。柳大约是最古老的被子植物了，与人类的关系可谓悠久而且密切。《诗经·菀柳》"有菀者柳，不尚息焉。"的关于柳的一首叙事诗，活生生地写出了远古生活的一个画面。长安的灞桥柳，更是充斥在唐人的诗篇。

低头走在田埂上，飞着的蜜蜂和什么小虫子在眼前绕来绕去。猛抬头，迎面，下垂的千万条新绿的细鞭遮在眼前，闹出了一片春意。是柳枝儿，它们是春天最早最忠实的使者之一。那些像茶芽一样的嫩芽，和一枚枚小棒槌似的雄花，吊在空中，不仅写意了春天，还勾起了人的馋欲。

于是，我们找了一株长成灌木形状的小柳树，上下其手，捋了一包嫩芽。印象中，它的味道苦丝丝的，应当是败火之良药吧。

过了一道又一道田埂、河渠，一处池塘进入我们的视线。我们的目的，不是戏水，而是蒲菜。

蒲菜。蒲草虽然是一种极普通极常见的水生植物，但想不通的是汾人竟多不知其名。《诗经·陈风·泽陂》——"彼泽之陂，有蒲与荷。有美一人，伤如之何！寤寐无为，涕泗滂沱！"写蒲草掩映着的古典爱情，品读，直让人唏嘘不已。明朝顾达诗曰："一箸脆思蒲菜嫩，满盘鲜忆鲤鱼香。"显然，近年水域少了，水草也就少了。想起其实小时候似乎家家都还使用蒲团、蒲垫一类，可见近年对它的利用是几乎没有的了。但是，最近听说它的嫩根是很好的食材，在有些地区食用非常普遍，而我们几乎闻所未闻。于是我们才怀着一种探幽揽胜的心理开始了今天的工作。

采蒲根居然有一定的难度。但我们终于成功，因为旨在尝味，并无人求数量。

回家的时候，包里花花绿绿竟有了四五种菜。这些菜虽然今天看来处处可见，但实际上它们都是转瞬即逝的娇客。看着这些形态各异的小精灵，胸腔中竟涌起一种收获感和满足感。不仅是我，我看见朋友脸上的笑和他脸上的阳光一样，也是明媚四射了。

凭这些春鲜,想来桌上可以摆出一个花团锦簇的小局面,可以配了《诗经》,抿二两小酒,愉悦地品味一回生命之乐,心里不由得温暖起来。

3月29日

从茼蒿说起

大约前十年吧,汾阳的酒店里出现了一种新的菜品,叫凉拌茼蒿。其状似蒿,其味也类蒿,味道苦中一缕清香,人们欣然受之,一直在饭桌上留到了现在。只是无心也没有探究,是否此菜已引种到汾阳本土,成了我们的本土蔬菜。

后来为催眠而检康熙《汾阳县志》,居然在物产一栏里赫然发现了茼蒿二字,吃惊不小,原来茼蒿是咱们的本土菜!又有诸如大头菜、王瓜、栗、鹅、黑鱼等物产,现在也早已不知踪迹。蔬菜固可因为人们食性的变迁或者技术的保守而渐渐为人们所忘却,那鹅、黑鱼这些灵动的物产又为什么会消失呢?听着拉煤大卡呼啸而过的声音,看着窗外飞扬的尘土,我突然想到了汾阳的生态。

水为生命之源。先不说汾阳城绿地面积的多寡与人居环境的关系,单说水,就足以让我们感到一种发自肺腑的干渴。举目四顾,周边从文水、交城、平遥到孝义、中阳、离石、方山,只是汾阳没有一座水库,有的县市甚至多到几座以上。也可见没有水库的原因并不是因为气候、因为干旱。曾经有过的文候水库、安家庄水库早已毁于一旦,传说中的罗城洼、马寨洼、潴城洼早已变作良田——据说,潴城村民当年家家习于渔业,捕捞工具至今一应俱全——当然,我们不知这些良田究竟又能产生多大的物产。古书上说的文湖东西三十里、南北十五里也罢,东西十五里、南北八里也罢,反正早就是文湖草场了。水呢?水到哪里去了呢？细想，文湖的水大部分是在20世纪50年代被我们汾阳、文水联手挡到文水峪口村了——变成了现在的文峪河水库。那是多么伟大的一个工程啊，不少人曾经在那里献出了鲜活的生命。我无意说建这个水库不好，这个水库至今对汾阳东乡的农业灌溉起着决定性的作用。但同时，这个水库也让我们少了太多的湿地，少了太多的候鸟和水产。

想起了长治、晋城一带乃至河南不少县份的生态，真是让人过目不忘，真是让人想驻足不前。长治凭绵亘数十里的漳泽水库，花红柳绿，让整个城市为之精神一振，四处郁郁葱葱，而我们只能是郁郁闷闷了。

明清两代，在生产力极不发达的当年，靠捉襟见肘的财力和原始的挖掘工具，我们曾经引峪道河进汾阳城，"环城皆水也"，护城河一片盎然，文庙前的太和桥下流水潺潺，文庙中的泮池波光粼粼。至今，城外的引水故道仍历历在目，让人感叹古人优雅而又具体的人文情怀。

有人形容湿地是"城市之肺"，所以又突发奇想，如果，如果在城西北方向辟出一处三千亩湖面，截禹门、峪道二河之洪水和弃水，形成一处生态之湖和湿地，不仅会使汾城周边之禹门河四季有水，且也能够长年引其水而溉汾城之绿。让湖水与绿城交相辉映，各色候鸟南来北往，那将是何等宜人的景象！

2007年夏

晚秋的大山

年轻的时候真是粗心,也或许是囿于一些目光短浅的功利,许多绝佳的风景常常迷失在种种不经意之中,似乎并没有在意过那些近在咫尺的岁岁枯荣。

国庆长假的末尾,在暖洋洋的光里,在果香鸟鸣中,将脚步迈向远看像画屏一般的大山深处,看秋。

黄土高原的丘陵,不是南方丘陵那种间或出现的隆起,秀丽而小巧。它一出现,便给人以一种力的征象。一波接一波的黄土,迎着车辆不断地涌来。在这不断的升高里,忽然就会出现一条多年雨水冲刷而形成的深深的、斜斜的沟壑,拥带着些杨柳一路远去。黛蓝的远山渐行渐近,青岚渐渐消褪,粗犷的线条变成了清晰的石与树,缤纷得让人眼花缭乱。车行在盘山公路上,就见雾霭从身边蒸腾而起,脚下的深涧晦暗幽深,人渐渐融入到了这无休无止的雾气之中。

翻过山梁,眼前豁然开朗。野风让这里的空气清新无比,景色一览无余。沟畔,是一陌接一陌多少年从山上冲刷下来的腐殖土,正泛着一种油亮的光。三两个农人,一边放了暖水瓶和水杯,正在挥动明亮的镢头刨土豆。金灿灿的土豆堆在一边,和人一起,构成了一幅幅劳作的写生画。旁边的一条狗,正摇着尾巴,远远地看着它的主人。而旁边土塄上有时突然就垂下三两颗红的黄的绿的南瓜,更像是这幅"日出而作"图画的注脚。偶尔,会出现一处依山而建的小村庄,显然已经很古老,青砖泛黄、门窗泛黑，饮烟正从屋顶袅袅升起。

空气里充溢着负离子的味道，野蘑菇的清香伴着这味道一起徐徐涌来。

这时候，在软软的草丛上席地而坐，看山。

山一座接着一座，纵横交错，连成了望不到头的山脉。一幅辽阔的活着的画卷舒展在面前。世界上最美丽的色彩一下子挤满了你的眼，极度招摇的红、光滑迷离的橙、金光熠熠的黄、如翡如翠的绿、柔顺而沉稳的青、浓烈黏稠的紫次第交接，由近及远，一抹一抹，随意地涂满了一座座山头。前面、后面，左面、右面，一架架山梁簇拥着，也相互感染着，烘托出一幕幕无比写实的秋的光景。斑驳？斑斓？缤纷？琳琅？面对这个无边无际的颜色的海洋，我们实在找不到一个合适的词去形容它、描绘它。眼里满满的，胸中满满的，都是那种无法表达的感受。美，原来可以这样波澜壮阔！一切的色彩都在张扬着、变幻着，显得杂乱而又有序，随着微风层层叠叠压过来，宛若山体正在行动。画卷，活了。

美，原来并不都是可以描摹的！

山根，是荆条和沙棘的灰绿，也有丁香和小檗叶子的青绿，构成一道底色，断断续续延伸开去。间或，有一枝枝红的黄的沙棘果悄悄绽露，影影绰绰，像是少女的娇羞。山腰，针阔混交，最是色彩美到极致的时候。五角枫、东北栎的红，山杨、山楂的黄，油松和白皮松的绿，一团一簇，相互依偎，在其他一切乔灌木的陪衬下，恣意地显摆着，似乎要用这颜色的迷人，来纪念它一年所增长的见识。山顶，有些早谢。那些最早得秋的树们，在尽显光华后，无可奈何地有些凋零。灰的叶子和灰的枝干，与下面的五彩争艳相比，显得成熟而低调了。这低调的颜色，又让整个画面色彩更加丰富了起来。

一条水泥小路曲曲弯弯，伸向大山深处。路旁，是一条山泉水汇成的小溪，正从草丛灌木间悄悄地流向遥远的远方。

太阳就这样懒懒地照着，山暖洋洋的，树暖洋洋的，奋争了一年的大山这时候慵怠了，在满腹感怀中静静享受这上天赐予的休闲。春天山花的烂漫已是它们心中一个久远的梦，夏季闷热时的成长让它们已经明白收获总是与消耗相伴。这个时候，它们所能做的，就是放散出最后一点贮积，让光华去辉耀这个世界。在照耀的同时，无奈地一片一片地飘零自己，以等待即将到来的西北风，在风中与寒冷相伴，度过漫长的冬日。在白雪的覆盖里，<u>一丝一丝地蓄积来年再度生发的底蕴</u>。

　　一年即将过去，我们难以说清山林给人类奉献了多少清新的空气、多少清澈的泉水。但不会忘记，树木，是人类最早最早的朋友，也是人类永远永远的朋友。

　　挖药材、采蘑菇的山民们陆续下了山，带着沉甸甸的收获和一脸的喜悦，大自然的馈赠让他们喜从心头来。年年岁岁花相似，他们在不断实践着"靠山吃山"这个留存了千万年的质朴真理。

　　三两个穿了迷彩服的人们大包小包地也下山了。一问，原来是林场的工作人员，为能够做到精细管理，正在给老树们做 GPS 卫星定位。它们一头树籽一脸汗渍一身草屑，高强度的劳动后的疲乏明晰地写在脸上。

　　在野餐的余味中，我们也踏上返程。鼻中仍然是嗅着林木的香气，耳中是叶子相互碰撞的窸窸窣窣，眼中仍旧是绵绵不绝的色彩的画面。相机上虽然定格了好多好多的山景，但是我知道，山里的秋，我们是没有办法带到家的。

2014 年 10 月 8 日

见了一棵老柳树

出城后,途观牌越野车从黄土丘陵地带的沟峡里逶迤向西奔去。前些年修的村村通公路,很窄,但基本上看不到什么人。走着走着,一个弯过去,前面突然出现了一个村庄,让人感觉很神秘。何家垣、余家垣、冯家山底……地图上见过的村名被题写在谁家的山墙上,好像要证明地图的标注是真实似的。一问,不是三十人一村,就是一百人一寨。这些不知源于哪朝哪代的村庄,现在已经基本被移民成一个空壳。而这些水泥或柏油路,在黄土丘陵间穿插,应该是山村亘古至今最漂亮的记忆元素。

迎面过来一辆摩托,后座上绑了一个大大的扁平木盒。显然,主人是一个卖豆腐的生意人。很久,又过来一辆摩托,后座两侧各绑了一个钢筋焊成的筐,放了羊皮和小羊。显然,主人是做羊和羊皮生意的。在这寂静的山道上,见到一个人,就会有一种眼前一亮的感觉。

今天真的是春意融融。温差虽然和早两天差不多大,但是,和早些年很不同的是,居然没有什么风。太阳把温暖均匀地洒在了一级一级的黄土原上,反射出来的热量,又折回到植物的体能里。黄土坡上洇出了一些绿意,古人说的"萧"和"茅"一类,旧的死了,新的,已在火烧过的地表上发出新鲜的绿芽。《诗经》和《楚辞》,依靠句子中植物的生生不息,至今仍散发陈酒一样的文学意义。苦桃花,在枝丫上灿烂得轰轰烈烈;而杏花,尚委屈做一个粉粉的花蕾。一切的生命的迹象,都在昭示着新的年度的开始。

何家垣村口有一座庙,实际上是一孔单券的窑洞。对面戏台却是三间,很不成比例,可惜两者都破烂成断垣残壁了。没有碑,也没有匾,我们搞不清是什么神的所在。但殿堂的墙上竟绘了壁画,后宫侍女的题材,感觉有点明代的风格,让人很出乎意料。

现在,乡村中最破的建筑就是庙宇。虽然,从建筑学意义上,它们的价值要超过民居很多,应该得到机制性的维护。但从更深层的角度看,正是反证了国人信仰的缺失。信仰危机,由此可见一斑。

又一个弯,白虎岭青苍的影子已在眼前。车刚到冯家山底,前面一棵古朴的大树扑入眼帘。减速,车顺着斜坡停在了树的一旁。大家都以为是一棵老槐,纷纷举起手机和相机,拍照。结果发现这树虽然也是灰黑的老皮,但在这早春,它竟然已经迸出嫩芽,黄绿黄绿,细看,原来是一株老柳呢!

于是想起早些年,省城的一个朋友接了一个课题,似乎是"三晋老柳调查"的题目,有经费也有别的什么要求,总之是在省内寻找老柳树做记录,做档案。当时对他很羡慕,戏称"有人雇你寻花问柳,太幸福了!"现在回味,那个课题,应该是基因科学的一个课题。不仅有技术价值,似乎也有政治意义。现在,物种的移植和杂交确实让人目不暇接,对一些可能消失的东西,真的应该建立起一套完备的档案。这棵树,有机会向他说一下,也许是山西古柳的一个独品呢!

这树又出了三五个枝条,向空中发展,似乎生机勃勃。细看,有一个粗大的枝条已经枯死。我们仰望再仰望,但毕竟对林木知之甚少,眼光又没有穿透能力看得清它内在的年轮,只好悻悻离开。

在这个遥远而僻静的小村里,最大的特点是几乎看不到新建筑,好多民居甚至看不到过年贴出的春联。院前宅后,扔了不少磨盘、碌碡之类的石具。红砂石和青石的都有,成了一道弃儿的风景。一些窑洞和一些狗,都在无人的空气中流浪。窑洞以土崖窑居多,砖窑次之,瓦房基本上看不到。而在一个没有院墙的院子里,我们发现了一孔我所见到的汾阳最早的土窑洞，土坯筑窑脸、用直棂窗，种种迹象，说明它的历史应该是在明代以前。狗们也有特点，不像是城里的那些哈巴狗，完全丧失了狗的保卫防御能力。大的骨架和并不漂亮的长相，标准的传统笨狗，还仿佛带着狼的野性。有两棵很老的老槐，在一个无人居住的院落前吐芽。一直立一斜爬，打破了视野的经验，倒像是古人画中自造的风景。我拍了照，想在适当的时机，喷涂到纸上，供喜欢野趣的人品赏。

还有一个很特别的情况。是这些村庄竟然有很大一部分村民都不是汾阳本地人，这部分人中，又以西面大山里的土著民居多。一问，有的是移民，有的则是姻亲。这些外地口音的扎根，或许与农业社会的饥荒年代，汾阳相对物庶人富，有一定的渊源关系。

出村，又见着了老柳。我想，这棵柳树生长了不止二三百年，并不知道我们今天要来拍照，但它依然向枝繁叶茂的体貌努力。这是一种让人钦佩的生命精神！而我们，本不知今天能够见到它，只是找个闲暇图个野趣，为了寻春偶入山罢了。在这个并无特色的春天，相遇了，肌肤相亲地感知了几百年前的生命。不仅是缘，也许，还有冥冥中的另一层含义。

有吗？

2014 年 3 月 25 日

水边看水

没事，就到水边坐，看水。

渐渐上瘾，于是常常与水做伴。

或者将一支钓竿伸入水中，发呆。于是发现水大有玄意，光与色莫名变幻、难以捉摸，似乎是一门尚未垦荒之学问。

最引人入胜的，是风和日丽时候的水。水平如镜，倒映出岸上的树石人狗，树不动，水亦不动；人动，水亦动，是大自然的忠实写真作品。水边低头看水，见白云在蓝水里漂浮，可以感受极静极寂，享受孤独的美。也可见晚霞植入水中，释放出火热的绚烂。

最心潮澎湃的，是看湍急的河和吐银喷玉的瀑布。流水的声音不知有多少个形容词，但这词似乎永远也是不够的，这是五线谱和乐队的无奈。看着河水裹挟或枯枝或新叶顺流而下，听流水与河道的顽石击响，会无端地联想到生命的力量。瀑布则不同，虽然气势恢宏震耳欲聋，但走近它的时候，首先感觉的是一帘幽梦，所以古人偏袒它，常拿它来入画。最能产生共鸣的，是在黄河中游的壶口，那首水与石共同演奏的交响乐，是千古绝唱，足以洗涤和震荡我们的内心。

最能洗心的，是大海。看海无穷无尽的博大，看潮舒卷自如的洒脱，只想把自己缩小，化作哪怕一只贝，埋进沙里，去触摸大海的律动。波涛击岸，大浪如歌，纵有豪情万丈，也将化作一粒尘沙。

常常惊诧于水色的诡异。常常想，我有看过相同的水色吗？好像有，又好像没有。

水质不同,水色就不同;水深不同,水色就不同;水源不同,水色就不同;时间不同,水色就不同。就在这不同二字里,水幻化出了无穷无尽的颜色。坐在水边,从一个角度看去,水是一种颜色;从无数个角度看去,水便是无数种颜色。水里容得下泥沙,容得下太阳和月亮,所以成就了它无与伦比的色彩。尤其是波光潋滟的时候,水给我们做了一幅不可临摹不可照相不可言传的光色图卷。

去看原始的水吧——三江源、青海湖、喀纳斯湖、赛里木湖,它们不但会真实地告诉我们这个世界原来是什么样的颜色,还会让我们的浮躁得到澄清。

坐在池塘边,看水。由浅入深,水由清澈到混浊到一片混沌。看脚边的水里,静静的轻轻的,会有不知什么名字的水生物向我们游来,一会儿,又游走。它们是回家了吗?正不知水里有多少生命,正在忙什么工作。不知道这生命有多大,也不知道这生命有多少种。只知道它们都在表面看起来很安静的水皮下面,工作或生活。又有蜻蜓飞来飞去,也有水黾在水皮上跳来跳去,它们可以算得上水生物以外的动物中亲水的楷模。

坐在河边,看水。它们一会儿急急匆匆,一会儿又步履蹒跚,如古人说的熙熙攘攘,难道它们也是为利而来为利而去?永远也想不出这么多水从哪里来?又要到哪里去?正如我们,从哪里而来,又要到哪里去呢?

坐在湖边,看水。水波轻轻舐舐湖岸,极目一望,辽阔的水面让你耳目一新。阴天,总有燕子贴着水面在飞,或者它们突然就一跃而飞升至极高的天上!晴天,波光粼粼,总有或者很大或者很靓的水鸟起起落落,让你忘了一切,深深沉浸在一种祥和的教义里。这时候我常想,水鸟是不是天与地之间的使者,它们是不是在天与水之间传递什么信息呢?常常,也能看到鱼儿从远处的水中跃起,一个漂亮的弧线后,"嗵"的一声,再回到水中。最好的水景其实平时是看不到的。我们常常在细雨濛濛的日子里在湖边撑伞，极目远眺，天是灰暗的，水是灰暗的，天地之间除了灰暗，还蒸腾着一种水气、雾气。远山在这个时候朦胧了起来，远山上的树这个时候也朦胧了起来，依着远近，绰绰约约，水天一色，像极了中国的水墨写意山水画。看着这幅画，听着伞上的水珠滴落在地的声音，人也慢慢化作了一首诗。

又是一个风和日丽的日子，远远地，见有三五泳者鱼贯入水，一下子打破了水面的平静。慢慢，他们只剩了一颗脑袋浮在水面上，涟漪一圈圈从他们身边扩散开来，身后，是一个个鲜红的被人唤作"跟屁虫"的小气球，一黑一红，让水面增添了无限生机。

没事，就到水边坐，看水。

2012 年 8 月

蘑 菇

蘑菇现在是一种寻常食品，菜市里的香菇、平菇随处可见，餐桌上也几乎餐餐可见，平常得很。但我依然想用原始的那种新奇感写写它。

还得说到小时候。那时农村孩子打猪草羊草是每天最重要的功课。一个雨后的早晨，与哥哥割猪草时，突然发现了一大窝蘑菇，雪白雪白，一蓬一蓬，于是二人忍不住把一笼子猪草倒掉，装了满满一笼，背回了家。那是一个食品极端匮乏的年代，是一年吃不上几顿肉的时代，母亲一下子把它们洗净炒了出来，端到桌上时，竟然弥漫了一屋子的香气，久久不散。口感像肉，味道似乎又香于肉——这种感觉在我的舌尖上存留了四十多年，直至现在，仍然常常在回味中陶醉。

后来听人说，有些蘑菇是有毒的。

后来又听人说，蘑菇中的毒菌可以毒死人。

1992年，我与我的领导去古交山中慰问在彼演出的剧团。也是在一个刚刚下过雨而雾气朦朦的早晨，我们打早起上山散步，就在树丛中发现了也是一蓬一蓬的蘑菇。我一下子想起了小时候舌尖上的感觉，于是越发感觉雪白的蘑菇是那么地可亲和可爱。两人兴奋地每人捧了一捧，到了剧团的临时厨房。厨师好像是职业厨师，看了看我们的成果，问：没有毒吧？我俩面面相觑，相对无言。领导想了想，说"算了，还是扔了吧。万一有毒，可不是玩儿的。"看着雪白的蘑菇滚下山坡，我真的很心疼。

自此以后，我对野生蘑菇就有了一种梦魇般的情思，缠绕在心头。

新鲜的人工蘑菇吃了万千，总感觉那味道距野生菌的口味距离万千。干蘑菇吃了不知多少，总感觉那口感距鲜蘑不知差了多少。

今年初秋，忽然想起到宁武去看万年冰洞。万年冰洞果然神奇，更神奇的是冰洞外碰到了好多卖蘑菇的山民。有鲜的，有干的。我马上来了兴趣，借买之名，与卖蘑菇的村妇请教有毒与无毒的区别，结果大失所望。她的答复是：没毒的就是没毒的！悻悻然，只得买了两大包鲜蘑带回家。可气的是，秋老虎绝不容许小觑，两三个小时的车程，等到家时，塑料袋里的蘑菇早已被捂出一层白膜，而且冒着一股股令人气噎的霉味，无奈，只得统统倒掉。上网查询，没有一篇可参阅的辨别毒蘑菇的文章。中国毕竟太大，一地有一地的风物，可见教科书是应该分地域而出的。

蘑菇啊，你似乎变作了一个遥不可及的梦。

天渐渐变得温和可人，仲秋到了。一个意义重大的偶遇让一切都改变了。

与在林场工作的老朋友聊新话题，偶然提到了蘑菇，没承想他说野蘑菇大部分都能吃，他就能够识别。而且头道川就有。这话让我好生激动，吃货将要掀开新吃篇章了。

农历八月十六，恰是假日，与同好者相约，上远山，采蘑菇去。

看远山是一抹而过的，到了眼前，才发现是一座座小山包在相依相拥。树们早已感知了秋的到来，有的叶子红了，有的叶子黄了，远远望去，一座山峰层林尽染，直至勾出人腰间的手机来，对着山头，啪啪啪胡乱照上一气。

提了个塑料桶，荆棘和树枝把桶碰得"嘭嘭"作响，人在针阔混交林中乱钻，时常有树枝突然向人的眼冲来，或者向脸刺来；脚在枝藤间穿插，费力寻找能够安放的地方。最讨厌的是灌木，一人多高，总是挡着人的去路。还有不识时务的紫叶小檗，带着满身的刺，不失时机地挡住人的去路。爬呀爬，前胸后背都是汗涔涔的，腿也有些发软。阳光从叶缝中把光线射了下来,照在五颜六色的树叶和矮草上,斑驳陆离,晃得人眼酸。什么也找不到。恍惚中,竟想不起蘑菇究竟是长什么样子的了。这个季节这个地方真的会有野蘑菇吗?人在有些时候,是容易自己怀疑自己的。定定神,寻寻觅觅,继续寻找。就在几乎完全丧失信心的时候,在几株高大伟岸的松树下,三米外,远看园园的白白的,像一枚白色的纸片,正在树影下安安静静地卧着。趋前去细看,真的是一枚山蘑,如所谓的荷花出水一般,从腐殖质中亭亭而出。感觉心脏忽然在急速跳动,远在天边近在眼前,山蘑,我终于找到你了。轻轻入手,轻轻剜出,一种无法比拟的清香在鼻尖荡漾开来。不容抒情,左近望去,在枯枝烂叶之下,它的家族正在茂盛地成长着。或者一枚一枚单生,努力地擎起了大大的伞盖;或群生,三两枚簇拥在一起。隐在树叶下,隐在暗光里,营造着又一个世界的生命气象。

后来才知道,这种子实体肥硕的蘑菇人们叫它"顶土"。伞柄粗壮,伞盖奇大——甚至可达到人们说的碗口大小。还有一种类似而色白、伞柄较细的,便是最多见也是最著名的银盘菇了。还有一种说不来名字的,比银盘菇而小者,色极白,味极香,为上品。其他别种,也许是异品,但考虑食用安全,便不敢采了。

记得什么人说过一句话,幸福的时光总是短暂的。不知不觉间,太阳已从头顶上移至西方。脚下是山猪们为了寻找蘑菇而拱出的一道道小沟,身旁不时有野雉"忽啪啪"地突然飞起。为了辨别,我们每发现一种蘑菇就大呼小叫一番,互相招呼。自感神奇其实也很正常的是,我们还采到了灵芝,那种传说中治百病的山菌。结果给师傅一看,却原来它叫"树舌",也可药用,但并不是灵芝。渐渐,塑料桶已全部被各种山蘑填满,一条并不显眼的斜径正在草丛中等待着我们。下山,下山吧,山珍多的是,须尔慢慢来。

山下,太阳正和煦得让人感动。村人正从城里回来收获山药蛋,地塄上的南瓜熟了,一团橘红从绿叶间钻出来,在炫耀它的美丽。地上,野生的小蒜和荠菜长得正好,饥肠辘辘的时候更是撩人食欲。据说,这里的土豆和南瓜都是极品，菜场里的同类是无可与之比拟的。

当亲采的蘑菇端上桌的时候，大家似乎都顾不上了自己的吃相，只记得那味道不仅满足了舌尖，充溢了口腔，还让满屋子香了好几天。于是，我把这件事情记了下来。

2014 年 9 月

荠 菜

那天在电视广告上看到卖荠菜饺子，突然想起了荠菜。以前看文人写吃的书，常可读到吃荠菜的若干文字。初以为荠菜即是苦菜，细细揣摩文意，发现似乎又不是。好像是南方的一种野生植物。后来有了电脑有了百度，终于辨认清楚，原就是从小司空见惯的野菜"三界界"也。后来踏青时便有些留心，偶也在水草丰茂的地方采一些来吃，味道真也不错，不负盛名。可惜的是，每每下田采摘的时候，它们已经开放着白色的碎花，木质化，老了。

山墅冬来早。今年深秋，到海拔千米以上的后山看层林尽染，从松林看到杨树、再到椴栎一类，收获了满满一胸腔的颜色。之后，发现沟中正有人刨出一堆又一堆的土豆，黄灿灿的发出一种柔和的晕光。土塄上，还吊了些橘色的南瓜，与葱绿的胡萝卜、白菜正在争艳。留心的话，其实这个季节的黄土地，是在散发着一种成熟的味道的。就是在这个时候，我们发现了这片成熟的土壤上，荠菜和小蒜正嫩嫩地绿着，乍放出生命的倔强。这时才知道，原来荠菜一年生长两季，初春和深秋都是它的最爱。顾不上其他，我们一人采了一包，回家狼吞了一顿荠菜饺子。

本来，吃野菜只是一种野趣，偶尔的改善和调剂而已。而当我们抚摸着圆圆的饱嗝的时候，发现这野味里包含着太多的遗失和向往。

从地沟油吃到各种添加剂，再吃到各种高科技的转基因，我们远离食品的本质似乎已经太久了。略举一二。生长"白醭"，原是醋与酱难以克服的生产难题，也是好醋好酱的标志性指标。现在好，二十多年来，人们再也不会从醋酱中发现"白醭"。韭花酱，原是韭菜花与槟果、鲜姜、大蒜等捣碎后发酵而成的佐饭食物，颜色黄中泛绿，有一股果实的芳香。而现在的商品韭菜，绿得让人奇怪，一种盐与韭菜的混合物而已。而食用油，我不知是为什么，变得越来越清亮，越来越更像水的颜色了。

食品面前，任何动物都会有警惕的反应。因为食物不但关乎自己的生命，还关乎后代的延续，关乎基因的变异。

于是我发现，生活在雾霾中的城里人，成了绿色先锋。尚是早春，桃花刚谢，近郊的田里就到处是人了。采荠菜的、挖苦菜的、剜茵陈的……红红绿绿的人们，展现在缺水少雨的黄土地上，煞是好看。这里有休闲生活的无聊，更有对自然生态的追寻。

其实，细说起来，人们经过三十年前连续多年的饥馑和无知过后，胃口的能量已经变异，已经变得超乎寻常，鱼翅燕窝作饭来吃，似乎都不太能够满足胃功能了。

若干年来，中国的饭桌和舌尖突然发达起来，以美食可以成"家"为旗帜，各种从八旗子弟口涎中流传下来的味道被放大、被美化，成为笼罩华夏的另类极致追求。土豪们一下子明白了，只要有钱，何必需要律定自己的言谈举止，更何必要教授下一代的洒扫应对，只需说出鲍鱼的味道，便是彬彬有礼的贵族了。

在这种奢靡之风下，饭菜越来越精细、餐具越来越精致、餐桌越来越摆谱……动辄万元的菜谱似乎并不会引起人们的惊讶了，华夏民族一夜之间都成了嘴上统帅世界的英雄。而同时，无论多少钱一桌的佳肴，似乎并不会满足人们的胃口，似乎总要剩下一堆，饭后总还得用其他食品去佐餐一下才有饱腹感。这样的日子，人们似乎过得很惬意。后来读闲书才知道，还有一个传言，是说唐代诗人李绅的。李绅，一般人大体不知，但说到"粒粒皆辛苦"，则没人敢说不知。原来，这李绅便是这《悯农》诗的作者。人们想不到的是"始李绅微时，作《悯农》，遂闻朝野；及达，以嗜鸡舌，日杀鸡三百。或谓，道德未尝因人，因之政教；

理辩难明，经事而明也。"我未经考证，不敢言真伪，但这话儿确实有些太刺激人了。

但如果古已有之，现代人之奢靡，便知道是有基因遗传的了，也算是一种古人的穿越。

所以，在酒后，就常常想起了荠菜。绿茵茵、清亮亮，一股山野之气。从择菜、洗菜到吃，一直给人一种与大地相接、生命回归的感觉。追寻它久了，我便越来越冷看餐桌，而越来越钟情厨房了。

采买的时候，远离转基因、远离添加剂；在厨房的时候，冲洗而又冲洗。看到食材在自己手中变样变性，变作一团香喷喷的雾；看到食物在人们的筷下渐渐消失，那种乐趣简直不可言说。慢慢，竟然上瘾，也渐渐感觉生活充满了乐趣。生豆芽、发泡菜……工作之余，这些小手工让生活变得味道十足。

又是一年岁末，窗外的天空灰得什么也看不真切。太阳像个傻瓜似的斜在空中，只是发着一种晕晕乎乎的酒醉后的光。从唐诗宋词到元曲，我没有见谁描写过这样的天空，懒惰而又灰色和无奈。翻看日历，发现冬季快到了。《易》说：冬至一阳生。想来柳树已经感觉到了春的来临，已经在浑身发热了吧。我是想起了三月的柳芽儿，嫩黄嫩黄，用水汆了、盐醋拌了，那个泻火的清香是无物可以比拟的。

走向田野

许久以来,总感觉汾阳好像没有春天。

刚刚还在感觉着冰消雪化的日子,看田野到处是枯寂的灰黄,接着便是野风天天吹拂柳梢,还有沙尘四起,接着似乎是很突然地,满眼绿色,已经进入了夏。

北方人,真的羡慕江南踏春寻梅看竹的日子。一天一天,眼中的世界慢慢地变得姹紫嫣红、生机勃勃。也想,南方人会欣赏北方的春天吗?

后来才悟出,其实南方的春天未免轻薄了些,那些植物、那些种子,总是早早地张扬地展示它们自己的姿容。而我们的春天,是那样地沉静,那样地稳重,厚积而薄发,以深厚的底蕴去表达自己内心的热烈。

不知从何时开始,汾阳城里的人学会了踏春。不是赏梅,不是看竹,也不是体会春江水中的老鸭红掌拨波。一大早,人们从蛰伏了一冬的蜗居走出,或提篮或荷锄,纷纷走向田野。老的少的,兴高采烈。是下田寻找野菜,又像是寻找春天。

有一天,我伴着他们走进春天。

苦菜的学名好像叫苣荬菜,汾阳话叫甜苣芽。一个"芽"字,把苦菜的性状和可爱描述得活灵活现。无意的时候,它好像无处不在,旱田水地、田埂垅野、树下禾旁,到处都有它的身影。它好像数量密集,一簇一丛,争相破土。而当真要寻它的时候,却倒像是李清照的词"寻寻觅觅,冷冷清清"了,鞋袜汗湿处,不见芳踪。

其实，汾阳人对苦菜应当是有相当感情的。不说光绪初年山西大饥死人无数，仅是"文革"人祸其间，苦菜作为救命使者，就救了不知多少人的性命。它的发育期，正好契合了所谓的青黄不接期，所以，它就一直散发着生命的芬芳。无论是蘸酱而食，还是生氽冷拌，汾阳人吃苦菜都可以算得上风生水起。而苦菜给人的泻火清心作用，确实是别的食品绝难给予的。

去年，似乎也是一种必然，这些在春天走向田野的人，都在采摘一种叫作茵陈的植物。灰灰的，常在路边抢人眼的东西，所谓的"三月茵陈四月蒿"是也。其实汾阳话叫它作蒿团团。因有"三月茵陈四月蒿"的说法，所以它就有了些神秘感。其实，论口感，真的不好恭维。

突然想到书上介绍的有些可以食用的野菜，便按图索骥去寻找。首先便是荠菜。据南方文化名人说是如何清香，再则是形状介绍。一看，却原来也就是汾阳无处不在的一种野草，所谓"三界界"是也。据说上海一带有人工种植，按菜作价上市。所以带镰刀下田，找来找去却不敢下刀，真的这东西不太好辨别。再隔几天去，发现荠菜其实很好分辨，长有三角形的果实。好分辨了，也发现荠菜已经老而不可食了。人生总是有好多的无奈。

其实我也知道，人是杂食动物，食野草野菜的时光何其多也。从《诗经》到明清文献，关于食用野菜的文字不绝于纸，比如灰灰菜，比如红苕。但从元代以后大白菜和山药蛋进入中国人的生活之后，这一切便大大改观，甚至现在的人已经不知道红谷草可食了。

去年就吃春菜事，与真正的汾阳农家饭店店主交流，一语让人回味不已。他说：不知道人们以前吃什么菜，但是羊吃的草，人都是能吃的。这个质朴的真理其实就这么与事实相近，只是因为我们太有知识了，就远离了基本的真实。

想什么说什么说了一些话，好像离题太远了。其实也不远。今天人们走向田野，是一种消闲的心态，与先前的走向田野，已有了根本的不同。今天的汾阳，天显然更蓝了，水显然更绿了，我们正在找回遗失许久的春天。只是想说，当我们在沐浴春光的时候，让我们更加地关爱自然、关爱自己，用心灵去体味大自然给予我们的馈赠吧。

2012 年 4 月

第四编 闲 笔

爱的困惑

看一些传统的文字与画作,发现一些文人典故在放大与广播。比方,周敦颐爱莲、王羲之爱鹅、林和靖梅妻鹤子、李白嗜酒如命、苏东坡与郑板桥则都对竹子情有独钟等。这些故事,在人们面对利益前途的时候,也就是供人一哂;但在心境放任的时候,居然好多次产生了共鸣。

捧了一本书读,了然了一些被历代追捧的故事;再捧了一本书读,知道了历史人物的生平;再找那些书重读,发现那字里行间,原来都有一把辛酸。是把风的逆意、雨的不遂、冰的顽固,全部都视作一片天外的无奈,扭头而去。

形而上,其实是一种中国文人的老传统。

地球,承载了无数的生命体,似乎无始无终,从来如此也永远如此。有蝼蚁动物,彳亍独行;有丛丛植物,相偎而存。春秋易过,甲子又再,动物也罢植物也罢,全然已不再。秋秫腐作原肥,黄土粒粒如昨。原生的依旧健在,次生的自然腐朽,高原的风,依然从西伯利亚而来,尖利地啸叫。那些用金与银筑成的堡垒,在风中,也泛出一层又一层土色。

莲花、竹子、梅花,鹅、鹤和酒,在窗外,亦静亦动;在室内,瓷制的盘里瓶上,用青花写了,牢牢地变作一种记载。其实,主人的用意,并不是来做纪念,也不是用做记录,而是枉费了一种心思,想去启迪读者。只是,在这个时候,人们没有注意到这些,发现,王羲之、李白、苏东坡和郑板桥,其实在上小学的时候就是熟人,看了他们无数的锦绣文章,却不知他们酒后还爱这些个东西。

今天,这些古板的文人还在吗?

冬天到了,太阳懒懒地斜挂在天的南面,冷眼看着莲梅竹。相信周敦颐等位已不再关注今天的太阳,也不再看他们的莲梅竹。周敦颐们只剩了一个名字,和他们留下来的锦绣文章,而莲梅竹还在,还在田间,在冻土里蕴育自己的能量。

于是想到,周们,其实真的很聪明。千年以前的他们,就能够知道人生之短暂,知道物材之不常,所以能够放眼于身外,寄情于旁物。而那些诗篇,就不会是一种做作,而是他们的对物、对自己人生的真实体会了。他们爱自己,更爱环境,深知主观的能动和客观的无情。所以他们敢于冲破世俗、冲破牢篱,说出自己纯朴而高傲的爱。

于是我想,这是真爱。

在今天,我们爱什么?

这是一个不该成为问题的问题。

我们爱更大的房子,我们爱更大功能的手机,我们爱更有名的汽车……我们住在四周密不透风的房子里,我们乘坐能加热能制冷的汽车出行,然后,我们蜷缩在一个角落,用短信或微信与外界进行密切联系。在享受温柔的时候,我们不知道芙蓉如何在水上绽放、梅花如何傲霜和竹笋如何在寒冬里破土。

窗外,松柏依然不知疲倦地绿着,它们以千年来惯用的眼光,看今天的红男绿女,不相信人类从此就会变为经济动物。似乎在期盼着,荷呀梅呀竹呀,冬后又绿意盎然,懂得新绿、懂得旧颜。

2012年冬

北国之秋

溽热至极的时候,第一缕秋风从河沟树梢徐徐而来,轻巧地吹走了一个郁闷的季节。

这时候,不如在傍晚的天光下,嗅着天地的野香,看秋。

天蓝得让人心疼,洁白的云朵自由地舒卷,变幻出一个又一个梦境。云朵或而凝固成一个动物,或而写意成一幅山水,或而又幻化成一抹轻纱。太阳远远地看着云的歌舞,用五线谱灵动的色彩给它们绣花边,浅浅的水粉色于是晕了云朵。天幕,此时是一个随时更换节目的大舞台。云的舞蹈似乎没有停息的意思。把目光定格在天幕上,耳边依稀响起了辽远的歌声,悠长而苍茫,是亿万年锤炼成的名曲。

原野依然被绿覆盖着,平畴相接,一望无际,黏稠得化散不开。鸟雀们兴奋地飞来飞去,不停地向空中传送关于生命的信息。蜂蝶们更加辛勤地在果实间忙碌,为了自己的死亡,也为了它们子孙后代的繁衍。

成熟,正在果实的外壳下悄悄积攒。玉米缨红了,谷穗黄了,向日葵慢慢耷拉下沉重的首级……野草们也不甘落后,在田埂上偷偷地饱满着自己。稗草结了籽、荻草白了头、蒲公英放飞它的种子、苍耳籽秀着骄傲的奇异形状。无边的成熟的芳香,伴着禾叶的体温,在田野的风中四溢开来,浓烈如醇酒开瓶。

金蝉的鸣叫似乎衰弱了,显得有些有气无力。倒是蟋蟀在草丛里忙得正欢,一声声哼着才谱的新曲,又忽然振翅飞去。野雉是近年来到平原的新客，总是公的在路边站岗，母的在田里觅食。长尾一晃，倏地钻进路边的稼禾里，只把人的视野一下子搅得五彩斑斓。

三两个农家的孩子抱了一抱豆秧，架起了柴火，在路边烤毛豆吃。红红的火舌舔着豆萁，蓝色的烟雾蒸腾而起，"噼叭"声中，烤嫩豆的香气直入肺腑、沁入心脾。至味，总是简单而原始。

黑的纱幕开始一层又一层在天际垂挂，猛抬头，西部的天穹已被太阳引燃，天穹又引燃了云朵，半边天空红得喷火蒸霞、轰轰烈烈。东方的新月不甘寂寞，携带着一份清冷，慢腾腾地升了起来，在树的枝丫间静静观望，与西坠的斜阳遥相呼应。像是红歌星与冷美人的对峙，平分了秋色。

"咩——"，牧人驱赶着鱼贯而过的一群白羊，高声吟唱着只有羊才能听懂的语言。"叭，叭叭"，鞭梢的炸响一下子刺破了一片宁静，卷扬起的草叶又纷纷落了下来。白色的羊群，在夜幕下，渐行渐远，直至路的尽头。

露气伴着夜的到来，慢慢浓了起来，湿了枝叶，朦胧了双眼。秋夜是会让人感伤的，不如把秋光印在心中，让自己也变得成熟和凝重。

"嘭"的一声响，秋已经被车门关在了外面。路面霎时亮了，徐徐行走间抬头一看，前面正是满满一城的璀璨灯火。

2014 年 9 月

不懂书法

常常有机会参加书展画展一类的活动,揣着满是艺术气息的请柬,在厅堂里满壁的字画前面徜徉。表面上装得十分专心,实在话是真的看不出个所以然来。于自己,常常感到底虚,怕别人过来探讨却无言以对;于作者,则是枉费了万千风情,一番匠心空对着一个"白丁"。对于一个没有学过书画的人,似乎绘画语言又好懂一点。毕竟人啦物啦花啦草啦是生活中所习见,是否有神韵,还是会有一点点感觉的。而书法,一笔一画里蕴含着什么,何谓高下,真如传言笨童学《三字经》所云:"人之初活倏倏,越看老子越糊涂。"

论理,书法可以理解为书写文字的方法。作为一个学过汉字的人,自然也是必然会写汉字的。汉字写出来,便有好看不好看一说。基于人心向美的理论,似乎人人都应当知道些书法的皮毛。事实并非如此。现代人学写汉字都是从印刷体开始入眼,可谓师出一门。但落笔后却气象万千,一人一个样,也可以说是个性了然。这个里面的原因,也许和人的大脑结构有关,或许以后的科学能够做出解释吧。而关于好看与否,大家虽然喜好不尽相同,但写得好的,大家都会说好。而似乎没听说过一个人生下来就是书法家,天然就能写出一笔好字。所以,古人写字都是从临帖开始,南人叫描红,老家话叫"写仿",一笔一画对照标准去写。可见不去着意摹习字的写法,大约是不会写得好看的。

这仅仅是写得好看,还远谈不上书法。

我们这一代人识字是从石笔、铅笔、钢笔开始的，写仿是一种课余要求。可写，似也可不写，所以除了有些家长的强制或本人确实感兴趣外，大部分人的字是不太能拿出手的。面对摆在面前的毛茸茸的笔、香味浓厚的墨，往往会慌了手脚，择路而逃。因了书写工具划时代性质的变化，更因为童年生活在"闹而优则仕"的时代，觉得毛笔无非是一个书写对联的工具，与日常生活离得太远，不学也就罢了。

记不清哪一年过春节的时候，老师布置了一个作业，是抄春联。于是大年初一每人都拿了个本子满大街地跑，从家家户户的院门上抄不同内容的春联。胡乱抄了一通，只在字里行间感觉到了平仄的存在，也明白了联语朗朗上口的妙处。但当时感兴趣的，是在文字内容上。关于书法，因为不懂，便没有特别在意。只记得四叔家的对联是他的连襟——城里的一位书法家——写的，红纸黄字，黄是当年流行的所谓广告色，字也飘逸有韵，确乎与众不同。

虽说不懂书法，但毕竟识得些汉字，看过些闲书，字体里的真草隶篆还是能够分得开的。

而关于什么"力透纸背""入木三分"一类的对书法的形容词，总认为是一种莫名其妙的夸张。字不就是分好看与不好看两种吗？

近年慢慢发现，虽然没有什么人做过什么大力倡导，更没有下过什么文件，书法在民间却悄悄火了起来。习书者渐多，各种风格的作品竞相纷呈，大有形成蔚观之势。不仅有耄耋老者，更有黄毛童稚。条幅、横幅、斗方、扇面、中堂，四壁珠玑，琳琅满目。毛笔的使用，显然早就超越了"写对联"一类的想当然的简单用途。

于是，站在书展的殿堂里，从琳琅满目里看四壁生辉，越发觉出自己的"小"来，内心越发显得窘困。显然，在这个博大浩渺的艺术世界里，不懂装懂是万万使不得的。

就找了些书来读，也硬着头皮看书评。但慢慢发现，是真的看不明白。我想，看不明白也不全因为我是外行，也不是书评的文字有多么难懂，倒感觉有些作者是故意写得让人看不明白。大体内容都是一律的形容词,一概的浮上水,锦绣文章一个样。我甚至相信如果只看书评不看作品,人们是断然分辨不出两份作品的高下的。于一个外行,看这些只说好不说坏的官样文章,委实是一种苦差事。更重要的,是不能够通过品作品、读书评,提高自己的书法鉴赏力。

于是怵了头。

后来,终于想到一个笨办法,也是好办法——读碑、读帖。想不到这一招很管用。为了避开电脑控、手机控的现代病,没事的时候,就找一些碑帖来读,细细揣摩作者着力的笔意、结构的妙处、布局的奇巧乃至个别笔画的匠心。还是受了些启发,得了些益处。

所以,想从一个外行的角度说点儿心得,可以算作蠡测之言,或许只会博方家一哂。学楷隶等正书,谈不上艺术,只可以算作是一种临摹的功夫、书法创作的基础。摹写,是要达到惟妙惟肖的效果,即写得像。目的,一是为了让眼、手、臂、臀、腿与笔、纸更加协调统一,让毛笔在纸上行走的轻、重、缓、急达到掌控自如,增加人脑及身体对纸笔的感性认识,完全属于技术层面。如庖丁解牛,也如卖油翁,熟中生巧。二是为了纠正自己的书写习惯定势,从不同中体味原作者的运笔方法。完成了这个过程,实际上已经不易,毕竟,名碑如山、帖海如林。打好这个基础不易,也大可以挥毫写碑写牌写对联了。我以为,这个层面虽可以称作书法,但它应算作业,还不能算作品。当然,也有不少人在这个层面上写出了新意写出了个性,能够让人耳目一新,但究其实质,它还是一个一个方块字的拼合,与"艺术"一词的本意还有一段相当的距离。

而行、草书则要高一个层次,是为书法艺术托底的重要形式。虽然习写行草也是从临帖开始的,但它本质上已经与一笔一画的隶楷正书不同了。因为它已不太在一笔一画上着意,更多的是讲究章法,它内在里含有一种中国人常说的"气",笔断意连,气贯始终。在具备扎实的基本功的前提下,我想,面对一方宣纸,作者便是面对一个世界。作者的感情、情绪、感觉都会涌到笔端,作者的全部精气神都已经倾注到纸面上。随着笔尖的游走,喜怒哀乐都会在移动着的墨线中有所体现、有所宣泄、尽兴表达。反过来，内行读帖看作品，大约也是可以揣摩到作者当时的感觉和情绪的。而作为一个行外人，能够体味到作品内在的线条流动之美、行云流水之势，不失为一种高境界的追求。这也当是品鉴书法的自然属性，所谓悟、所谓得其妙处。

有人说书法更像音乐，有一定道理。我倒是觉得书法更像是歌曲。对于歌曲，文字显然是一种符号，是附带的，整体要表达的意思意境并不完全在文字字面上，甚至与文字内容也可以完全无关。书法作品亦然，文字内容只是一个比较次要的要素，行文的感觉、意韵、布白直至钤印，才是书法美的宣泄和展示。书法作品中蕴含的"气"，更像是歌曲的旋律，抑扬顿挫、酣畅淋漓，它不发声，是一种凝固于内在的安静的旋律。不同的是，歌曲会曲终人散，而书法可以昼夜低吟、四季馨香。

不懂书法，所以不懂谁的作品一平尺为什么是那么个价钱；不懂书法，所以不懂为什么会有人临摹名家的作品上市换银子。但相信书法也不懂奢靡，不解时尚，它是安静而干净的。不懂也罢，可以坐下来读些作品，也可以抽时间去"写仿"练字。纸墨长芬芳，笔底有风雷，面壁之处，受益良多。品读艺术品，濡染一些艺术气息，自会让人忘记困顿、平复心绪，获得一份心安气和。

拉杂半天，是因为有所感又有点时间，不顾贻笑大方，只图一吐为快。个人所见，惶惶而言耳，恐会见笑于书家，只与行外人求共识。

2015 年 3 月 7 日

潮湿的早晨

人类从树林进入城市以后,早晨就不再那么明显了。

《说文》说:晨,早昧爽也。通用的解释大约是早晨,即黎明。但我思来想去,觉得这个解释未必准确。早昧爽,不就是说早晨睡懒觉很爽吗?

我是新近才开始早锻炼的。其实也谈不上锻炼,多是出去散散步。但是因为住在城市边缘,与乡村一衣带水,所以,得着了些感觉,就想来说说。

北方的冬天,不能说有什么不好。但最显著的特点,我的感觉是在于大地呈现了一种钢铁意志。这一切,在车上是感觉不到的。当你的运动鞋触及地面的时候,你会感觉到,土是硬的、枯涩的植物是硬的,甚至天空和云彩都是硬的。在这种僵硬中,那种冷空气入肺的快感,其实是难以比拟的。春天总是要来的。眼瞅着,土地从冻结中苏解开来,像是一个多情的少妇。这时候,树的枝芽和草的嫩绿争先恐后地向外生发。夏天,晨不再羞涩,几乎直接就从夜里偷渡过来了,太阳的贼光晃得让人睁不开眼,大地像一个荡妇,恣肆成一塌糊涂。秋的感觉最好,雾成为夜与昼的红娘,在露水里,悄悄地把晨过渡成为一片芳香。

晨,我喜欢踩着田埂寻梦。

启明星其实就是一个泼皮,天天固执地悬在晨的东方,对人类进行没完没了的窥视。我们迎着它走,走着走着,就发现东方突然灿烂成辉,一切关于夜的东西全部褪去。十米、二十米、五十米、一百米,我们的双眼渐渐把夜幕驱散，于是睡眼惺忪的真实慢慢再现于我们的面前。

受了夜的影响，晨是安静的。静如处子。田埂旁的草禾，因为无人打扰，便绿得有些醉意。还有那些蝴蝶和不知名的小虫子们，也都醉眼蒙眬，不怎么运动。而你真要用心体味，你真的可以嗅到一种气味，一种来自大自然的无可名状的天地精华之气。也许就是传说中的负离子的味道罢！这时候，真想化作一抔泥土，与大地相融，感受彼此的息息相关。

其实，晨是太阳的母亲。只是，这个母亲伟大得有些不可思议。它每天都要进行一次新的生产，数亿万年来，未曾一日缺勤。太阳出生以后，正如一切低调的母亲，晨随即安之若素，悄悄退去。而无论春夏秋冬，等晨离去，公鸡的无礼不变，牛羊的臊气喧天。阳光普照之后，所有的白天都是喧嚣的。

对晨最有感情的，应当是雾。她的柔若轻纱，她的虚无缥缈，她的若即若离，都是晨性格的另一种翻版。

让晨煌煌如辉的，是露。蔡邕《月令》曰：露者，阴之液也。经过一夜的努力，水气终于凝结出它最伟大的成果——露。在晨曦中，露在光线中熠熠生辉，折射出太阳的千万妖姿、万千颜色。微风吹拂，露珠在叶子上游来移去，跳着婀娜的钢管舞。古人看到这一切，就写出了"薤上露，何易晞"的句子，把晨与露、露与人拴在了一起。而这种传唱千年的宿命，至今也没有什么更变。最典型的，我以为是蚂蚱。夏天在晨光中跳跃如飞，到仲秋，在露水中蹒跚龙钟难以自持。而到深秋，则对晨夕已全然不可分辨。

但晨如永远的以前，它的以后也是永远的。

所以，我还是愿意，在晨曦中推开门，步入到它初醒的潮湿的黑暗里。

2012年3月13日

垂钓趣事

翩然临水,看水面一竿独支,揣水底藏龙卧虎,垂钓之乐可谓无穷。沉沉浮浮,不是人生,相似人生。

而细想自己持竿垂纶十五年,置换了多少好心境虽不曾记数,而遇到的趣事,也有了若干。于是,在这个闷热不上鱼的日子,坐在电脑前,把它们整理出来,供自己回味,也可让有暇读者一笑。

断竿

想到这事就想到十五年来的变化真的太大了。

当时钓鱼的人很少,大家虽不认识,但基本上都脸熟。三两朋友、三五钓友,还有几个穿了汾酒集团制服的人,在一个由鱼塘改建的不大的竿坑。这天,汾酒集团钓友不知在哪里突然学了什么绝招,三个人围着一个点钓,不断有鲤鱼进篓。我们这些刚入门的新手们眼看着人家一条又一条起鱼,而自己的漂子一动不动,那种无奈而着急的心情可想而知。过去看人家,也发现不了什么特别。借了人家的鱼饵,回来再自己钓,鱼漂仍一动不动。

这时就见一翁持竿而起,口中不停骂着鱼的不识好歹,一边径自将钓钩抛到了汾酒集团钓友的钓点。而这时候,仍然是人家不停起鱼,他的鱼漂纹丝不动。此翁于是恼了,扯起鱼竿扔到地上,一下子跳将起来,将那鱼竿猛踩。只听"嘣"的一声,鱼竿断为两截。翁仍踏踩不停。大家有所不知,当是时,玻璃钢竿正风行钓界,那东西质量颇高,翁踩则踩了,但那竿只一处断裂,别处仍完好如初。于是翁大怒,从旁捡来砖头一块,用力猛砸竿身,口中不停地说着:叫你钓不住,叫你钓不住——云云。

据说第二天一大早,翁第一个到水边下竿,是儿子晚上又给买的一支全新玻璃钢钓竿。而钓位,则是早天汾酒人钓起过鱼的那个点。

钓竿不知换了多少,钓友也不知见过了多少,唯此翁形象,已印脑中,终生不泯。

游泳

钓鱼人与游泳的人常相遇,说实话,是一对矛盾体。而有一次遇到的泳者,让人想起就忍俊不禁。

是一个炎热的中午,饭后,我们这些初学钓鱼的发烧友便呼三吆四直奔鱼塘。

太阳直直地晒在水塘和堰坝上,只感觉水里和脚边都蒸腾起一阵阵热气。远处的树上,更有秋蝉在无奈地有一声没一声地鸣叫。鱼漂像扔进水缸里,钉死在水面上,一动不动。这时候,听得一阵摩托车响,身后来了我的一位朋友。朋友满嘴酒气,说要跟我学钓鱼。我诺诺,于是向塘主要了一支小板凳,让他坐在我的身旁,一边示范着,一边有一搭没一搭地聊着些钓鱼的要领。

远处的秋蝉似乎叫声又大了起来,好像又加进了麻雀的聒噪。

学钓鱼本就是一个模仿和领会的过程,是没有必要不停讲解的。所以,时间不长,我们便无话可说。渐渐,大约是他抵抗不了酒力,我居然听到了他轻微的鼾声。

就在这个时候,塘对面的钓友突然上了一条鲤鱼,兴奋得大呼小叫起来。而也就在同时,我的朋友似乎是受了钓友的刺激,突然就来了个前滚翻,"嗵"的一声,一下子钻入水里。平静的水面上被激起层层涟漪,于是,全塘的水和全塘的人都沸腾起来。

塘水并不深,大约有一米的样子吧,所以人们并不担心有不测之虞。而让人奇怪的是,朋友从水里"忽隆"一下站起来后,他不理我们,而是直直地向塘中心走去,一下子又惹得大家大呼小叫。走了四五步,才好像是酒醒了,掉转头,像一只落汤鸡似的,向岸边走来。

那天下午究竟钓没钓到鱼,现在是一点也不记得了。只记得和他晒了一下午的衣服和当时昂贵的汉显BP机。

下水

垂钓之乐在于不湿脚而猎水中物。而我有一次就将钓鱼变成了捕鱼。

是一个凉风习习的下午,我们七八个人围了一个十亩方塘垂钓。鱼塘为混养塘,里面有小鲫鱼、鲤鱼苗、2—5斤的大鲤鱼,据说还有鲶鱼什么的。

喜欢钓鱼的朋友知道,鲤鱼号称鬼子鲤,随着体量的增长,狡疑性也增加,越大越难钓。特别是竿坑的鲤鱼,更是慢慢就形成了所谓的滑口,几乎刀枪不入,什么饵料也会对它失去诱惑力。因是混养塘,按时间收费,所以人们都在追逐钓大鱼,不仅是渔乐,也为了经济上保本。所以小鲫鱼们便让人不以为意。

看着一动不动的鱼漂,时间久了,真会有一种打瞌睡的感觉。这时就见从远处飞来一只蜻蜓,不偏不倚正落在鱼漂尾部,使得鱼漂晃晃悠悠的乱颤。虽然让钓者提神,但钓鱼人在这时是普遍讨厌这个小昆虫的。于是抖竿驱离、抖竿驱离——直至它远走高飞。

就在这个时候,只见鱼漂不顾一切慢慢没入水中。我精神为之一振,小臂发力,猛力一顿,抽起了竿子。可怜我悬着的心依然悬着——原来那竿子上来之后空空如也,不要说鱼,连鱼线也没有了。奇了怪了,这是怎么回事?再看水里,只见我的鱼漂一会儿出水,一会儿入水,不停前进。原来是线断了。周边钓友看到这个情况，齐声喊：上大鱼了上大鱼了。

正在抓耳挠腮之际，突然想起鱼塘主有一身水裤，于是急急借来，急急穿上，直奔水中而去。水塘的水只齐胸深，鱼漂在前，我在后，我走快，鱼漂也快——这一场追逐的游戏让大家看了个够。好不容易，鱼漂几乎不再前进。心想，一定是这条鱼没劲游了，我终于接近了鱼漂鱼线，伸手一把抓住了鱼线，三下两下，把鱼线提出了水。

结果只见那鱼钩上挂着一条不足二两的鲤鱼苗，兀自在那里挣扎。岸上的钓友看了，不停地一阵又一阵狂嘘。

嘘去吧，嘘去吧，你们这些贼籽子。

跑鱼与抽烟

某钓友对于钓鱼的总结十分有趣，言是：钓不着的全是麦穗，跑掉的全是大鱼。所谓麦穗，是指一种水中最常见的杂鱼，最大可长到麦穗般长短。这句话某种意义上可以算是至理名言。常常漂动手动，而钩上空空如也，是小麦穗在捣乱。漂相很标准，极像大鱼，而提竿无鱼，钓者往往归结为是麦穗吃钩。漂动手动，感觉鱼已在钩，不防中途鱼儿却突然逃窜，钓者本不知跑掉的鱼儿大小，但往往会认为是大鱼。这两种，可以说是一种钓者心态。

断线跑鱼对于钓鱼人来说，实在是太平常的事了。特别是为了线组的灵敏而不断追逐细线的今天，所谓切线跑鱼，更几乎是一种常态了。这种时候的跑鱼，连鱼的影子也见不到，是不是大鱼，只能是一厢情愿的猜测了。

理论上，抽烟不利于钓鱼。解释是鱼儿的嗅觉异常灵敏，闻到烟味儿，会避而远之。但在实际垂钓过程中，感觉似乎并没那么明显，所以，抽烟者便不再克制自己，一路抽开了去。如果鱼情好，钓者无暇顾及，烟会大大节约下来。如果鱼情不好，焦躁不安的钓者往往会增加抽烟的次数。那天的跑鱼就发生在钓友抽烟的时候。

"神仙难钓午时鱼",夏天的中午,是钓鱼人最难耐的时光。那天就是这样一个日子,我也不上鱼,他也不上鱼。我恹恹欲睡,他狠命抽烟。这时猛听他喊"快,抄网",就见他的长竿已变作一张大弓,钓线嗡嗡作响。这是钓鱼人最刺激的时刻。那手感,那角逐,真的让人激动。所谓"急抖竿、慢遛鱼",此时最关键的是钓者能够沉得住气,压得住躁。他是老钓手,这一点我是深信不疑的。我轻轻将抄网伸入水中,眼看着他将那条足有五六斤的大鲤鱼遛翻在水里,一步一步牵到了岸边。就在大鱼即将进抄网的一刹那,突然,他的钓线松了下来,那条已无力气的大鱼先是躺在水里一动不动,然后慢慢翻过身去,然后慢慢掉头,然后慢慢向深水中游去,没有回一下头。

怎么回事?我问他。

怎么回事?他问我。

检查,原来是大线断了。怎么断的,是他的烟头烧断的。哈哈,钓到大鱼的紧张刺激让他忘记了自己嘴里还衔着一支倒霉的烟,当逐渐近移的钓线回到人面前的时候,烟头正好触及。于是,一条到手的大鱼,化作一场春梦。

什么都钓

一般而言,到既定钓点后,钓鱼人是什么都钓的。鲫鱼也罢,鲤鱼也罢,或者是草鱼、鲂鱼、鲶鱼,除了一般地将鲢鱼视作特定鱼种,白条、马口当作杂鱼之外,很少有人在野钓中选择性钓鱼。

而回想起来,不仅曾经钓过十多种鱼类,也还钓过其他。

有一次是在一处村中鱼塘。塘中小麦穗鱼儿闹翻了天,无论拿什么饵料下去,三五秒钟,定然丝毫无存。在这种情况下,钓友们往往想一些避小鱼的招数,比方改用颗粒饵料、改用玉米等。这样虽然误一些鱼口,但不至于会颗粒无收。我这一天就是这样想的,换上了玉米粒。挂饵的鱼钩尚在岸上,正好同来的钓友过来一边问讯钓况,一边递过一支烟来。这时就听他说:"鱼钩走了,鱼钩走了。"纳闷中回头一看,一只公鸡正噙了那粒挂在钩上的玉米蹒跚而去。于是我们大呼小叫地赶起鸡来,可那鸡大约比鱼还傻,愣是往前飞奔,死不吐钩。拎起鱼竿来往回拉,它也只知疼得扑愣翅膀。鸡的主人看见了,一个劲叫喊:不要伤着鸡,不要伤着鸡!这个时代,别人的私产是万万伤不得的,碾死一只狗赔偿一两千元的新闻时有发生。无奈中,只得狠心剪断了鱼线,任那鸡含着钩子逃之夭夭。

算是钓着了一回大物,结果是既赔夫人又折兵。

还有一回,也在这家鱼塘。钓绩都不错,收获大都是小鲫鱼,于是到下午以后,大家便显得有些懒散。因为小鲫鱼钓太多是一种麻烦,过后还得放生。坐我旁边的钓友提竿飞鱼上岸,又是一条半两左右的鲫鱼,于是直愣愣甩到身后,不管了,自顾点燃一支烟,抽了起来。忽然觉得放在地上的鱼竿徐徐往后走去,掉头一看,原来是一只黄狗衔了那条半两的小鲫鱼,一边看着人,一边向远处颠去。与钓到鸡类似,大家齐声发喊,那狗也并不吐出,仍然故我地向前走去。怕折了鱼竿,于是钓友只得一把拎起来,像钓鱼一样钓起狗来。那狗不但不怕,还一边龇着牙,与人对峙。无奈中,只得和钓到鸡一样,把鱼线剪断了事。

钓鱼竿

正是炎夏的中午,得了空儿,去一家鱼塘钓鱼。鱼塘里的水发绿发浑,水面上一层厚厚的绿(其实是草鱼粪),显然是草鱼长大了。打听钓友,说白天根本钓不着,大家都是晚上夜钓。听到这里心里便有些凉。钓鱼人把急于钓鱼的那种情绪戏称为"毒瘾发作",把能够成行垂钓唤作"解毒"。我当时正是这种心理。于是,不管三七二十一,挂了两颗老玉米,将竿子抛进了水里。

水塘边没有一个人,只有村庄里婚庆的炮仗声不时传过来。埋藏在芦苇荡中的我，就更显得孤独而安静。驱不掉的闷热在身边氤氲着，有蚊子一类的小昆虫不断骚扰皮肤。人和昆虫都在动——唯一不动的便是那支该死的鱼漂。这个时候，我新买的手机响了——唉，原来是家里有事了。

好容易出来一回，还没坐定就有事，轮着谁都会万般不乐意。办事大约需要三十分钟，那么，怎么办？终于决定，悄悄把竿架深深插入岸边支好，然后用胶布把竿与竿架联结好，然后办事。心想反正鱼不咬钩，如果咬钩，竿、架牢固，鱼是不会跑掉的。就走了。半个小时，当我回来的时候，发现，竿架上空空如也，水面上的绿色漂浮物上有一道线——显然，鱼竿被鱼拖走了。直到太阳落山，再也没有看见鱼竿浮出水面。

这就是我讲的钓鱼竿的故事。当然，钓字，在此处是动词。

实际上，这个故事不是个故事，并不奇怪。

奇怪的是有一次野钓，也是一直无鱼咬钩，钓友内急，便自顾到滩涂解决去了。就是在这个关键时刻，他突然发现他的钓竿在一寸一寸往水中漂去，于是大喊：××，我的竿——我的竿——是钓友眼疾手快，一把把鱼竿从鱼嘴里抢了回来。

其实是鱼用鱼竿钓人的故事。

钓大鱼

此一小节本来不想写，但考虑到大部分人总喜欢刨根过问钓到过多大的鱼，所以不管有趣无趣，还是写出来合适。

是在一个公园钓小鲫鱼。所谓小，是指大至二两小至一两吧，据说也有两三斤重的鲤子，但很少。所以，我的钓组配置是 1.2 号的大线，0.8 号的子线。这个概念，会钓鱼的朋友都懂得的。午饭后，我已完全没有了上午的激情，虽然竿伸在水里，但归意已经越来越强烈。为了避开不停闹钩的麦穗鱼，我换上了自己发酵的小麦粒。直接的效果是，鱼漂不能说不动，但它就是没有一个像样的顿口，所以，让人越来越恹恹欲睡。

正如某哲学家说得好，奇迹总是在人不经意间发生。就在这个时候，我的新买的漂亮的鱼漂忽然缓缓没入水中。虽然在打瞌睡，但鱼漂是钓鱼人的眼睛，所以，我在糊里糊涂中猛一抬竿，果然，鱼钩子真的刺中了一条鱼。

一开始，觉得是一条小鲫鱼，可是飞不出水。再感觉，是一条一二斤的鱼，但凭手感的顽固，也不像了。后来的感觉是愈来愈重，愈来愈大。就见鱼竿子一下子大弯腰，鱼线又在嗡嗡作响。我持竿的一只手变为两只手，慢慢两只手似乎也有点颤抖了起来。我顺着湖的栏杆，随着这条鱼或前进或后退，实践着所谓的遛鱼。就这样，一个又一个回合，感觉腿酸是次要的，重要的是，胳膊也越来越乏力。

也就在这个时候，它也没劲了，钓竿一抬，一个鱼脑袋真真切切地露出在水面上。——真叫吓人一跳，是一条鲤鱼，它的嘴圆圆的浮在水面，直径有一颗鸡蛋大。旁边的钓友其实早就拿了抄网等着，但这时才发现，那抄网太小了，根本抄不进这条鱼去。于是周围钓友不断出谋划策，有正能量也有馊主意。最后还是采纳了用鱼护的建议，才将这鱼抄了进去。

一称，十一市斤。

而其余钓大鱼的过程，从此一笔勾销，再也回忆不起。

2014年7月

垂钓情思

一个水面像一张白纸。

当这张白纸平平展展地铺在面前的时候,它不但将它的崭新展现在你的面前,而且也将前一页的一切屏蔽了起来。

当把鱼钩轻轻抛投到前方,这张白纸总是用羞涩的涟漪回报我的投入。像一个画家,在一张白纸面前静静地用心构图。——气功师说,这叫入静。水波一圈一圈,心思百度百度。悠悠然、悠悠然,铅皮与铁钩由钓线牵着一丝希望,慢慢地向水的底部探寻。水的深处,有无尽的未知在等待它们。这个时候,鱼漂像一支少不更事的茅草,摇摇摆摆地从水皮上站立了起来。立起来,这茅草变作一支笔,安然地在水面停顿,似乎在等待写出那一划注定的神来之笔。

红的、黄的饵,其实就是一种诱惑,试图在打败一切生命的坚守,从上至下,悠悠。不仅是味道,还有它耀眼的色彩。

这纸面上终归是一片平静。那支漂笔总是懒如东海的定海神针。时间总是很有耐心地在定海神针旁边悄悄流过。

其实,这支红黄相间的笔,是一刻也不间断地牵连着钓者的眼睛的。虽然时间在发出悠悠的声响,但只要那支鱼漂有小小的一瞬,那手臂自会挥动鱼竿,鱼竿自会牵动鱼线,鱼线自会带动鱼钩……爆发,会把水面的平静全部打破。至于这支笔是画出鲫鱼,还是鲤鱼,抑或大嘴鲈什么的,并不由画家所决定,倒是这张白纸拥有了主动。而鱼的大小,当然地也是由水域来做决定。在纸面上能画出多大的鱼,纸张则力不从心,得依赖画家的"胸竹"尺寸了。

这是垂钓的快乐。

很多时候,这种漂动心动手动的动作是徒劳的。一些小小的外来的因素,都会不可理喻地造成令人难堪的手忙脚乱。在搅起慌乱的水纹和内心的澎湃之后,是动作的重复和新的等待。其实,很多时候是顽皮的小鱼在闹漂——逗你玩呢!最是怦然心动时光,是线抻直、竿做弓时。鱼线变作琴弦,不停地奏出呜咽的低音。鱼在前扯后拉、左冲右突,人鱼之间演绎着上演了几千年的水中故事,是一种力量与力量的对话。而这对话,被海明威写成了《老人与海》,感动了一代又一代人。

这是垂钓的快乐。

其实,这也不是垂钓的快乐。垂钓最大的快乐,是水面如纸,轻轻地静静地铺在眼前。只要这张纸铺在眼前,就屏蔽了历史和未来,就隔开了抑郁与开心,就间断了旧情与新绪。所以钓者之乐才是赋闲者之乐,钓者之乐才是养智者之乐,钓者之乐才是体味生命的心灵之乐。所以垂钓总是偷隙而来,欣然垂纶,然后在斜阳中无奈地悻悻而归。

钓鱼的时候,其实你根本顾不上分辨树上是麻雀在叫还是秋蝉在鸣,即使蜜蜂在你的耳旁絮语,你也不会眨一下眼睛,只怕眨眼会惊跑了水下的鱼群。

当西南风吹软一冬坚冰的时候,那尘封了一冬的线组急急出动;当北风再将水面覆盖一层玻璃,鱼竿才恋恋不舍回归到自己的被窝。初学抛竿时我身手矫健,收鱼护时已两鬓霜白。恍然昨日,恍然昨日啊。

换了一个又一个水面,看了一张又一张白纸。生命像钓鱼一样单调,年轮却不是一个无谓的重复。于是,想起太公姜尚来,直钩钓鱼、离水三尺,想他的无饵钓法足以钓尽天下帝王、世间美女。

2012 年 3 月 22 日

狗日的塑料

一夜西风,树叶落尽,冬天来了。

柏油路两旁,秋天的姹紫嫣红好像只是一个梦,突然没了踪影。天空是沉沉的雾霾,往下,是发灰的排成行的线塔和孤零零的几棵树、几株收割时遗漏的作物。极目四望,望来望去,甚是无趣。活物,是一样灰色的麻雀偶尔的飞动。唯一能刺激视网膜的鲜艳,居然是眼前的一个又一个挂在地边的五颜六色的塑料袋,在散发着恶俗的光泽。它们在风中的晃动,把人对北国冬天的质感搅得乱作一团,竟无处安放自己想静一静的灵魂。

是狗日的塑料。

1907年,美国人贝克兰发明了酚醛塑料。这一年,在某种意义上,可以作为人们生活环境的一个分水岭。后来,塑料制品被大批地生产出来,充斥到了生产和生活的几乎每个角落。和电力一样,一进入我们的生活,就再也不能离开它了。

20世纪70年代,塑料在中国应当还是一种稀罕物,生活品中虽然不罕见,但也不多见。比方牙刷、肥皂盒、钢笔杆一类是用塑料制造的,人们往往把它看得比较贵重。说起贵重,有一例足可证明。那个时代,或许包括更早更早的时代,中国人不是像现在人人佩带一个手机,而是人人佩戴一枚手章。手章,印章也。皇帝所用称玺,百姓所用称印称章。是见证许多庄重事件的代表本人的信物。大约从汉代用铜印开始,国人就有了用章的习惯，甚至也可以说是今天公章的滥觞。70年代，街头也有专业的刻印者，一般人的印章木质、石质两种最常见。而后来就有专门的印章专用塑料，也有了用牙膏把（塑料）印章者，那是人们珍视塑料、节约塑料的一种创意杰作。

不知什么时候开始，塑料一下子大规模地进入我们的生活。棉织品没有了，衣料一律使用化纤；麻袋没有了，完全被尼龙袋取而代之；大量的金属制品和木制品被塑料所代替……它的大量出现，大大改善了我们的生活品质，甚至改变了我们的行为方式。比方塑料袋，轻薄而耐用，使得提拿物品变得十分方便和容易。而更多的大件的制品原材料如塑胶、塑钢等，又使我们的空间变得随意和合理了许多。

工业化，让我们沉浸其中，悠悠然而陶陶然。

就记不清哪一年了，朴素的中国被一种妖媚的理论所渲染，即所谓的包装理论，以至传统包装迎来了现代包装的更新换代期。"人要衣装，物要包装""三分人才、七分打扮""货卖一张皮"等等说法甚嚣尘上，大骂传统包装"一流货品二流包装三流价格"，把包装的作用放大到了极致。在此理念指导下，包装发展成为专门的学问——包装学——一种装点商品也是装点生活的学问。

于是，作为消费者，我们无奈地进入盒子时代。

有时候，当我们费力地打开一尺的盒子时，才发现里面的货品只有一寸大小。着实让人莫名其妙和啼笑皆非。

而在这些个大大小小的包装上，受了绿色和节约两种因素的驱使，材料中塑料的比重几乎达到了百分之九十以上。这些设计精美、印刷考究、制作复杂、色彩艳丽的"塑料盒子"一进我们的家门，便在挥舞的刀、剪之下，很快体无完肤，成为崭新的垃圾。于是，我们在垃圾堆上，发现处处是塑料的影子。它们从家庭进入小区垃圾站，再费力地在汽车燃料的驱动下前往垃圾填埋场或者发电厂。而也有不少的部分，被人随意抛弃在路边或沟渠，成为一道道五颜六色的"风景"。正如开头风中所见，让人不忍卒视。

突然想到考古发掘。以前的考古发掘工作，人们从地下找到了古人用过的陶器、瓷器、金属和原本就存在于自然界的木、石制作的器物。大规模的塑料制品产生以后，几百年、几千年甚至几万年后，考古发掘会有什么成果呢？一定是一包塑料、又一包塑料和再一包塑料，出土文物全部是狗日的塑料。

所以想，我们为什么要自欺欺人地欣赏这华而不实、俗化眼目的包装呢？

2012 年 10 月

故乡是什么

232年前,1771年1月5日清晨,鸡鸣时辰已到。分布在伏尔加河两岸的二十万土尔扈特人按照事先的约定,准备出发,回到蒙古大草原——他们梦中都眷恋着的故土。没想到上苍跟他们开了个大大的玩笑,宽阔的伏尔加河竟未结冰。河西的七万土尔扈特人望着涌动的河水,望着东岸整装待发的人群,号啕大哭,恸声惊天。渥巴锡汗在无奈中含泪下令,出发、作别、东归。从此,河西的土尔扈特人在沙皇及后来的专制政权迫害下,噩梦连连,身命凄凉,用眼泪写了一出走不了、归不得的悲剧。

无独有偶。

126年前,1877年冬天,陕西蓝田和渭南的万余民众,因战乱(起义失败)被迫西徙。冰雪、劳累和稀薄的空气,让这支不成队伍的队伍到达俄国境内时,逃难人数已下降到三千多人。沙皇政府称他们为"东干人"(陕西方言,东边的人衍化而来)。东干人在陌生的土地上播下老家的麦种和菜籽,开始繁衍生息。如今,住在哈萨克斯坦共和国和吉尔吉斯斯坦共和国界河——秋河两岸的东干人已达十一万多人,被人称为"陕西村"。他们一面在熟练地操作着电脑,一面在用126年前的陕西方言交谈。他们把政府称作衙门,把中国人称作清国人;他们依然像陕西农民一样,把玉米囤在院里,顽固地保留着百余年前陕西地区的民俗民风。为了找回渐渐忘记的先辈文字——汉字，今年，村长安胡赛专门带村里的七名少年来西安学习汉语。安胡赛的童谣依旧唱得那样地道："月亮月亮渐渐高，骑白马、带腰刀……"

这是两则媒介故事。由此我忽然想到曾经听到的一件事。一位汾阳老乡年轻时为谋生而远走天津，在当年的颜料铺打工学徒。现在，已八十多岁高龄，儿孙满堂了。他对故乡，不是念念不忘，是哭。他的老泪，儿孙不解，别人也不解，他只是说："想老家，想老家院里的枣树，想街门前的石狮子，想大妈想二婶……"是老糊涂了吗？可他的思维是那样地清晰，语言是那样地准确。可让他真的回老家住，他不走，只是在哭着想……

故乡，你究竟是什么？

我们可以征服千军万马，可以征服冰天雪地，可以航泛欧美，可以上天登月，可以只身无羁浪迹天涯，可以面对大海心比天高……而是谁？谁用一根柔柔的丝线，紧紧地系住我们的心，牵动我们的万千思绪？又是谁，在你疲惫、苦闷的时候，用鲜洁的童年，去慰藉你的空虚；在你成功的时候，用回忆中的真实，去增添你继续奋进的勇气？

方言是故乡，民俗是故乡。方言不是故乡，民俗也不是故乡。为什么到处有山西村、河南村……那是要在异乡留什么样的印记？为什么有千里寻根万里寻祖？那究竟是要找回遗失掉的什么？光宗耀祖吗？谁是祖先？祖先是谁？

脚把心带到远方，心又总想把脚带回故园。人生走来走去，总走不出心，总离不开根。脚没有根，但我想，心是有根的。

想起席慕蓉的《乡愁》：

> 故乡的歌是一支清远的笛
> 总在有月亮的晚上响起
> 故乡的面貌却是一种模糊的怅惘
> 仿佛雾里的挥手别离

别离后
乡愁是一棵没有年轮的树
永不老去。

2003年7月

过 关

去过几次西安,要么走潼关、要么走韩城,对这两条路上的风土人情似乎有些熟悉了。那些一望无际的黄土给人的印象,比起同为黄土高原的山西的丘陵和大山来,让人感觉又有了一种滋味。

随着时间的推移,一个地名越来越强烈地吸引着我,它就是函谷关。

无端地映入脑海的是一个白发皓首的老人,骑了一头青牛,缓缓地走上一道仅容一骑通过的山坡,登上山巅。山顶上是一座二层的雄伟的关楼,楼上的旗帜和士兵的帽缨在风中飘荡。老人回眸东望,见一道紫气伴着朝霞在东方升起,整个宇宙一下子都变得扑朔迷离起来。这位老人便是老子,关楼便是函谷关。这个镜头不知何时开始入驻,在脑海里忽隐忽现,渐成一幅谜一般的画卷。

早些日,冬闲闲得有些让人发呆,于是抽了一个周末,与三两朋友直取函谷,计划绕河南而进关中。

过三门峡大桥,便知已入河南地界,偌大的天鹅湖突然出现在眼前。不知有多少只天鹅正在这里栖息、嬉戏,让人的视觉从冬日的枯萎中一下子惊醒——原来这里是它们的家。

灵宝县之名,于我的知识,首先得自唐朝历史中的"安史之乱"。哥舒翰与安禄山的大战,与这个地名紧密相联。函谷关镇在灵宝大约是一个中等镇子,这一天,正逢村集,行车被人流所阻,于是大家一致同意弃车步行借机赶集。看到了几样新鲜:这里有卖大块大块的冷冻猪皮的,问时，说是做"冻子"用的。有卖烤烟丝的，价格不等，次则五元，优则十元，是论斤。有卖茶叶的，散卖，好多种，露出些南方地区的气息。农具仍然大部分是煅制的，但有些我们从未见过，显然农俗已然很是不同了。最惹人馋的是大白菜，是在老家早已消失多年的卷心菜，白嫩如玉，大可十数斤，忙忙用手机拍了照存念。集会上的小吃被安排在同一地段，有此起彼伏的吆喝声，很勾人。有一种菜品被称为"糊卜"，想不出实为何物，极想随遇而食，奈大家对乡村食品的品质多少有些狐疑，于是悻悻作罢。

函谷关不知哪一年已被人开发，打老远就看见了一个老子站像，整体贴金，据称三十三点三米高，也可能将被或已被称为"中华第一老子"了吧。看到这些莫名其妙的新景，内心总是会涌起一股莫名其妙的滋味。老子的低调和"老子"的张扬在这里形成了让人啼笑皆非的组合。广场西侧，借山筑了一道文化墙，很高很长，墙上是篆书《道德经》，大理石的，显得也很奢华。随着踩在青石地面上的脚步前进，内心对函谷关的那种神秘感竟愈来愈小。

过老子大像，拾级而上，突然出现了一座灰墙碧瓦的山门。门上悬匾，匾书"太初之宫"。歇山顶，比起前面的建筑来，矮而粗陋。仔细看时，却是明砖清瓦，是个真古董。据说，老子在函谷关著《道德经》，就住在这座院子里。后人"即宅而宫"，改作老子的纪念建筑了。虽名为"宫"，但院子实不算大，建筑体量也不大，与老子的名声实在有些不相称。但里面明代的斗拱、元代的石碑甚至唐代的柱础，直溯道学源流，直勾游客思古幽情。

正是旅游淡季，院子极为清静，甚至听不到一声鸟叫。松柏一类的景观树大约有了几十年的树龄，正长得葱葱郁郁的。还有一种树冠很大的树，好像是广玉兰，居然没有掉叶子，与松柏、与地上的嫩绿的草坪一起，让整个院子在隆冬季节依旧是绿意盎然。在一个个历史典故的地点徘徊，咀嚼一个又一个朝代，给人一种穿越的感觉。院里有好多碑，依我看，实在很有价值，无论从书艺还是历史，都不可多得。在一个台地上，成排裸立着，比起前面广场的奢华来，总让人产生被冷落的感觉。

这个不大的院子，产生过几个著名的典故成语。

紫气东来。前491年，关令尹喜在这里看到东方紫气盈天，认为会有异人前来。果然在这里候到老子倒骑青牛而来，于是挽留服侍，老子于此成五千言道德真经。

鸡鸣狗盗。都说战国时的孟尝君"食客三千，不乏鸡鸣狗盗之徒"。而他在秦宫正是凭了狗盗之徒盗出白裘才得到关牒。而到函谷关时，正是借了鸡鸣之徒的模仿鸡叫，才骗开关门才得以活命。

玄宗改元。唐玄宗李隆基信道，参军田同秀上朝时说老子托梦给他，说在函谷关埋了一个木符，谁能得到谁便可以得天下。玄宗派人去挖，果然得到一个异体"木"字符牌。众臣解释此字的意思为四十八。于是玄宗改开元年号为天宝，改当地桃林县为灵宝县。其一生果然坐了四十八年天下。

太初宫其实是建立在函谷关的两峰对峙的一峰之上，要到关口，还需要下行一段路。就是在此处的峰壁上，早些年曾经发现到了一个被人称为"战国井式箭库"的地方，曾出土过铜镞铁杆的大量矢箭，现在被人保护了起来，让人联想到了当年这里的狼烟。

关口被人新修了一座仿战国时代的关楼，惟妙惟肖，但于我，仍是感觉有些过于华丽过于抢眼了，那个时代建筑关楼应当是以实用功能为主的。站立关楼，东张西望，左顾右盼，却怎么也找不到感觉。古人为什么要在这里建立一座关楼呢？却原来，关之东，那片有千米之遥的开阔地，古代并不寂寞，是一年四季流水不息的弘农涧。一个涧字，足以说清当年的水量之大。所以，在这条长安通往洛阳的咽喉要道上，这座桥梁、这座关隘就显得至关重要了。细看现在的弘农涧，被开发的人放了一小池水，虽也安静恬美，倒更像是一个摆设。

就在这座关楼下，曾经产生过一个十分有名的哲学故事——白马非马。说的是战国时公孙龙从赵国骑马入关，因赵国马畜瘟疫，以故关吏不让白马入秦。公孙龙说"白马非马"，关吏答"白马是马"。公孙龙说"难道我公孙是龙？马者，所以名形也；白者，所以名色也。名形者非名色也。故曰：白马非马。求马，黄黑马皆可致。求白马，黄黑马不可致。……"当关吏被辩得糊涂的时候，他早已乘马入关了。

下了关楼，让人梦牵魂绕的十五里函关古道就在眼前。两厢是黄土断崖，前望是枯枝乱叶，宽窄"车不方轨，马不并辔"，寂静而清幽。"一夫当关、万夫莫开"对这里的形容，实在是再恰当不过了。在这里，曾经发生了太多的改变和保持中国历史的战争事件。战国六雄在此叩关攻秦，楚汉相约在此争关，哥舒翰上当兵败函谷，黄巢、李自成起义乃至后来的抗日战争都在此留下了太多的殷红的人血。金戈铁马、旗戟林立、残阳如血，这里的每一抔黄土都见证过冷兵器时代人类自相残杀的惨烈。据说，早些年，当地农民曾在地下发现过一具古代枯骨，枯骨上竟有箭镞十几个。

有些不如人意的是，随着水土流失的加剧，函关古道已被掩埋了很深，很难找到当年那种"深险如函"的感觉了。

不知从何时起，连同函谷关一起，这条古道已被人彻底废弃，成为一个比较纯粹的文化景观了。我们从王垛村起身，没几步便进入连霍高速。左手的秦岭余脉急速向后飞驰，一不小心，早带走了新修的潼关关楼。右手的黄河虽然不曾谋面，但我们知道它正在与我们相向迤逦。前面，不远处，古城西安正在静静地等待我们。

2013 年之冬日

行知有汉

陶渊明在《桃花源记》中有句曰：乃不知有汉，无论魏晋。把首句顺手拈来，取其别意作了题目，重点只在一个"汉"字。

人有了一定的阅历以后，会莫名其妙地对有些地方产生一种莫名其妙的向往，而这个地方，又往往是在各种旅途中不能触碰到的所在。愈不能去，内心便愈垂念。汉中于我，便是如此。这种神秘感，其实源自秦岭。秦岭与淮河一起，是我国非常著名的南北地理分界线。而我对秦岭的经验，则仅是早几年的一个夏日，在终南山上的风景区的一个农家乐，吃了一顿灰灰菜和岐山臊子面等构成的农家饭。秦岭以南是何种颜色，便颇能勾起人一睹为快的视网馋欲。

在一个雾霾浓重的冬日，我们驱车进入了秦岭腹地，向南、向南，一路向大熊猫和朱鹮的老巢进发。说车在路上走，毋宁说是车在洞中行。不停的限速和无尽的隧道让人有些昏昏欲睡。而实际上，车窗外的景色正在悄悄发生着变化——松柏越来越葱翠，地表越来越泛青。最有意思的是，高速路旁，突然冒出几丛修竹，正绿得可爱；山腰、河旁，幢起几处农屋，干阑式、覆板瓦、大出檐，颇有些川味在里面了。进入汉中盆地，看到地面上竟绿茵茵的，不知是生长着什么菜蔬。三两小时间，车外的风光竟与岭北的灰黄一片形成了极大的反差。

来到汉中，才知道汉中城与刘姓有着太深的历史渊源。

鸿门宴后，刘邦惊魂甫定，不得不对实力强大的项羽俯首，被项羽封为汉王，排挤至交通闭塞、尚未开化的汉中郡来。尔后刘邦在此卧薪尝胆、韬光养晦，筑路拜将，最终取得大好江山。刘备入蜀，占据汉中，自称汉中王。更有诸葛孔明在此屯兵八年，以攻为守、六出祁山，为蜀汉后主刘禅立下了"鞠躬尽瘁"的盖世功劳。

据说，汉中是中国版图的肚脐位置所在，是真是假我们无法确定。可以确定的是，刘邦兵出关中取得江山后，因他在这里曾被封为汉王的缘故，遂起国号曰"汉"。而这个"汉"字不但定位了汉朝，更衍生了汉人、汉族、汉语等等流播至今的民族符号。

在充盈着太多传说的汉中城，我们看到了拜将台、饮马池，我们长久地在古汉台流连。"留此一掊土，犹是汉家基"，仿佛看见失落的刘邦和振作的刘邦正在这座他曾经的行宫里踱来踱去。望江楼历久弥新，极目远眺，仿佛看到汉江两岸身着缁衣的汉兵正在操练。汉中博物馆里为数不多的几件藏品，总是提示着这里与"汉"的深密关系。城市总是最不容易留得住历史的地方，看着汉江河谷中来往的运砂车辆，我们把汽车导航设定到了著名的石门栈道。

石门栈道古代又称褒斜道，总长五百华里。南端在汉台区的褒谷口，北端在眉县的斜谷口，故称褒斜道（取名方式竟然与我们现在铁路、高速公路等高等级线路取名方式相一致）。这个褒字做地名十分鲜见，一打听，果然这里便是传说中的葬送西周帝国的大美人褒姒的故乡，古褒国的所在。没有人知道褒姒有多么美，但她留下的两个典故"一笑值千金"和"烽火戏诸侯"将是一笔永远的文化遗产。村街上的行人来来往往，注目观看，竟没有看到一个是想象中的褒姒的样子。石门栈道可以说是中国最著名的栈道，因为"明修栈道，暗度陈仓"的故事就发生在这里。

车至褒谷口，和国内其他地方的景区一样，一道栏杆横亘在前——收费！买门票后，乘电瓶车进入景区，眼前景象却与想象中的古栈道大相径庭。脚下是一座高高的大坝，水泥筑的，看起来十分牢固，地面上有不知用途的车轨。沿着大坝前行，接目处是一段曲折的栈道，很新的样子。与开茶馆的店主聊天，才知道70年代就建起了这座水库，坝高八十二米，原来的石门、摩崖石刻和古栈道早已被没入水中。看着眼前清澈的库水，想着栈道的题名，真有一种啼笑皆非的感觉。不过，在新栈道上，有人刻了李白的一首咏鸡头山的诗，大家看了，感觉颇多漂浮之气，很与李白之名不搭界，也许是李白大醉不醒之际诌的吧。

据说，石门是世界上第一条人工隧道。范雎相秦时，派兵开凿栈道，以图沟通长安和巴蜀的联系。但到褒谷口时，因山嘴入河，石形复杂，所以采用"火焚水激"之法开出隧道。即以木柴加热预定的山体，然后以水喷激，石头便成片碎裂。而那些石刻，便是包括著名的石门十三品在内的一百零四件古代书法作品。其中有"汉人极作"隶书《石门颂》、曹操的《衮雪》等。这些作品，除了上述十三品被抢救性切割后移至汉中博物馆而外，其余已全部淹没在七八十米的水下。想到这些古迹的安危，让人不仅仅是遗憾，内心涌上的是阵阵愤慨了。这些文物在1961年被国务院公布为第一批国保单位，而到70年代仍被人为淹没，真的让人无语。我们不知道这个水库的作用究竟有多大，但是大坝为什么偏偏要选址在石门这个地方呢？这不算是人祸吗？

又据说，如果没有水库，再前行若干里，便是当年萧何月下追韩信的地方。不仅如此，因为这条道是当年关中通往蜀中最主要的官道，我确信有不计其数的文人骚客和将军官僚都对这里曾经大发其慨。今录一首唐代汾阳人薛能的诗《褒斜道中》如下：

> 十驿褒斜到处慵，眼前常似接灵踪。
> 江遥旋入旁来水，山豁犹藏向后峰。
> 鸟径恶时应立虎，畲田闲日自烧松。
> 行吟却笑公车役，夜发星驰半不逢。

说起人物，汉中除了那些赫赫有名的过路客而外，东汉时土生土长的五斗米道教主张修、张鲁曾经在此政教合一统治汉中四十年，其教义被众人奉为圭臬。说明了汉中的封闭，也说明了汉中的富足。于宗教，作为道教的重要分支，五斗米教也影响了中国道教两千年。

而也是东汉，早于张鲁若干年，还有一个人物在汉中影响了中国乃至世界，他的造纸术被誉为中国古代四大发明之一。蔡侯祠位于汉中洋县东10公里的龙亭镇，是东汉龙亭侯蔡伦的墓祠。这里是他的封地，也是他发明或者说归纳提炼造纸术的地方。墓祠规模不大，但松柏森森，墓冢芳草萋萋，证明着它所经受过香火的年头。建筑的单薄，似乎也在昭示古代人对自然科学的不甚重视。而龙亭村的古街似乎没有跟随时代前行，仍然大大咧咧地呈现出一派民国气象。村街中间，不断有摆放着的麻将桌，那些躲避家中阴湿的老人们围坐在一起正在打牌。在这种恍若前世的气氛中，我们买了几张用蔡伦手段复制出的麻纸，驱车踏上归途。

别了，汉中。

2013年冬月

家乡的秋天

年有四季,四季分明。秋有三月,三秋各异。

当三伏天的那一声惊雷炸响,秋已不知不觉地潜伏到我们身边。

《易》曰:冬至一阳生。正如这冷热互生的道理,初秋,简直不可以称之为秋。天空中游荡着雷电不息的灵魂,光怪陆离的云层中蕴含着积水和冰凌,它们常常拧扯在一起四处翻滚,舒舒卷卷,贴着低空肆意行进。一股说不清风向的狂风过后,有时大雨如注,像是怨屈的倾诉;有时云走日出,像什么也没有发生过。有时云朵就幻化作一道彩虹,大大咧咧地写在天边,赤橙黄绿青蓝紫,悬作彩门,一任孩子们在下面欢呼雀跃。空气中涨满着湿气,在静静流淌的时光中蒸腾,在楼群间、田地里充溢。城里,长久的袒胸和露背者已显得有些疲倦;乡野,庄稼的叶子绿得发黑,蚂蚱在草间肆意跳跃。还有闷热,无论昼夜,总是驱赶不尽。忽然听到爬在槐树梢的"秋留虫儿"好长一声的慨叹,于是人们终于想起,是秋天了。初秋不是秋,更像是夏的浓缩夏的合成夏的极致。

一股清凉的东风迎面而来,细碎的雨点不紧不慢地落在人们的身上。树枝在凉雨里欢快地摇起手臂,像在欢送一个远行的朋友。淅淅沥沥,缠绵三两日,雨悄悄地走了,带来的是清新而且清凉的空气。太阳从洁净的天空中升起,和煦的光落在有些雾气的早晨。天高云淡、风清气爽,我们迎来了仲秋。

人们不仅从菜市上看到了秋的琳琅,甚至从空气中就嗅到了秋的气息。这是一个充满谷香的季节，地里长的和树上结的，全成熟了。定格在眼前的秋，不是咧嘴的玉米，不是弯腰的谷子，和家乡最有关联最能引人遐想的，是酡红脸的高粱。它朴朴实实地站立在田间，不仅是籽粒在炫耀粮香，就是叶子，也在不停地毫不遮掩地散发着特别的禾香。红色的收割机在绿色或者黄色的田间进进出出，生动而满足着。山坡和果园里的各色果树们也即将完成今年的任务，泛着油光的树叶间总是突然就露出几个果实的颜色来。苹果、梨、枣、葡萄，正到了它们自我炫耀的日子。而山地里，森林依然像夏天一般葱葱郁郁，但你若细心些，很容易地就可以从风中嗅到树林中流出的蘑菇的鲜香。如果再细心些，也许，你还会听到野雉在灌木中追逐的声音。

树荫下，自行车或者摩托车安安静静地立在那里，旁边，农民用来早晚防寒的衣物和一大杯的热茶相偎在一起，树叶间漏出的光点在色彩斑斓的衣物间悄悄游移，像梵高的油画。对，好像谁说过秋景如画，就是这个词了，是仲秋的总结。

走在城市暖洋洋的人行道上，心情和阳光一样舒展。突然，一枚落叶翻卷着轻轻从身旁落下，悄无声息地横躺在柏油路上。叶子已褪去了早日的风华，叶脉在泛着黄的绿色中格外显眼。——晚秋到了。

仲秋的凉夜早让人们习惯了凉意，间或的西北风和秋雨让温度计安静了许多。又到了那种最有季节感的衣服——秋衣秋裤粉墨登场的日子。

天凉好个秋。

此时寻景须进山，层林尽染看千红。温厚的山林变得诡异起来，似乎一日四时，时时颜色在变。绿、黄绿、黄、橘黄、橘红、红、紫红、紫、黑……远远望去，各种变幻的色彩在不停闪烁，张扬着最后的风采——是一幅幅永远也不能准确描绘的画。山下，树叶依旧在飘零着，田野里的庄稼已经再次成泥反哺土地。风卷起枯黄的树叶禾叶四处乱飞，乱飞出一路肃杀来。而早晨总是安静的，安静的早晨，四野是白茫茫一片，那是落在树叶、枯草和田地上的霜。我想，古代的那些诗词界的婉约派们，正是在这种日子里伤感，伤感出一篇篇不朽的文字来。树把叶都喂了它们的根,放眼望去,四处光秃秃的,真有些凄凉之感。也就是在行进中,猛抬头,见庄户人家的院里,突然升腾起一股热量来——那是一株或两株脱光了叶子的柿子树,在风中坚守。枝干劲健、曲指苍穹,那些个被主人特意留下来的柿子,笑容灿烂,锁在枝头,成为描写秋与冬的活景。

就是在这霜打风冷的日子里,我们依然出去看秋。望不尽的黄土地上,突然就会出现一片一片苍翠的绿,汪汪的,给人枯萎的精神以振奋。那是白菜、是胡萝卜、是芥菜,和那些不畏寒冷的薤白、荠菜、小蓟、青蒿等一干野菜。它们一如既往,不动声色,顽强地以自己的绿,装点着心灰意冷的黄土地。

当第一场雪来临的时候,家乡的秋才会把那些经见过了风花雪月、风雨霜冻的饱满的种子,悄悄地埋在心里,等待雪后的春天。

2012年秋日

看了一场演出

2013年7月20日，有一张票，于是在汾阳裕和花园会议中心看了一场演出。表演是吕梁市民间艺术团牵头组织的，十个节目一个小时的演出。

久也不在舞台上看演出，一口气看完后，两个字的评价是：很好，三个字的评价是：太好了。

古人有个词叫先声夺人，在这里得修改一个字，叫先光夺人。一样的舞台，不一样的色彩。巨大的立体的 LED 屏让台子幻化出了以绿色为主的无穷的色彩，把剧场气氛一下子提起来，集中到了台上。剧场一下子在灯光渐灭的黑暗中静了下来，就在这个时候，中华大鼓的鼓槌擂动、鼓点频击，像千万颗核桃从谁家的土窑上顺势滚落下来。是籽仁饱满的核桃，是晾得干干的核桃，你听这哗啦啦的响声，绵绵不绝，是在展示着丰收，也是在宣示着丰收的喜悦。

孝义木偶其实早就久经沙场，出国巡演也不知有过多少次了。看着被活人操纵着的木头人人在台上做出各种高难动作，外国人视觉上的稀奇，大约类似于以前的国人看西洋景时候的稀奇吧。随着音乐的变幻，木偶们从民间杂耍到戏剧人物，惟妙惟肖地展示了一件件"国粹"。最出彩的是木偶喷火技术，我想，大约也与川剧中的变脸一样有一种应当受到保护的诀窍吧。

一共安排了四个舞蹈，比起一般的演出来，显然比例上显得要多得多了。但想到这是一场有不少外国观众的演出，所以这个编排，应当说是组织者的一种匠心。四个舞蹈，四个主题，有行云流水般的古典元素，也有现代人的热情奔放。共同点是人数众多、气势夺人，特别是吕梁民间艺术团的舞蹈，从嫦娥奔月的写意到天鹅和梦一起飞，真的堪称山西一流。舞者的肢体语言能力决非一般团队可比——据说受过俄国教师长时间的真传，怪不得。

中英文双语主持使节目衔接天衣无缝，不同的主题在美轮美奂的光与声中自然转换。

面食表演被搬到舞台也许很久了，但我是第一次看。王张龙师傅的削面、拉面、吹气球等绝活让平常以歌与舞为主的舞台一下子生动起来，那一根也许是世界上最长的长寿面在台上飞动，把人的思绪也扯得很远很远，让人想到麦浪滚滚和五谷飘香。农耕时代留给我们的，永远是亲切和温存。

有一个本土节目，叫琴魂剑魄。不是歌，也不是舞，是武术表演。杏花村的这帮子少林小子功夫不赖，颇有些豪气，硬功练到头断木棍。打斗虽是表演式的，但身手到位，很有质感，赢得了阵阵喝彩。

远方的客人请你留下来，以此为题的舞蹈显然带有告别的意向。随着主持人的出现和舞台灯光渐暗，大厅的灯光渐次亮了。不论是中国人还是外国人的脸，在灯光下，都带着还没有消解的满意的笑。

演出成功了。

顺着人流，步出裕和会议中心，心中不知为什么突然涌上来的是一种酸酸的失落感。曾经辉煌的本土节目，到哪里去了？当我们在口号中陶醉，世界已悄悄地走到了我们的大前面。我们的节目顽强地在街市公园的日光下曝晒，买来的只有远方的花雨。远方花雨的灯光与音响，真的让我们大开了眼界。

2013 年 7 月

历史的碎片

1990年的春、夏、秋三季,有一个人极大地影响了我的人生,他就是沛廷先生。先生姓段,当时任文化局副局长,分管戏剧及古文化工作。那时,一周只有一个星期天是休息日。而我因为年轻,总是习惯在被窝里偷懒掉休息的日子。这一年的几乎每个星期天,这个习惯不得不被打乱了。先生总是如约而至,一大早就敲打街门叫我起床,下乡。说下乡其实说得有点不准确,因为我们是下田——到乡下的田野,在那里寻找一些历史的碎片。

这一年,我二十六岁。

行走的路线似乎很是随意,并无一个方案和计划,但回想起来,也有 轮廓性的区域,大致就是今天的青银高速汾阳段沿线。先生清楚,这个区域正是考古学上所谓的二级台地地段,容易找到早期人类生活的遗址。杏花村、小相村、董寺村、峪道河、宏寺村、冯家庄、石塔村、南关村以至三泉镇一带,重点是那些砖瓦窑的取土点,到处都留下了这两辆自行车的痕迹。有时候,也转到村子里找两处好的民居来看,作一些简单的文字和照相记录。我其实什么也不懂,只是懵懵地跟了先生,乱跑。渴了,就忍一忍,饥了,就到路旁的小饭馆吃一碗面。工作似乎单调,但感觉似乎又十分有趣。

就是在这一年,我认识了什么叫陶片,找到了沧海桑田的感觉。先生其实也只是一个考古爱好者,但他对待工作的认真程度,至今都极大地影响着我。开始,很多时候是他捡拾他的陶片,我发我的思古幽情,完全不搭界的。有时,他为发现了一个从未见过的鬲足而欣喜,而我,目光更愿意停留在一丛丛的长满酸枣的棘蓬上,用舌尖品尝那些小甜心。他喜欢准确描述陶器的形制,我则更愿意想象古人当年的生活情态。

当时,站在一片片遗址之上,从新石器遥望旧石器时代,我常常会联想到火。

《韩非子·五蠹》:"上古之世,人民少而禽兽众,人民不胜禽兽虫蛇;……民食果蓏蚌蛤,腥臊恶臭而伤害腹胃,民多疾病。有圣人作,钻燧取火,以化腥臊,而民说(悦)之,使王天下,号之曰燧人氏。"这种有名有姓的传说故事,从有文字开始,代代相传,直至现在。燧人氏也当然地被尊为中华文明的鼻祖之一。

而实际上,我当时对火的想念,并不是"化腥臊",而是火的奇妙作用。它,可以让石头粉身碎骨,化成灰烬;它,还可以让黄土结构成型,变作盆盆罐罐。这种功能,实在是一种超然的神秘力量。最重要的,它让黄土成型的这个发现,实际上正是新石器时代的发端。所以应该说,当年,正是火,加速了人类的文明进程。而炊饭化腥臊的基本功能,到今天都仍然被天天利用着。

在这一次次的郊游中,我收获了对大地更深的恋情,也收获了许多至今仍历历在目的发现。这是一些我们的兴奋点很一致的小收获:比方新石器时代的半截石斧。是在宏寺村北见到的。应当是火成岩质地,发着绿汪汪的青色,比起随处可见的青色鹅卵石来,显然质料要精良得多。比方白灰打底的半地穴,是在董寺村北很远的地方见到的。在一个断崖边,清清楚楚地看到了线条状的白灰剖面,有水平面有垂直面,显然是一处半地穴房址。比方一个一米多长的绳纹板瓦,在南关砖窑发现,虽然缺了一个角,但仍然可以想见当年厅堂类甚至宫殿类建筑的规模和奢华。比方一个陶盆。在石塔村见到。直沿平底素面,直径可达一米四五,应当是汉代的东西,被什么人人为破作七八块,后来在所有的考古资料和博物馆都没有见过,到现在也想象不出它究竟是什么用途。曾经在北垣底见到过东汉的绿釉陶,但我们日日孜孜以求的仰韶文化彩陶,只有些零星的小片片,终究没有重要的发现。

巩村的兹氏城址,见到了大量的建筑陶片和动物骨骼,说明了这座城郭曾经的人类史。

而先生每天一包每天一包的陶片,也渐渐成了气候。他一边清洗和黏合它们,一边瞅机会向省里的专家请教,竟整理出了许多眼睛能够看得到的成果。瓮、罐、豆、瓶、壶、鬲、甗、盆,红陶、灰陶、黑陶,泥质、夹砂,品种还挺全的。在这里,可以容易地找到教科书上描述的"泥条盘筑法"生产的器物,也可以很容易地找到陶片上古人的指纹。历史和现实,活生生地摆在人的眼前,呼之欲出。

这些大约从新石器时代早期到东汉末年的遗存,形制不同、花纹各异,分明是汾阳的历史留给我们的记忆碎片。看着这些带着泥土味的东西,真想拥有一双能够穿越的翅膀,飞回到遥远的古代,倾听一下古人是怎么说汾阳话?又在交流一些什么内容?而他们,又是生活在怎样一个场景里?想象,就依赖着这些不声不响的陶片。这些历史的碎片虽然没有文字,不能够传习当年的生活,但它们的古代信息,是那么强烈地感染着我们。仿佛一条文明的血脉,正蜿蜒延伸下来,直击今天的现代生活。

这些陶片,其实只是汾河流域古代文明的吉光片羽。它们和忻定平原以及晋中其他县域的文明一起,形成了当年三晋大地的一个较之晋南文明而言的次文明,紧依偌大的晋阳湖,也许是传说中的北"狄"民族的一种文化遗存呢!

2012 年 8 月

慢下来

楼下，是一片偌大的草坪，窗前，是一株不起眼的泡桐树。住在这里，它们便是一年四季看不完的风景。楼上楼下，天天从此经过，不经意间，也许三年，或许两年，那株不起眼的泡桐树竟然蹿了老高，树荫把窗户都遮住了。看着映在窗户上的宽大的泡桐叶，一个无风的日子，它没事可做，我也没事可做；它发呆，我也发呆。

时间就这样从身边流走，似乎肌肤都能感知到它不紧不慢的流动。轻若飞鸿，无声无息，暗地里似乎还流淌着一种舒缓的音乐。

城里，正涌动着无休止的人流。

匆匆的脚步、倏忽而过的摩托车和自行车、色彩斑驳挤作一团的汽车，城市的空气里除了炒栗子和烤红薯的味道，还胀满了紧张。大家都有一个共同的目的——赶路、赶路、赶路。不赶路的，是偶尔几个遛狗的人。而他们的表情，好像也并不太轻松。

突然想起陶氏的诗"采菊东篱下，悠然见南山"。这样的句子做千古名句自有它的道理，而从字面意义上，似乎这也太简单了点——其实就是在山下采菊的一个动作，居然能够在人们的视网膜上定格一千多年，可见这个动作是不同凡响的。还有五柳先生的《桃花源记》，更堪称科幻名篇，那里的人居然"不知有汉，无论魏晋"，连时间概念也没有了。

蚂蚁有挺细的腰，据说是工作太忙累的；蝴蝶也有挺细的腰，却见它整日只是翩翩起舞，什么活儿也不干。也没有谁见过蚂蚁富得流油、蝴蝶穷得无衣。人毕竟不是蚂蚁,没有物质做基础也当不成蝴蝶,所以有人提出了像蚂蚁一样快工作,像蝴蝶一样慢生活的理念。而一些人提出的所谓"五加二、白加黑"终于因为不人性,被人们所抛弃掉了。如何延伸生命长度和增加生命宽度成为一个历久弥新的课题。

被忙碌以后,终于有个时间去旅游了。上下拥挤的火车和飞机,到了旅游点,又被赶驴似的吆来喝去,时间分割在匆匆的脚步之中。完全找不到"悠然"的感觉。更可笑的是,就是到了桃花源,可看的,终究是些或大或小的人头。鸡犬之声完全被淹没在带着汗味的嘈杂的沸沸之中。于是,旅游也就成为另一种形式的忙。

大量的有谓的和无谓的忙,把使用汽车、火车、飞机、电话、手机所节约的时间,不经意间全部占用和挥霍一空。

要让生活慢下来,恐怕更重要的是让心闲下来。

何必一定要去那个风驰电掣的旅游!或步行或驱车,走出家门到近郊远郊,我们去亲近自然,或看冰河解冻、柳梢返翠,或看草长莺飞、蝴蝶翩翩,或看茶果飘香、层林尽染不是更好的旅游吗?放飞心的时刻便会有心的神游。即使树荫下从田野吹来的风,也会告诉我们许多许多生命的道理。

要不,我们就进博物馆,让我们的气息和先人的气息在交流中沟通,去用心体味文物的精妙和时间的易逝。在这里,我们更容易感知生命的珍贵和灿烂。要不,我们就进科技馆,把我们的大脑交给那些科学成果,让它们带着我们在未知的天空中遨游。

或者,我们就足不出户,打开电脑,去欣赏古今中外的名人画作,在电脑的蜂鸣中,让我们的灵魂在对艺术品的阅读中受到陶冶,得到提升。甚至,只是在书桌上展开一本好书,旁边放上一杯清茶,嗅着茶香闻着书香,关了手机,去慢慢消磨属于我们自己的时光。书中,有不少悠然的人,也有许多看不完的南山。

其实,窗外的泡桐树一直在长,只是因为它长得慢,才让人视而不见。而就是在这个慢中,它长成了高和更高。

2013 年 12 月

尼古丁的味道

去年走函谷关镇,正好逢集。街道两侧摆满了各种当地和外地的商品。一个台子上,铺了一张三合板,板上是各种形状和价格的茶叶;依次过去的地下,也铺了一张三合板,板上是两堆颜色略有不同的烤烟叶。卖烟叶的老头正一支支卷了,送人品吸。我禁不住他的热情,吸了一口。直觉得那烟把肺叶劈头盖脸笼罩了、麻醉了,而自己,也被浓烈麻辣的烟味儿顶得后退了一步。

哦,久违了,尼古丁的味道。

20世纪80年代,国门大开,也许是出于一种媚外心理,人们都喜欢把商品起个外国名字,显得洋气些。比如,原来满街卖的汽水,一下子都叫成了"格瓦斯"。而商品的牌子,则古古怪怪的就更多了,如现在的海尔,可能就是这种文化的产物。案例不胜枚举。而奇怪的是,人们都知道香烟的主要成分是尼古丁,却未见人把烟叫成尼古丁。只是,原来最普遍的旱烟不见了,城市乡村,到处见到的,变成了吸纸烟的人。

一盘炒豆腐、一盘炒白菜、一盘过油肉、一碟腌黄瓜,我们几个喝得昏天黑地。年轻人总是这样,不知乾坤多大、世界多宽,虽然菜已见底,几个人还是谁也不服谁。烟雾就是在这个时候升腾起来——是香烟,那种质劣价低的香烟。醉眼蒙眬中,我第一次品尝尼古丁的味道——麻麻的、辣辣的,还似乎有些香味,就在这迷迷糊糊中我失去了我的处男之身。嘴里开始有了一种新鲜的味道——所谓的男人味儿。和身旁的各位师傅们交流了感受,说:开始都是这样儿的!

也不知从什么时候,我终于掏钱买了自己的第一包烟;也忘了什么时候,酒后燃一支烟成了一种生活习惯和生理需要,成为一个典型意义上的烟民。

其实,烟的味道我是熟识的。这种熟识的经验来自于父亲的烟锅。

一支不足一尺的白铜烟枪,小巧的烟锅和铸成竹节状的烟杆。竹节中间,吊了一个用黑棉布缝制成的烟布袋,被烟油渗透得油光发亮。整个烟枪浑身散发着呛人的烟油味儿。烟丝并不固定,一般是小兰花,偶也抽一种纸锭烟。一锅烟好像只抽三口两口,所以看他抽烟的时候还没有他点烟的时候多。小时候常常在炕上看他蹲在地上抽烟,暗夜里,烟窝一明一灭,那是明灭着第二天的生计。

有烟的日子就这样平静地开始了。借口必要的应酬,办公室存上一盒烟、口袋里也装一盒烟。当年,烟民的比例是很大的。朋友来了,敬上一支,自己也陪上一支、半支。慢慢地,有事无事,自己也摸出一支来抽,而拆封、递烟、点火的动作也慢慢变得娴熟起来,形象上,似乎也更像个成熟男人了。这个时候,才发现自己已有了烟瘾。那时的烟没有过滤嘴,烟民的食指大都被染得黄灿灿的,是"标志性的食指"。

成瘾后,才发现了香烟的美妙。无所事事的时候,蜷在一隅,点燃一支烟,猛吸一口,让烟雾在肺叶里优哉游哉地穿行,看烟头上冒出的白色的烟雾和鼻孔里冒出的灰色的烟雾交融,体会香烟传递给肺的那种令人舒泰的悸动,脑子里什么也不去想,是一种天上人间的感觉。工作特别是写作的时候,有时会感觉到那种力不从心的脑疲劳。这时如果点燃一支烟,你会马上感到身体会奇妙地进入另一种状态,精神也变得振奋,注意力更为集中,思路更为清晰。

而著名的"饭后一支烟",那种品味烟的感觉,真的是非抽烟者不可言其精妙了。

慢慢地,烟成了生命中不可或缺的伴侣。办公室、家里、身上,从此后我们紧紧相随。闲来无事,拿一支烟把玩。香烟长七厘米、直径七毫米（不带过滤嘴的），而巧的是一般而言抽完它的时间竟然也是七分钟。终于弄明白了人们所谓"一支烟的工夫"的工夫是多长的工夫，也算是一种收获吧。

与快感伴生的，还有烦恼。烦恼来自两处：一是烟瘾犯了，手头无烟；二是烟瘾犯了，手头无火。那种感觉，与品味烟的感觉类似，是非抽烟者不可言其怪异了。

就这么跟着时间跟着生活，抽烟的日子完全变成了平常的日子，天天抽烟与天天吃饭一样，自然而然了。和所有烟民一样，随着收入的增加，抽烟花的钱越来越多，烟的品牌越来越好。而很重大的一个发现是，抽烟的品牌，变好没什么感觉，变次则万万不能。那种类似的包装里，有着太多的不同。好像就是在这个时候，在有二十多年烟龄的时候，因为身体和经济的种种不适，想戒烟了。早晨的口干舌燥和气管里无尽的痰，还有似乎不可治愈的慢性咽炎，让我在理智上对烟产生了很大的厌恶感。想戒就戒！就这样，或而戒三天、或而戒五天，戒与复吸一直反反复复，最终的结果是积累了若干戒烟的经验，产生了若干戒烟失败的笑谈。不可思议的是返吸后的报复性抽烟，比之平常更为猛烈和凶猛。

复吸的时候，清楚地觉得香烟似乎是自己钻进肺里的。烟与肺像一对久别的情人，烟雾袅袅进入肺叶，一下子就和肺泡紧紧拥抱在一起。闭目感受，那种美妙不可言喻。血管里的红细胞似乎也因为接触到了香烟也一下子兴奋起来，在血管里欢喜雀跃。这些欢喜的跳跃着的红细胞到了大脑，让大脑清新异常；到了四肢，让四肢松软舒泰。到这个时候，总是会想，这么美妙的享受，为什么要戒掉呢？这种忽左忽右的感情，让人矛盾不已。

抽烟，气管和咽部难受；不抽，浑身难受。这痛苦的经历，让人知道了这个"瘾"字原来真的是那么不同寻常。

不容否认，香烟其实是一个很好的写作伴侣。

写作的时候，你完全就不知道是什么时候又点燃一支的。只在红红的烟头烧着手指时，才蓦然有所察觉。最是当思维阻滞的时候，点一支，闭了眼去放飞你的心情，让感性或理性的思维在天空中驰骋，你会在漆黑的夜空中抓到灵感稍纵即逝的火花，捉牢，把它放在你洁白的稿纸上。也会在脑海里结构出一个又一个从没有见过的画面，用你的笔慢慢地把它描绘下来……

于是，我和它如影随形，二三十年一路走来。

裸装的变成了过滤嘴的，平装的变成精装的，低档的变成中档的，中档的变成高档的……

2012年的1月1日，是一个心情颇为不爽的日子，因按惯例值班，所以一天就在办公室里捣鼓。把没用的文件扔掉，把有用的书籍和纸张分类收存。偌大一个办公室，没有任何人帮忙，一个抽屉一个抽屉，一个角落一个角落，全部收拾了一遍。就在这拾掇办公室的忙忙碌碌中，忽地发现，一天竟没有顾得上抽烟。于是，突然生发了一种念想，再试一次戒烟！一天可以不抽，两天就可以不抽，类推之，天天也都可以不抽。

没有学习以前避而不见的失败经验，我把办公室、家里、口袋里，到处都放了烟和火机，而且，都是些好烟。面对这个妖魔，只用克制二字对待。想抽的时候，最大的动作是咽一下唾沫。一天天的日子平淡地过去，竟没有想到，就用这个小小意念，让我真的戒了烟。

几乎没有一个朋友会相信我戒了烟，但我确实戒了。

1月7号的时候，妻子对我说：你怎么老发脾气呀？我无语。1月8号的时候，妻子对我说：你怎么老发脾气呀？我说：你没发现我这几天没有抽烟吗？于是，老婆像看月球上的人似的，盯我看了七分钟。

后来，种种戒断反应带来的不适在体内滚滚如潮，手麻、脚困、牙根发紧……不再赘述。我只坚守一个信念，不找任何借口，只用一个"挺"字，终于挺了过来。

两年多了，大脑里已经完全忘掉了尼古丁的味道，清除了脑细胞中的那些关于烟的如醉如痴的记忆。看到别人有滋有味地在吸烟，已经无动于衷，甚至还会感觉有些呛人。有时，甚至还会怀疑自己，我真的对烟有过那么大的嗜好?

　　远离尼古丁,让肺清清爽爽,让人清清爽爽,感觉很好。

2014 年 5 月

去了一趟深圳

今年的5月18日,是第八届深圳国际文博会开幕的日子,等匆匆登机到了深圳的时候,已经是18日夜里的10点多了。没有赶上开幕式,倒是赶上了深圳街头滚滚的热浪。湿热空气一下子拥了过来,紧紧裹在人的身上,黏黏的,似乎还带着南海的咸味。坐了弟弟的接站车,和峰到街头尝试了潮州菜虾蟹粥,一种怪味的香,分饮了一瓶当地土白酒,在空调间里沉沉睡去。

感受了美不胜收

美不胜收这词儿,应该是小学就学到了,以前写东西也用过,但用在文博会上,应该才算是最贴切的。文博会的全称是国际文化产业博览交易会,文化产业应该说是以美的产品构成的产业,所以,展会上林林总总的展品的的确确最适合美不胜收这个词儿。

偌大的深圳会展中心三个入口都排起了游移的长龙,男男女女,楼外楼内全是人,应该都是些与艺术品结缘的人。自然是乡情情结,不由自主地便把第一步迈向山西展馆。广灵剪纸以前没有听说过,但显然因为他们对装饰和品相有所追求,在产业化方向上已经很成熟了,确实给人以购买的冲动。五台澄泥砚、平遥推光漆等等老品牌在造型和色彩上也都又有新意,但给我以启发的一是太原的线装《晋祠铭》拓本,打包成一个全新的书香芬芳的模样，十足的书香气，让人流连；二是运城的某文化公司推出的一款文化产品，完全的现代技术，将电脑投影通过人对影像的点击（而不是操作键盘），通过光线反馈，而自如地产生新的结果，在课堂和培训等方面有很大的适用性。一个是传统文化产品，一个是利用电脑和投影技术合作而成的新型文化产品，这两个产品在全国展品中也显得独树一帜。让人忽然想起今年文博会的主题"文化和新科技的融合，市场与新创意的对接"，这些产品做出了最好的诠释。

　　一个山西馆都不能看完，又如何走完九个展区？太"拖堂"了，于是，从展位上拿了人家印有宣传内容的纸袋，赶紧停了欣赏的妄想，学别人的样子，慢慢在每个展位前踅。看到有特点的，便端起相机照一下产品，或者把人家的资料括在囊中。四川、西藏、山东……一展厅、二展厅、三展厅……走啊走，走啊走，直走到两腿发软。想休息一下了，才发现会展中心的休息座椅原也与众不同，外观很像是汽车的滤芯，又像手风琴的琴箱，近看，果然是纸制的——这创意真是太有才了。

　　坐在这种"纸制滤芯衍生物"上，想从琳琅满目中捋一捋思路：展览似乎可以分为传统艺术品、传统工艺品、动漫等现代艺术品、非遗、景区、印刷等几个块面，但其中的分界线有点模糊，都有新的突破和创新，给人以群山如堵、山花烂漫的感觉。刀书画、砂粒画等新的创作手段使作品让人耳目一新，而台湾白瓷在布展上便让人感受了强烈的视觉冲击……

　　联系到汾阳的文化产业，觉得还是散、粗、小，不用说集团化，就是要上文博会的台面也还得努力。有观念问题，比方汾酒集团就没有参展，而茅台酒又借机推出了什么展会指定财富酒；有资金问题，产品质量确实与别人的产品难以匹敌；有创新问题，如岩松先生的泥皮画，有新意但也没有上展会；有规模问题，没有一家大型的文化公司。

　　但似乎参观展览的外国人也并不很多，可见文化产业打造的辐射面还不够宽，下一步的路还很长。

见到了王桂娥会长

以前接触过广州同乡会的有关同志,知道汾阳人在广东的大体情况,知道深圳会长是王桂娥。可是没想到王桂娥是志刚局长的表姐,而且十分热情。她说:深圳同乡会共有会员150多人(这个人数大家都感到吃惊),可以说各行各业都有,除平时的小聚外,基本每年都搞一个大的聚会。对于这个1400万人的移民城市,虽然150人显得沧海一粟,但想到汾阳人安于现状的民风民情,让人感觉这个数字真不算小。其实,王桂娥是深圳速度诞生的时候去深圳的早期开拓者。当年,她只还是个小姑娘,与28个汾阳青年一起远赴深圳,开发鹏城。但不长时间,北方的土炕还是征服了南国的潮热,27个人都陆续回老家了。只有一个她坚持了下来,也让她成为现在在深圳的汾阳人中资格最老的一个或者说最成功的一个。

飞机票显然应该是早点订,但因为我们四个人是分两批去的,所以等碰了面商量妥再订票的时候,机场方面说没票就很正常了——只好耽搁一天。

桂娥会长安排了一天的日程。乘大巴在凤凰树的斑驳的影子里行进,看着椰子和棕榈从车窗里匆匆向后倒去,确实刺激感官,让人激动。早茶的味道仍然在舌尖盘旋,而那餐点的精致着实让人难以忘怀。汾阳饭固然有自己不朽的魅力,但和粤菜相比,在精致方面必须承认有一个不小的差距。而要想打出汾阳饭这个品牌,就必须认识这一差距,消灭这一差距——也是本次文博会的主题——创新。

大梅沙是海,正如所有的海,蓝而辽阔。

中英街不仅是街,还是社资分界。但现在好像冷清的很,只是不少被称作水客的人空手或带货进进出出。桂娥会长说,深圳人一般隔一段时间会来这里,采买一些化妆品和洗涤剂类的东西回去。

倒是大芬村有点意思,1989年被一个姓黄的香港画商发现这个纯朴的小渔村以后,被他开发成了一个画家村或者说是一个油画制造村。很安静很安静。有人制作画框,有人制作世界名画,有人一心一意搞自己的创作。介绍说:不少中央领导都来这里参观,这里的油画年出口创汇3000多万元,是国家文化部命名的"文化产业示范单位"。在这里,不仅看到了画,也看到了深圳未开发前的模样。同时也想,汾阳画家云集,但似乎都是在搞创作,单打独斗,没有这样一种规模,也几乎完全没有产业化。算不算是一种人的精力、人的才情的浪费呢?作为一个专业或业余的艺术工作者,总不会喜欢画一画,展一展,等人走了把画卷吧。

桂娥会长的爱人是当年深圳的守卫者,用海鲜和轩尼诗把我们搞得一塌糊涂,湖南与山西的情谊在杯觥交错间流光溢彩。从乐园路到酒店再到房间,我们几乎都是在晕眩进行曲中度过的。

看到海里有一个坑

很久都没有涉水了。见到了深圳大梅沙的海,见有不少人在水里,突然想进去品味品味,戏称——到深圳下海。更衣进去,还没来得及想什么,便被一个浪头打倒在沙滩上——第一次遇到真正的海浪。海水咸咸的,很不好喝。看到不少人抓着安全绳,于是便凑上去试图抓着。绳没到手,又一个浪头打过来,再次品尝了南海中盐的咸淡。终于慢慢适应了浪急水涌,看远远的一两米高的黯黑的海浪卷起白色的浪花,从远及近排山倒海而来,然后纵身而跃,借潮弄潮,不知不觉间人被送回好几米远,"啪"甩到沙滩上,确实爽得快意。潮头之上,看新潮又来,两潮之间极像是一个坑,一个神秘的涌动的坑,就想到了一个老词:波谲云诡。谲波涌来,在水底卷起一阵骚动,揉皱了试图平静的水皮,然后,一股脑儿卷了过来,管你是砂石水藻还是鱼鳖虾蟹,一切都显得那么渺小那么渺茫——这才是大海。

在家里平淡久了,借深圳的海,感受了生命的律动。海是辽阔的,也是粗砺的,它心中揉得下无穷多的砂子。它最知道两个字:包容。

说到包容,还得说深圳。现在不少城市都在提炼和宣讲自己的城市精神，也有不少地方称自己有"包容"的精神。但短短几天，我们感觉到最包容的城市应该是深圳。深圳1300万人口，只有300多万户籍人口，而且这里的户籍人口大部分都是外地移民，而非这里的原住民。这是多么大的包容胸怀啊！正因为这个包容，深圳才能够神话般地崛起，神话般地"生产"出数不清的全国第一。也因为它的包容，宝安由它的县城演变成它的一个城区，深圳由一个边陲小镇，逐步成长为一个副省级的国际化大都市，成为一个世界品牌城市。看深南大道上高度现代化的街道景观，看地王大厦欲与天公比高的气势，想象三十年前的荒凉，内心既有文学的感慨，更有哲学的思辨。

近距离感觉深圳，是在人人乐超市。登机前有俩小时时间，便一起信步走进这家大型超市。服装、电器……其实我们都是些平时不进超市的人，看什么都心不在焉，但走到菜场时不由得吃了一惊。吃惊的是这里的水产、肉类乃至菜品都被人处理得那么干净、那么鲜亮、那么精致。就连在北方司空见惯的土豆，都被清洗得干干净净，两个一组打包起来待售。所有的蔬菜几乎不沾一粒尘土。肉类就更不用说了，分为很多种部位，分别标出价格，利落而妥帖。

吃惊的不是干净，吃惊的是这一种处事的精神。卖的菜再干净，家庭主妇还是要洗的，但超市或者菜商照洗不误。说句不怕人笑话的话，在汾阳我从没见过卖得有如此干净的菜——比方冀村山药，近年来包装也挺靓的，但箱里的山药照旧是土得掉渣——也许算我孤陋寡闻吧！但我想，如果我们每个人在每个环节都如此精致地去做，我们的生活才有可能是高品质的，我们的人居环境才会是美的。

深圳到太原也就是两个半小时的飞机，至多也就是一眨眼的工夫，我们已经在品尝家乡的虾酱豆腐了。呵呵，虾酱和虾差两三个小时，可味道就差远啦。

2012年5月

品着汾酒赏酒器

说到酒，竟莫名其妙地想到了那本最"不易"读懂的书——《易》。

酒态常为液体，柔顺无骨，属阴；酒性本为发散，刚烈迸发，属阳。一物之中，极呈两仪之象，完善了自身不同凡响的哲学。酒又有五行之征。陶也罢，瓷也罢，都是人们抟土而造，作为容器，酒与土如影随形地厮跟了几千年。青铜出现以后，精美的器形被人们熔铸上精美的花纹，罐、卣储酒，斝、觚为饮，作为饮器，酒在华贵的金属衬托之下，不亏了"万世流芳"这四个字。木，不说西方的装葡萄酒的橡木，仅就我们五粮成酒的过程，和传统瓶、壶的密封木塞，饮酒时的木制桌椅，便可以知道它们也是伴侣一般地一路走来。水形火性的禀赋，终于使酒从内到外和金、木、水、火、土结下了解不开的渊源关系。

清代的袁枚是一位饕餮大家，在他的名作《随园食单》中对汾酒有记："既吃烧酒，以狠为佳。汾酒乃烧酒之至狠者。余谓烧酒者，人中之光棍，县中之酷吏也。打擂台，非光棍不可；除盗贼，非酷吏不可；驱风寒、消积滞，非烧酒不可。"

发现汾酒之美者，袁枚绝非第一人。北齐武成帝高湛虽然恶名昭著，但可以称得上是一位知名吃货。史书对他的记载除了劣迹，所余只有寥寥几笔，着墨的竟然是他对汾酒不无炫耀的夸赞之辞："吾饮汾清二杯，劝汝在邺酌两杯。"

袁枚、高湛们不了解的，是汾酒悄悄隐藏在黄土之下的历史。1982

年，考古队的洛阳铲在杏花村遗址上勾勒出了关于汾酒产生、发展的脉络。一件又一件来自仰韶文化、龙山文化直至商代的实物，划时代地为汾酒做了形态画像。从此，我们从陶器的绳纹、青铜器的蟠螭纹中品出了老酒的清香。它们证实，在高湛之前，汾酒已从坚硬的黑陶和秀美的青铜中一路走来，走过了漫长的三四千年。到今天，它们正静静地置放在汾酒博物馆的展柜里，接受着人们新奇的眼光。

在那个混沌初开的时代，陶器的发明曾经像初日一样照亮了人类的文明进程。它是人类第一次利用自然界的物质，按照自己的意图，创造出来的新作品。工艺上，它利用黏土经过手捏和轮制等方法加工成型，在摄氏800—1000度的高温下焙烧而成。从今天的眼光来看，许多器形以及纹饰往往让人感到匪夷所思，具有独特的艺术感染力。它诞生以后，就与人类的日常生活息息相关。不仅仅限于食物，其实，很大一个部分，是作为盛酒器来被人广泛使用的。而在这些陶制酒器中，更多时候，它的形式表现为壶——从新石器时代相沿至三代、两汉，壶的器形由口颈、腹、足构成，仅个别的加有双耳。在高湛那个时代，正是壶形变革最重要的年代，壶加上了流（壶嘴）和曲柄，具备了今天壶的雏形。

青铜时代到来以后，青铜器以它美艳的光泽、典雅的造型和奇特的纹饰一枝独秀，被人类运用到生活的方方面面。而因了酒与人的特殊关系，产生了鼎、觚、爵、角、斝、觯、觥、卣、彝等一大批形态各异的酒器，成为众多青铜器中的一道特别的风景线。今天，我们透过青铜历经沧桑的红斑绿锈，仍可以领略到它们当年的熠熠风采。当然，华贵的酒器自应当盛装的是名贵的酒，毕竟，青铜器更多代表的，是那个时代的贵族。汾酒博物馆橱柜里的吉金无言，它们曾和汾酒相依为存，互为因果，到今天虽已不再盛酒，但它们盛满了早已消逝的远古秘密。从"酒"字的产生，到数不清的关于酒的成语，应当与青铜器都有着难以说清的关系。

杜牧给汾酒划出了杏花村的又一个辉煌时代。这个时代，一直从唐宋相沿至明清。在这漫长的一千多年里，汾酒依托的，几乎可以说是一部完整的瓷器史。而这个年代,恰恰又是人类从原叶发酵酒向蒸馏酒转变的时代。所以,在这个时代,随着酒器器形的矮化,瓷质酒器从形到饰都发生了翻天覆地的变化,可谓琳琅满目、异彩纷呈。各种取之于动物、取之于植物的器形,正是由于酒的存在,惟妙惟肖地再现于我们面前。

显然,瓷器渊源于陶器。似乎也可以说,瓷器的发端与发展,与我们民族坚韧不拔的个性有着千丝万缕的关系。所以,黏土变作了瓷土,烧制温度也由摄氏1000度被加强到1300—1400度。它们的器形泥陶而不拘陶,在丰厚的文化背景之下,新式迭出。更为引人的是釉,从单色,到彩绘,完全形成了一个完美的自我世界。绘画题材也从儒、释、道到民间习俗,几乎全部涉猎,整体上形成了中华传统文化流播的一个代表性方式。酒器当然地全面地承接了这些瓷的禀赋,各领风骚。而由于酒的大众化特点,与那些负有自我使命的瓷质礼器相比,更显得自由和活泼,贴近人性。

唐代酒器之美在形,雍容华贵。宋代酒器在质,是所谓色、薄、声三论,前人已多有表述。元以降,以景德镇为中心,青花与彩瓷相得益彰,开创了一个空前的新局面。大件如酒缸、酒罐,小件如酒坛、酒瓶、酒壶、酒杯,不但写实了前人饮酒为乐的种种过程,也让我们可以从酒器中找到酒与器完美结合的一种文化。品读这个时代的酒器,会更多地读到酒在民间的影响力和酒和人类的紧密关系。一壶一杯间,我们依稀可以看到唐诗、宋词和元曲的华美篇章,感受到词的精妙和曲的绝伦,甚至可以看到古人饮酒之后的慷慨和消沉。正所谓"杯里乾坤大,壶中日月长"为是。所以,直到现在,还有许多人迷信,瓷器才是贮酒最好的器皿。酒与瓷,已经结成了夫妻一般的伴侣关系。所以,在汾酒博物馆看瓷,我们不仅看到的是一种烧制品,更看到的是万千个讲不完的故事。

在1915年巴拿马万国博览会的推动下,汾酒终于完成了现代意义上的品牌化过程,卓尔不群、当仁不让地开领国酒的时代风骚。一枚金奖,证实了一个道理，真正的美味是没有国界的。而这个时候的酒器，早已"换了人间"。以瓷为主体，锡、白铜、珐琅、瓠器、椰壳……不一而足，令人眼花缭乱。最为写实的"义泉涌"等作坊的杏花村嘟噜瓶，内外挂黑釉，剔釉墨书，既具山西黑釉瓷的本色，又有酒香不怕巷子深的豪气，在精美杯壶的映衬下，更透出了一种本质的清香。

看《汾酒博物馆珍藏酒器精选》，绝不同于看一般的文物图册，它带给我们的不仅是器形文化之美，更多的是酒与万物相融的个性。酒本质上的诗、画特质，在美觉的背景下，会让我们在沉静中享受一种激情澎湃的心灵之醉。

从形而上的角度说，阴阳，似乎可称之为万物之源，五行，似乎是可以涵盖生命的一切元素。我们不知道造器的人是不是喝过酒，但知道酒确乎可以给人超能力超感受。《酒谱》也好，《酒经》也好，所有的美酒，正是在各种华美酒器的衬托下，更加灿烂起来。

因系酒话，无谓正谬，为一笑耳。

2014年冬季月

我爱水

古人所谓仁者乐山智者乐水,我想了很多年,至今也没搞明白作如何解释。

我倒是想,人在激奋时,大约是需要登山高啸、引吭高歌的罢,可谓兴者乐山。而人在低迷时、无奈时,可能更容易亲近水,是否可谓郁者乐水?

其实水的妙处,我想,是远远大于山的。

首先,水是哲学。水可上天可入地也可居地平不动,也可成气为虚无成液溉四方或成冰钻金铁。其次,水是生之分子生之元素,不仅人离不了,任何生命也都须臾不可离开。

我常常踟蹰在水边。

或看水平如镜,或听涛声如歌,或历水浸肌肤,那种融入和那种感动,总是让人联想到生命的来之不易和生活的美好。

坐在水边,特别是一个人的时候,真的正如谁谁所言:什么都可以想,什么都可以不想。把思绪和目光投向似简单又似不简单的水里,这里面自有一种无可言传的陶醉。

不知是否有人也和我一样注意过,水的颜色真的算得上是一种奇幻。更可贵的是这奇幻不是幻觉,而是一种真实。

恕我孤陋寡闻,真的我不敢说见过两个池塘的水是一样的颜色,也没有见过两条相同颜色的河流。而同一个塘湖同一条河流,不同的角度,颜色是不一样的；即使是同一个角度，不同的时间不同的天气，它的颜色也是不相同的。这一点，一些古人可能早就发现了，所以就有"春来江水绿如蓝"的句子。其实白居易说的颜色真的是有些含混，有点"为赋新词强说愁"的意思在里面了。

坐在水边，看水动如脱兔，昼夜前行，我不知道水在想什么。

"问君能有几多愁，恰似一江春水向东流"，李煜是在和水对话吗？看着水从遥远的地方迎面而来又攘攘而去，我不知道这水见过几多人几多事，它流了多少年又还会流多少年，而甚至也变得怀疑自己，这水真的在走吗？为什么千百年它总走不出去也走不完呢？

坐在水边，看水静如处子，清可鉴云，我不知道水在想什么。

我无声，它亦无声；我不动，它亦不动。我知道，我虽然不动，但我在思绪万千；而水表面不动，却有一群又一群小鱼从水里游过。只是说不清是人在模仿水，还是水在模仿人。我努力看它，却终是看不透它。不知它究竟有多深，究竟是什么色，更不知它究竟包容着些什么、掩盖着些什么。哦，水呀，不可测，不可测。

又想，真是不可测。无论水底是如何凸凹，它的表面总是一平如镜，可真算得上是搞和谐的高手，捂真相的专家。而就在这一平如镜里面，有时就有鱼儿出没，有时也有蝌蚪成蛙，偶尔也有王八晒背。

愈想，愈感觉着水的神秘。一块石子扔下去，看一圈一圈的波纹漾开来，从小到大，从强到弱，于是，慢慢也便什么也不想了。

这时，就见远处有几个泳者歌着啸着鱼贯而来，把水搅得哗啦作响，野生的水鸡见了，悄悄遁入水中；野生的水鸭见了，"扑扑"飞上天去。于是呼应着，我也入水，抛却了一切所想，一路"蛙"去。

2012年5月23日

小 吃

大约没有人能够说得清世界上一共有多少种味道，也同样不能说清有多少种人类喜欢的味道。随着《舌尖上的中国》的镜头，东西南北中地用眼跑了不少路，看到了许多见所未见闻所未闻的食物，心动情移，但终于还是没能明白那些食物究竟是什么样的味道。对于老饕的眼饱肚饥，看这类片子，可以算作一种折磨。

吃大餐是土豪族的专利，对于平民是极难有机缘的。胃口没有过奢望，自然想到那些物件的时候，口水还是安分守己的。但对于小吃，那些各地引以为荣的小口味，在记忆深处，常会发酵，冷不丁跳出来，让人满口腔的细胞一下子打开，回味。

吃与行总是相伴的。腿到了哪里，嘴才会跟到哪里。虽然不多，但西南、东北的，还是去过些地方，虽不深入，但关于口味的记忆还是有一些。所以仅凭个人感觉和回忆写出来，算作一种纪念。可是随着时过境迁，物换人移，能想起来的好多小吃的印象早已模糊，比方三门峡的"糊卜"，竟忘了它是何般模样，想来很是遗憾。所以，乡人以前俗语作"记吃不记打"，看来也有很大的不确定性。吃未必好记，打未必不好记。

老家的民风《县志》中有记载，谓"俗尚奢靡"，应当是作志的文人对当时家乡有异于他乡的一种感受和总结。这种风气经历了数百年的风风雨雨、兵燹战火，居然延续下来。到现在，对吃的津津乐道，对文化的孜孜追求，仍普遍地存在于人们的意识和生活之中。据说，这种习俗，盖来源光大于数千年的州府文化，更与明代族裔众多的两个宗藩王室定居有关。但大家把"吃"看得很重，是一种真实的传统习惯。这种味蕾的遗传和培养，也不全是正能量。舌尖的挑剔，也带来了乡人难出远门不思进取的惰性，阻碍了发展。此为题外话，打住不提。但因为是面食之乡，所以对于外地名目繁多的面食，总是难以认同，甚至不以为然。比如北京炸酱面、岐山臊子面、兰州牛肉面、武汉热干面、陕西裤带面，包括南方的米粉、米线一类，乡人品评起来，用词往往挑剔。不说人家好的地方，倒是说出许多不是来。所以，不提出罢。

先说太原小吃。因系省城，自然去的机会多多。但印象深刻的小吃只有两种。一是稍梅，发音作"烧麦"。1982年，一个老太原带我到解放路的太原面食店二楼专门去吃，人流熙熙，满屋香气。大约是因为当时腹中空空，一口下去，特别的味道加上面皮的特殊口感，极是让胃肠有些震撼，所以至今想起来仍然舌留余香。老太原说，最正宗的应当是"都一处"，现在是吃不上了，口气中颇为忿忿。当时，这家面食店虽为国营，但在市里还是颇有口碑的。后来，再到呼和浩特吃到稍梅，却找不到了那种感觉。二是头脑。多少次路经桥头街，总能看到一个并不太起眼的门店，唤作"清和元"，主营食品，即是"头脑"。因总是考虑囊中羞涩，所以若干年也没敢斗胆进去过。后来才听说是明末清初以书法出名但又称"书不如画、画不如医、医不如人"的傅山先生所研创，清和元的店名正是他痛恨异族统治的笔意。可惜现在桥头街包括"清和元"一起，已经被改造掉了。2006年，适逢与又一个老太原一早赴并，他坚持要请我吃"头脑"，客气显然虚伪，其实正中下怀。进得五一广场的并州饭店，发现大厅里餐桌上就座的大都是六七十岁的老者，三三两两，显然都是正宗的太原遗老。一碗头脑、一碟腌韭菜、一壶老黄酒，没有喧哗，空气中洋溢着一种淡淡的宁静。朋友问味道怎么样？怎么说呢？口里虽然连声说好，其实咽下去的是一股挺怪的感觉。感觉它的好，不是当下，倒是多少天后，不断回味出妙处，于是得空又吃了几回，慢慢地竟觉得有些上瘾。

与北京的高高在上不同,天津是一个十分朴实和平民化的城市。20世纪90年代,一大早,天津满大街的煎饼果子店就开张了。上班的人们骑了自行车停在煎饼铺前,也不下车,用腿叉了,等着买一份煎饼果子。钱货两清,便一手捏着,边吃边蹬车上班去了。却原来那赫赫有名的果子并不是果子,是两根油条。这种食品虽然极为大众,但确实有一种独特的味道,应当算作一种地方名吃。反过来,有名的十八街麻花,吃来吃去,口腔里并没有留下什么特别的印象。2000年,有一位从小生活在天津的老乡,请我们专程去吃了一回据说最正宗的狗不理包子,结果大家都是客气地道了好,或许现代人对于满嘴流油已经不太能够习惯了。倒是又有一次,在天津放肆地吃海螃蟹和皮皮虾的感觉让人终生难忘,毕竟内陆地区人的肠胃对于海产还是存在特殊的新鲜感的。

记不起东北有什么特别的小吃。想起东北,想到的就是酸菜,一种悠长的味道。后来,因为连贯地想到"上酸菜",便加上了"翠花"二字,于是浮现出一种戏谑的画面,那是吃以外的事了。

内蒙古去过几次,印象中除了羊肉还是羊肉,那种羊肉的感觉别处是吃不到的。但在记忆深处,不是肉的味道,而是一幕幕喝酒唱歌的场景。那种把酒与歌融合得自然无痕的感觉,有明显的地域特征,也有着无穷的魅力。

西安最有名的小吃当数"羊肉泡馍"了。初知羊肉泡馍,是看了贾平凹先生的一篇散文,说到"宋代的老汤"什么的,于是心下一动。1996年,初次到西安,便设法去吃。一间不大的铺面,墙上有些油渍,屋里摆一溜矮桌矮凳,有不少汉子正埋头在那里吸溜,在满屋白汽中吃出一片啧啧声来。一人一碗老汤,汤里飘着些葱花、香菜和红辣子,碟里放一两个干硬无油的烙饼,用手指将那饼掰碎成块,泡入汤中。滋味果然有些特别,可以说将羊骨羊肉内在的味道都开掘了出来。而那些干硬的饼只有麦香,在泡化中不仅吸纳了汤的精髓,更是丰富了食物的嚼头。后来吃做成品牌的"老孙家",窗明几净的,馍也不用手掰了,反倒没有吃出当初的味道。

扬州是淮扬菜的祖庭,又据说是最具幸福感的城市。本地人讲究"早晨皮包水,晚上水包皮",惬意至极。所谓皮包水,是当地小吃名品"扬州汤包"。它与明媚的瘦西湖一起,成为扬州人的骄傲。奇在这种包子开始不是吃,而是吸,也可以叫啜。一笼一个,那味道真叫个鲜。只可惜每次总是匆匆过往,汤包总是被当作餐桌上的配角来品尝,没有当成正餐来吃,想起来总是觉得十分遗憾。

至于新疆的馕、山东的饼,虽然也个性鲜明,但颇费牙口,比起家乡的脂油饼,总觉得是远远不能相提并论的。而广东虽然久负吃的盛名,只因山重路远,总是行色匆匆,所以没有对"吃乡"进行过有意识的了解。著名的"早茶"过于铺张,似乎并不能算作小吃,只有潮汕饭中有一种煮了海鲜的粥,味道独特,留下了不俗的印象。

家乡古代算得上是个大码头,现在只是一个县级市了。说有特色的小吃,当首推粉浆。所谓特色,主要是指它的味道,十分怪异甚或可以说是另类。而这种特色,因为受了原料和节令的限制,所以至今似乎还没有人开店来卖,它的口味也便成为当地人心中的秘密。粉浆一词,来自原料。其主要成分是乡人早春做绿豆旋粉的时候,自然带来的副产品——浆汁。不知从哪朝哪代起,有人将这本应倒掉的浆汁没有倒掉,而是将它发酵,变成了另一种食物的原料。那味道,酸中有一丝刺鼻,直是难闻。没有吃过北京豆汁,想来,应当是同类的吧!但后面的程序大大不同。乡人是将这种酸而刺鼻的原料用来做粥的,加些家乡习见的黄豆粉条山药等物,一大锅,盛了来吃。这种怪怪的味道初时确实让人难以入口,难以下咽,考验着人的定力。但一旦吃过了,似乎和太原的头脑一样,个性的食物自有个性的魅力,让人难以忘怀。最特别的,是它对于满肠的油腻,有着一种特别的亲和力,感觉着在腹内慢慢就把它们融蚀掉了,过后让人感到通体舒泰、神清气爽。所以,这种食品竟一直流传了下来。只可惜旋粉一物,只在晚冬初春生产,所以,它不能够成为一种四季食品,也难以商品化。

小吃,从不与大餐相比。但小吃最可宝贵的,不仅仅是它的味道,更在于它的小。因其小，所以它不登杯觥交错的大堂，远离喧嚣与尘味，可以让人在独自品味中优哉游哉，安静地享受悠悠时序。少了些客气，多了些宁静，更让人能够通过食物感受生命，感受真实，所以它才更容易烙印到人的生命记忆里。

2012 年 6 月

一卷在手　满腹芸香

初被书籍迷倒,是三、四年级读《西游记》的时候。书厚、字小。虽然有许多不认识的字,但囫囵吞枣还是能读出些大概意思。神痴于孙行者的七十二般变化,又愤愤于他与妖精斗法时的无奈。跳过一个个方块的拦路虎,经常跳出来的"有诗赞曰"也让人莫名其妙,但那些白纸黑字给人带来的快感,一下子就俘虏了我的眼睛。吃饭时读、睡觉时读,上课的时候也偷偷读……也就是从那时起,不仅是《西游记》,我几乎对所有书籍都着迷起来。横排的、竖排的,铅印的、石印的,甚至木刻的,这些不知从何处得来的书籍,只要能够到手,便一律成为我的伴侣。就像在一间本来没有窗户的屋子里,突然发现四面的墙上开了一个孔,又开了一个孔,透过这些孔,真实的生活空间以外的一个世界一幕幕展现开来——原来世界这么大、生活这么美好!

那是一个文化资源极度匮乏的时代,借书来读,是一种司空见惯的常态。一本书从新到旧,不知要经历多少艰辛的旅程。书籍像一盏明灯,照亮了一颗又一颗枯寂的心。书籍奇缺,读书不易。所以,能够阅读到一本什么什么书,常常会受到众人羡嫉。

说书籍奇缺也不对,因为队里不管有没有文化,家家都能领到一套书,叫《毛泽东选集》,俗称为红宝书,共四卷。为了应付检查,红宝书还都放在家里显眼的地方。我家隔壁的司马二大爷,应该是光绪年间生人,是村中不多见的顶了瓜壳帽戴着老花镜看书的人。他能读得了线装书，村里人都十分佩服他的文化。可是他后来天天看的是《毛泽东选集》："这书里学问大得很"，他是在认真研读，不是装模作样。可惜这文化的事儿那些"革命者"懂不了，他自己读懂了也轮不上到外面讲课去。所以说，当时家家发放红宝书应该是有十分深刻的含义的。

突然有一天，人们发现，不但可以随心购买到自己喜欢的书籍，甚至还可以公开追逐自己的金钱梦想了。从此，我们的生活发生了翻天覆地的变化。

三四十年，弹指一挥间。城市像泡泡一样被人吹得越来越大，人们也从砖木结构里被迁入六块水泥垒成的空间里。有钱人家，置了昂贵的实木书柜、买了硬封皮的精装书籍，把书房打扮得富丽堂皇。工薪阶层，也会置买书柜，选几本喜爱的读物装潢一下居室。书籍如古诗中所说的燕子，早就"飞入寻常百姓家"了。那些被禁封了若干年的国学典籍，那些也许古人找寻过一生的稀缺版本，那些原版的外国名作名著，那些才出版一两天的新书，你似乎都不费吹灰之力就可以到手了。书籍，似乎像太阳一样灿烂起来。

也许，文化的春天也就要到来了。

然而没有！

纸张取代竹简以后，为了保存，书籍的防蛀防腐就显得十分重要。于是，古人在书页中或两书间夹了樟木板或芸香叶来防虫，因此，书橱会长年散发出一股淡淡的香气。所以，那些读书人的家庭，就被人们形象地称为"书香门第"。久而久之，书香门第成为文化家庭的代称，受到人们的普遍敬重。

不幸的是，在印刷业异常发达的今天，精美的书籍遇上了电视、遇上了网络。对于爱好读书的国人来说，这应当是面临着一场亘古未有的抉择，何去何从，引起人们的普遍关注。而实际上，没有。几乎没有任何竞争，书籍便败得一塌糊涂，悄悄地躲在书柜中哭泣去了。八小时之内，人们都在努力追逐那些印制得一模一样的不易作伪的纸张；八小时之外，人们就跷起二郎腿享受那些过目即忘的文化快餐。

似乎，一个拥有五千年文明史的民族正在远离书本。

某日住乡下，因知道村中无电视无网络，于是事先怀揣一册在手。那天，在昏黄的白炽灯下，听着远方的狗吠，我重新回到了读书时代。电视、电脑、手机屏幕的荧光渐渐远去，书中的情节一幕一幕浮现在眼前。我感觉在和作者进行静静的交流，他创作时候的心理脉波邃然透过暗夜进入到我的心灵深处。突然想到有人说过：读书，是智者与智者的交流。我虽非智者，但于此深知此言不谬也。那种掩卷思索的过程感，真的让人如品甘醪。而那册有些泛黄的老书，似乎真的在发散着古典的芸香味儿。

现代人似乎知识太多了，天文地理无所不知、大小道理无所不晓、名人隐私和政坛秘闻都了然在胸。因为个别专家的三两句痴言妄语，更让人们对知识产生近乎逆反的排斥。因为有了文化快餐，小学毕业生可以和大学教授畅通无阻地交流时事、探讨理论。一个段子，可以拉近所有人的距离。快餐，正在成为一种莫名其妙的时尚。难道，这快餐真的能够滋养和承载我们这个五千年文明史的民族？

儒释道的道理，我们都知道，但我们并不让它在心中入驻。

书法和绘画，我们都见过太多，但我们注意力集中在署名和价格。

莫言得奖了，我们无欲看他的作品。我们只想知道，奖金有多少?!

有钱花就好。浮躁？浮躁怕什么？我们有钱了！有钱什么也不怕！

而我，越来越痴迷于那一页一页印了文字的纸，印制越来越精美，装帧越来越考究。书的香味已升格成为艺术之香、文化之香。不管是横排的，还是竖写的，都在散发着从未有过的奇香。它里面有琅琅上口的美文，更有作人做事的道理。不是为了下笔如有神，更不是为了黄金屋。因为我知道，人可以没有金钱，但不能没有信仰。一个人，如果不能行万里路，至少也须读几卷书。

2014 年 7 月

一条河

虽然居于一隅小县,但自认为山西的地方还是走了不少。从吕梁延绵不绝的黄土岭,到太行巉岩互错的石头山;从晋南一望无际的麦田,到雁北默默游移的牛羊,三晋景色如一幅又一幅画卷,早已铭刻在怀。但从春走到冬,从风走进雨,心中总是感觉着有说不出的缺憾。只因为山西太缺水,缺水也便缺了绿,缺了水和绿就缺少了那种自然的灵动。

在晋陕峡谷、在壶口瀑布,看黄河水卷起泥沙裹泥挟石,那是一种豪迈之气、英雄之慨。可惜的是河水中找不到那种柔若丝绸的水质感,更没有"河水清且涟漪"的古意。从宁武,到河津,看到时断时续的汾河,心中油然而生的,总是一种说不出的滋味。看到汾河在太原市被做成人为水景,养眼之外,总觉得少了一份风情。在平遥的汾河三坝,有一次见到过无数只、无数种候鸟在辽阔的水面上嬉戏的场面,那镜头总在梦中定格。在朔州,看过桑乾河;在侯马,看过浍河;在垣曲,看过涑水河,一致的感觉是河太大、名声太大,水太小。在滹沱河畔,惊喜地看到湍急的河水奔流不息,伴着运煤的大卡车轰鸣而东去,我真的就以为这是山西最漂亮的一条河了——这么大流量的常流河现在真的是太少见了。

春节早过了,眼看着户外杨柳又绿迎春又黄,桃红杏白也在争奇斗妍,于是起了些踏春的心思。择日,和三五友人,驱车走太长、走长邯高速,寻寻觅觅中直走邯郸。早些时,因为邯郸的吃水问题,山西免掉了长治市市长。下了高速口,正好遇上邯郸不知是修路还是修桥,夜朦胧的,绕来绕去才到了这个曾经的赵国都城。感觉很不如长治,主要原因是下车伊始,突然一股风刮来,漫天都飞舞着花花绿绿的塑料袋,地面上的垃圾让人很反胃。

第二天到红旗渠的时候,已近中午了。分水岭景点好像是红旗渠管理部门的办公场所,院子里有放大了的刘洋照片,很粗糙,但能看出他们对当地名人的推崇。展览馆就建在渠帮上,掩映在正在落掉陈叶吐出新绿的油松和胶东卫矛之间,外观古朴,展览做的却是现代版的。有小时候的对红旗渠内容的阅读印象,所以对这个展览并没有更多的新奇感。可喟的是做讲解的女孩子讲得非常到位,声情并茂,让人一下子回到了五十年前。林县人因没水吃而带来的种种困难似乎一下子又回到了眼前,林县人勒紧裤带开山辟石的悲怆之举也似乎一下子回到了眼前。而当看到人们白天劳作,晚上学毛著的图片时,真的内心涌上一种类于宗教的感觉。精神的力量其实是非常可怕的!正是精神力量才会创造出人们不可思议的奇迹。

山西的浊漳河到河南后,被人为拦腰引出,分为"半条"浊漳河和一条令人感动的红旗渠。

青年洞景点的开发十分成功,人文和自然合璧生辉。但大部分人只是在此留个影,以示曾经到此一游。下了青年洞景点的台阶,乘车前行。络丝潭和溢流坝不知什么时候在乘车者的酣睡中早到了后面。

猛抬眼,盘山公路之下,一条清冽的长河一直在随着公路向前向上蜿蜒。漳河!漳河!河的两岸,有梯田、有石山,与河形影不离的,是正在吐着鹅黄嫩绿的漳河柳。宽的地方,河水积成一潭又一潭,窄的地方,河水被逼仄成瀑布或者湍流,泛着白色的浪花远去。本来只计划赶路的我们,被车外景色所吸引,不停地指指划划,青山绿水和桃花柳芽的景象把睡意驱赶得一干二净。太阳在不依不饶地继续下滑,不熟悉的路程还有一大截在等待着我们。但大家实在再也不能忍受这种诱惑,于是,车停了下来。像一群孩童一样,大家雀跃着从车上蹦下来,叫喊着奔向河边。

　　沿着步道蜿蜒而下，这一段河面比较宽阔，对面是一个村庄，所以修了一座拱桥。拱桥两面，河流自然地形成了一个S，随势，两岸的漳河柳也就成了两个S。柳梢在春风中频频下垂，河水正弹奏着千古如一的天籁之音。河滩里的大块石头在水流中静静立着，看着流淌的河水从自己脚边汩汩而过。浅滩上被农民种了麦子，早已返青，更用色彩完美了这幅构图。长吁一口气，啊，好美的河！

　　这一镜头，无端让人想起了山西民歌《亲圪蛋下河洗衣裳》的歌词。

　　忽然内心就充满了一种宁静，一种悠远，一种高古的情怀。慢慢地，这情绪又衍生出一种感动的情愫来，一种幼稚而脱俗的情愫。

　　在河边桃林，大家兴味盎然地留了个影，然后，启程。

　　沿路前行——在即将与河水告别的一座桥上，赫然打着一块大牌子——与浪共舞，漂亮人生——是漂流的广告。这是一处河面比较宽的地段，靠山，山上有一座外形奇特的古塔和红墙灰瓦的古寺。看着美景，大家又是一通乱拍。正乱着，有人过来打问，是不是想漂流啊？原来今年的漂流还没有开放，管理人员见到有人来玩，便起了挣钱的心思。

　　仁者乐山，智者乐水。漂流放飞的不是身体，而是心情——尤其这漂流是年度第一漂。没有嬉语，没有杂人，两只小橡皮船被放进水里，用水洗涤了一冬的积垢，俨然又是新模样了。四只短桨一齐伸进水，群山开始后移。虽是早春，水草却早耐不住寂寞，把一丝丝绿意从水底带到水面上来。鱼儿从水草间不断泛出来，暗示着鱼类已经在四处觅食了。一群野鸭在我们前面自在地游来游去，有时就突然飞了起来，乍看极像是北来的大雁。也有三两只懒鸭，卧在岸边一动不动，朝着我们发呆。突然从山上下来几个衣着休闲扛三脚架的家伙，把照相机架在岸边朝着我们一通乱拍——才突然想到我们变成了他们相机里的景！深山、古寺、小桥、流水，我们不仅在景里，也在古诗的意境里了！

　　结束了并无惊险的漂流，拾级而上，放不下的是离开水的怅然。

　　干脆，我们溯流而上吧！去找源头去？找源头去！

浊漳河的源头其实是不容易找的——它有三个源头且分别在相隔很远的三个县。于是我们到了最大的源头——号称北国水城的沁县。

　　沁县给人的感觉是半城半水，漳河水从漳源村出来后一下子都聚在了城里，汇流成湖，滋润着这一方天地。那水很清澈，抬眼望去，波光粼粼，极目处是一座什么山，好像还有一座红墙碧瓦的寺庙在山上，一派湖光山色。湖的上游，是一片天然湿地，去年的蒲草和芦苇虽已枯黄，但飞来飞去的水鸟让人感受到的是今年的生机。生为沁县人，真够幸福。只是我们来得早了些，看不到西湖公园里的游人，未免显得冷清了些。

　　过了一个又一个长长的山洞，过了分水岭，漳河流域渐渐离我们远去，汾河谷地的黄土地渐渐呈现在我们面前。而这条小河仍然留在我们脑海，流水潺潺、垂柳依依，定格在记忆的底幕上，成了一个永远的景。

2013 年 4 月 1 日

一盒烟及其他

人生总要经历许多大大小小的事情,这些事情往往随着时光的消失渐渐消失,有时候连亲历者自己也彻底忘记掉了——好像那些被橡皮擦掉的铅笔字——特别是有些大事,真真切切地在自己身上发生过,自己也高兴过失落过,但总是在回忆的时候,怎么也想不出个所以然来。而倒是一些很小很小的事情,一经亲历,总是怎么也忘不掉,哪怕你曾经努力地想忘掉过。

一盒烟

是1972年。

记得那时候的冬天似乎比现在要冷得多。村庄的街道和村外的大道一样,也是土的,只是坑坑洼洼的很不平,在冷冷的风里,显得干硬干硬。街面上行人很少,偶尔跑出一两条狗,莫名其妙地呜咽两声,就又夹着尾巴跑了。也或有一两个拾粪的人走过,蜷着脖子,显得蔫蔫的,是一种另类的风景。墙角街角有风吹来的玉米或高粱的干叶子,也有些不讲卫生的牲畜的粪便,干拉拉的,显得十分冷漠。脱了叶子的老槐树新枣树把黑黢黢的枝干伸向空中,只有不知谁家的炊烟与它在呼应。炊烟是白色的,是庄稼柴火燃烧的产物。

"去买一盒烟吧。"在二婶家的门道里,二婶一边说,一边比较着,从她家的那个黑瓷坛子里摸出一颗似乎显小的鸡蛋递给我。

"就勤俭烟吧。"还没等我问,她就有了更明确的指示,一边捋一下头发。好像是下了很大的决心似的。

那时候学校不抓学习,放了学似乎也没有什么作业,小孩子经常干这种跑腿的闲事。其实不贴钱的话,那颗鸡蛋也就只能买一盒勤俭烟。鸡蛋是一块钱一斤,而那时的家鸡蛋一斤一般会有十二到十三颗。一盒勤俭烟八分钱——其实是市面上最便宜的烟,一般就谁也不用找谁了。

揣了那颗不知存了多少日子的鸡蛋,我一溜烟跑出了院子。"实纳帮"的山鼻子鞋其实有些硌脚,但仍然不妨碍跑得飞快。

供销社在村子里的十字街上,实际上也就是村子的中心。和别的村子的供销社很相像,都是那种没有前檐有前脸的建筑。门窗临街,然后在前檐部位用青砖一水筑上去,顶端留出一个前额,用白灰抹了,上面再做成花栏墙的样子,收顶。而白灰抹了的部位大都左边写"发展经济",右边书"保障供给",中间则塑出一个立体的五角星,被涂成红色。

我随着冷风一下子进了供销社的门。门在冬天是两层的,外面是一层棉帘子,里面是那种拴了弹簧的自由门。门里便是一个大大的火炉子,炉子里的炭火燃得正旺——公家的地方是能烧得起煤的。供销社里有一种十分好闻的味道,又像是酒味,又像是糖味,也许还有饼干味儿?总之是一种小孩子爱闻的一种食品混合味儿。

里面人不少,农闲季节人都闲了,一边抽烟,一边有事没事地胡吹乱侃。看着左顾右盼谈兴正浓的营业员,我伸出手把那颗似乎已经被我焐热的鸡蛋递了进去。

"买一盒烟。"

他似乎没有听我在说什么,又似乎听到了。从漆黑的柜台上那个盛酒的坛子边伸出手来,接了,把那颗鸡蛋放在那个白搪瓷盘的台秤上示意性地称了一下,便随手把鸡蛋放到了柜里。另一只手从柜台里摸出一盒烟来,"啪"地扔到了拦柜上。这时候,那个台秤因为鸡蛋的离去而突然失重,计量杠杆仍然在晃个不停。

勤俭烟烟盒没有底色，直接在白纸上印了红色的勤俭二字和拼音，毕竟它是低档烟中的低档烟，完全没有别的烟类表现出的奢华，似乎是用外观来证明自己就是一种劣质烟。而营业员扔出的这一盒烟，外观上与勤俭烟颇为相似，因为它压根在盒子上就不着一字。它是人们通常所说的白皮烟，好像是内部特供烟的一种。

看着那盒安安静静的白皮烟和那个摇个不停的秤盘，我的内心也剧烈地摇摆起来。

勤俭烟是八分钱一盒，白皮烟是一角九分钱一盒。该不该退回去呢？说句老实话，我当时内心确实是想到了平时学校里老师的教导，想到了一个好学生应该有的品质。于是，我拿起那盒烟，对营业员说："我要的是勤俭烟。"

众人的目光全部转移过来。营业员似乎有点脸红，极快地从我手里把烟接了，极快地拿出了一盒子勤俭烟，递给我，又轻轻拍了拍我的手背。

不知为什么，我没有一点儿做了好事的荣耀，只有做错了事的卑微感。接了烟，好像怕在场的人认识我，急忙转身逃也似的出了供销社的门。

突然，身后爆出一阵笑来："谁家的孩子，看多有出息！"

感觉街面上的风更大了，也更冷了。那刺耳的笑声似乎也追着我跑了出来，向天空中弥漫开去。

一瓶酒

是 1990 年。

人们突然一下子都成了商人。

小城里原来的国营商店和售货员冰冷的脸一起，一家一家关掉了。即使没关的，那些售货员下了班或者是星期天也到街上摆出了摊子，脸上绽放着苹果一样的笑容，招徕顾客。沉淀了多少年的"门难进、脸难看"的商业传统一夜之间被扫荡得无影无踪，人与人之间好像突然融洽了起来。

蓝天好像因为土焦炉的批量新建，灰了一些。但新拓建的英雄路显得十分宽畅，新栽的泡桐树把它宽大叶子的投影扔在地上，给小城带来丝丝凉意。树与树之间，在一些空档处，偶尔就见有人用砖或铁皮建了些三四个平方米的小房房，上书"售货亭"三个大字，里面大致都是摆些烟酒什么的。还要放一张床，供人晚上睡觉。简陋得不像是个商店。

其实在白天，还有一种售货亭，应当归类于流动售货亭。是由那种以前常见的人力小平车改装的。小平车上面用扁钢焊接了一个框子，一侧用木板装修做一个窗户的样子，把烟啦火柴啦一类轻质商品用细橡胶带拉合在玻璃上，花花绿绿的；中间放一些重的东西，一侧则是售货人站立营业的地方。车辕的前端，有的是用一人凳支着，有的则干脆焊接了两根竖立于地面的钢管。

那天中午下班回家，路上巧遇好半年多不见的同学。热络起来，说新租了一处房子，一定要让我去他家吃一顿饭，要好好聊聊天。一边扯着我的自行车不放，一边还张罗着买菜割肉什么的。见此情景，我便痛快地答应了。那年月，人们刚从正统的上班领工资的思想中解放出来，各种挣钱的信息和发财的信息是那么诱人，刚刚产生的万元户们骑着摩托车张扬过市，普遍赢得了人们的尊重。收入渠道的增加，使得人与人产生了更多的沟通欲望，快速致富不仅上面允许，而且有很多身边的例子。

事实上，那个时代人们的工资大都是每月四五十块钱，一袋白面就得十大几块，口袋里并没有什么闲钱，一般是不敢招待客人吃饭的——何况我们这些挣钱不多的年轻人！

走到西门坡上的时候，我看到了那辆车——那辆外壳被油漆成邮政绿的那辆流动售货车，那是我的邻居为增加收入而新增的来钱项目。于是，我蹬车过去，一脚踏在他的车胎上，一手递进去一张五元的票子："来一瓶二锅头！"

邻居是一个四五十岁的男人，个子不高，板寸头，头发已经花白，一脸的皱纹，给人一种十分诚实的感觉。虽然与我是邻居，但我们仅仅也就是邻居，平时见面点个头什么的，并无什么交往，所以很熟悉，但又很不熟悉。

他笑容可掬地递出一瓶二锅头和五毛钱来，随着笑容，脸上的皱纹也化作一个个半圆的笑纹："和朋友喝酒去？"

我应了一声，并不离开，因为那酒的价格是两块五毛钱。他并不理会我，只是一股劲在那里摆弄他的那些财宝。

也许是我太腼腆，想了半天也没好意思张口催要剩下的钱，似乎是怕伤了他的面子。骑上车和同学并行后，我把这个奇怪的遭遇悻悻地告诉了他。他一听急了："不行，不能认这个栽。"话没说完，就拿上钱拿上酒掉头而去。很快，他便一手扶车把，一手晃着那张五块的票子返了回来。

"他还认账？"

"他为什么不认账！"

"没想到他是这种人。"

"这类人越来越多了，坑的就是半生不熟死要面子的人。"

邻居的笑再次浮现在我的眼前，不停地晃，不停地晃。

再后来，偶尔在街上遇到，互相还都会礼貌地笑笑。但随着时间的推移，愈来愈觉得自己脸上的皮肤变得僵硬，直到后来，实在笑不出来了。

也倒罢了。

一听茶

是2008年。

县城好像一下子长大了两三倍。原来是野外的地方变成了楼房，原来是城区的地方一夜之间冒出了几幢十几层以上的高楼，骄傲地俯视着仍在不停地变化着的变化。小城正街上低矮的原先挂着铺板的那种门面房,还有带些异域风格的二三层小洋楼,被推土机或者挖掘机撕破了脸,即将和它们的辉煌一起永远消失。适宜于车行的宽敞大街,将会把这一切,永远地压在柏油下面。

已经改造好的大街,显得宽敞豁亮得多。大致普遍一层是一间一间偶尔两间三间的门店,上层是住宅。与原先青砖灰瓦的色彩完全不同,楼面上大都用各色瓷砖贴了面,或者用了玻璃幕墙,显得有些张扬和耀眼,夸张出一些小地方的时代感来。

街面上的自行车早不见了,风行了若干年的摩托车也稀少了很多。街上跑的小汽车和电动自行车成了主流。

因要还一个人情,我走进一家茶庄。

茶庄位置很好,正处繁华的闹市。店前是几株被截了头又刚冒出芽儿的法国梧桐,树冠小但绿得可爱。门店的招牌设计很精心,白底,比例很小的几个黑颜色亚克力黑体字,很雅致。店内纤尘不染,迎面摆放了一个不知是什么树根雕成的大茶桌。靠墙是各色的包装盒与包装袋,摆在雅致的鸡翅木货架上。店主白衬衫,着一袭对襟黑衣,给人一种十分"传统文化"的感觉。看着十分面善,原来是什么时候在一桌吃过一次饭。所以他连忙让座递烟奉茶,十分热情。

"是送人还是自己喝啊?"

"送人。档次要高点。"

"那送金骏眉吧,现在市面上最高档的了,有品位。"

"什么梅?"

"金骏眉,最新开发的红茶品种。"

伸手拿过说明纸看了,好像确实是高档的样子。

"多少钱一斤?"

"要两千,你拿就一千五吧。"黑衣服一脸真诚地说。

我连忙道谢。看他的员工把那茶从大冰柜里取出,铲一铲子摊倒在一张塑料布上,再取出一种小的塑料包装袋,用一把小勺子一勺一勺装进去。毕,将小包装袋在封口机上封了口。过秤,再装入一个硬纸大包装,再通通装入一个手提纸袋——俨然成了一份精美的礼物。

握了黑衣服软绵绵的手,道过别,我阳光灿烂地走到阳光灿烂的街上。

圪枝儿茶、末儿茶、花茶的时代一去不复返了,我心说着,慢慢回了家。

后来也不知道上网要查什么东西,突然想到了查一下金骏眉。名不虚传,果然是好茶。可是再看,却看出些端倪来。金骏眉产于福建桐木关,实际上是正山小种的芽茶,六万至八万头可酵成一斤成品。年产量为两千斤左右,可谓极品红茶。

中国这么大,产量这么少,我是再不会相信在几千个县城中的某一个小县城可以买到正品金骏眉了。

想到这里,不知道为什么。我没有光火,更没有发怒,甚至心情也没有变坏。只看见窗外的高层大楼在塔吊的忙碌中又在增高、增高。

2012 年 9 月

醉里挑灯看酒

也许是大禹治水太累了,风餐露宿的日子实在枯燥而难耐,于是派仪狄去造酒。仪狄作酒而美,征服了大禹和群臣的舌尖,美酒从此流入人间。在水之外,酒从此成为人类的第二饮料。从此,治水的日子不再枯燥,伐檀的日子有了节奏,结绳的日子神思飞扬,所以,先民们且歌且舞,唱出了《诗》、演出了《易》。

酒与时光相伴,静静向前流淌。

刀光剑影中,歃血为盟的酒力喷薄而出;慷慨陈词里,开怀畅饮的酒意化作壮怀激烈;笔走龙蛇时,半闭的醉眼留下了存世的万古丹青。因了酒,冬天不再那么寒冷;因了酒,人间更见暖意融融;因了酒,呆滞的思维幻化作奇妙的才艺。酒在缸里流淌,酒在壶里流淌,酒在杯里流淌,酒在人的血脉里流淌。从朝堂流入民间,从远古流到今天。有时稠如醪,有时清如水,只是静静流淌。

或有一年,北齐的高湛皇帝来到黄栌岭,拉起一道由南至北营造长城的工程线。烈日暴晒下,民夫们汗流浃背,刨山垒石,拼命赶活。晋阳的宫殿里,武成帝醉得一塌糊涂,将工程进度的奏折一把拂下案几,睨斜着眼:再送来三车汾清!从此,并汾古道上车驾辚辚、马蹄声声,送酒的车辆辚辚开去。皇帝、皇子,一道道敕旨让酒工们昼夜难歇。送酒的马衰了再添壮的,掌平了再钉新的,而杏花村的酒总是陈的和更陈的。一路的古村和古城,被杏花村老醪生生熏得晕乎乎的。就是在这酒曲味里，杜牧先生从太原一路走来，要去长安寻找李白三千丈的白发。乍暖还寒，西风冽冽，杜牧虽然被遥远的西伯利亚冷风冻僵了双手，却也被牧童的一声鞭哨惊得心动，急问酒家何处。

杏花村的酒被写在唐朝的政治、宋朝的经济和明朝的文化里。

时空转换，《水浒传》中的碗被人换作了《金瓶梅》中的杯，杏花村的酒坊家家都装了烧锅。正如混沌初开，轻清者上浮而为天，上浮的清酒一下让人从着迷变成了痴迷。酒从酒色中分离，被笃信佛教的日本人称作"般若水"，仿佛也成了大乘烟雾中的供品。即心是佛，让酒液在血管中穿越，让我们在偾张中感受三十三天的无穷吧！

一百年前，杏花村酒被载上轮船，晃荡着，越过重洋，酒醉了蓝眼睛白皮肤的外国人的味蕾，飞鸿传回四个大字"一等甲级"。阎锡山闻讯情不能禁，举毫疾书"味重西凉"。自此，清爽的杏花村酒水陆兼程，把绵柔和温情化作憨厚的关爱，驰骋华夏扬名五洲。

回味犹在，醉意尚存。看着空幻的灯光，我想起了酒，分不清了杏花村与桃花坞。如果不作诗，那让我们来唱歌；如果不写字，那让我们来画画。酒精常常直击真实，酒精也常常幻化真实，把我们带入到写意的真实之中。这不是喝酒的回味，而是喝酒的境界。

2012 年冬